新潮文庫

アンの友達

―赤毛のアン・シリーズ4―

モンゴメリ
村岡花子訳

新潮社版

1016

目　次

アンの友達

―赤毛のアン・シリーズ4―

天に召された親愛なる友
ウィリアム・A・ヒューストン夫人に捧ぐ

日々の何げない事柄に潜む、
讃えられることのない美しさにこそ
——ホイッティア

一　奮いたったルドビック

ある土曜日の夕方、テオドラ・ディックスの居間にアン・シャーリーは背中を丸くしてすわり、夕日が落ちた丘《おか》のはるかかなた、美しい星の国を追って、夢見る《ゆめみ》ようなまなざしをしていた。アンはステファン・アーヴィング夫妻が避暑《ひしょ》にきている『山彦荘《やまびこそう》』で、二週間の休暇《きゅうか》を過ごすために訪《おとず》れていたので、古いディックス家の屋敷《やしき》へはたびたび、テオドラとおしゃべりをしに出かけて行った。この夕方は二人ともしゃべりつくしてしまったので、アンは心ゆくばかり空中楼閣《くうちゅうろうかく》をきずくのに余念なかった。暗紅色の髪《かみ》を編んで花冠《はなかんむり》のように巻きつけた、かっこうのよい頭を窓枠《まどわく》にもたせ、灰色の目は、小暗《おぐら》い池におちた月光のように輝《かがや》いていた。

そのとき、ルドビック・スピードが小径《こみち》をくるのが見えた。ディックス家の小径は長いので、ルドビックはまだ家から遠く離《はな》れたところにいたが、どんなに遠くからでも彼《かれ》ということがわかった。彼のように背が高く、やや前かがみの姿勢で、悠然《ゆうぜん》たる態度の持主は、ミドル・グラフトンの町じゅうに二人といないからである。その身のこなし一つ一つがルドビック独特のものであった。

夢想《むそう》からさめたアンは、気をきかして帰るにこしたことはないと考えた。ルドビックはテオドラに求婚中《きゆうこんちゆう》なのである。グラフトン全町がそのことを知っていたし、また、かりに知らない者があるとしても、それは知るだけの時間がなかったせいではない。ルドビックが今と同じもの思いに沈《しず》みながら、悠揚《ゆうよう》せまらないようすでこの小径をテオドラに会いに通いはじめてから、十五年にもなるのだから！

ほっそりした、娘《むすめ》らしい、ロマンチックなアンが立ち上がり、出て行こうとすると、むっくり肥えた、中年の、実際家のテオドラがおかしそうに目を光らせながらとめた。

「急がなくていいのよ。まあ、すわって、ちゃんと終わりまでいらっしゃい。あんたはルドビックが小径をくるのを見たもんで、ここにいてはじゃまになると思ったのでしょう。でも、そんなことはないのよ。ルドビックは第三者がそばにいたほうが好きだし、わたしもそうなのよ。いわば、話にはずみがつくというわけね。週に二回、十五年も会いにくるのでは、おたがいに話の種も尽《つ》きてしまいますよ」

ルドビックに関するかぎり、テオドラにははにかみなどというものはなく、はじらいもせずにルドビックのことや、その遅々《ちち》たる求婚ぶりを口にした。事実、彼のやり方をおもしろがっているらしかった。

アンはふたたび腰《こし》をおろした。そのへん一帯に繁茂《はんも》したクローバー畑や、眼下にかすむ谷からうねうねと出たりはいったりしている、青い輪なりの川を落着きはらってながめながら、ルドビックが小径づたいにやってくるのを、テオドラと二人で見まもっていた。

アンはテオドラの穏《おだ》やかなりっぱな顔立ちを見ながら、もしも自分がここにすわり、一見、こんなにながい間決心のつきかねている年輩《ねんぱい》の恋人《こいびと》を待つ身であったとしたら、どんな気持がするものか、想像してみようとしたが、どうにもこればかりはアンの想像力でもおよばなかった。

「とにかく、あの人をいいと思ったら、あたしならなんとかせきたてる方法を考え出すわ」アンはいらいらしてきた。「ルドビック・スピードですとさ！　スピード（速力）なんて、こんな似ても似つかぬ名前がまたとあるかしら？　あんな人にこんな名前がついてるのは人をだます罠《わな》のようなもんだわ」

やがてルドビックは家にたどりついたが、今度は入口の階段のところで、桜《さくら》の果樹園のもつれからんだ、青々とした木立を見つめながら、あまりいつまでも瞑想《めいそう》にふけっているので、ついにテオドラが立って行き、ルドビックがノックもしないうちにドアをあけた。テオドラはルドビックを居間へ連れてくると、彼の肩《かた》ごしにアンに向かい、おどけたしかめ顔をしてみせた。

ルドビックは愉快《ゆかい》そうにアンに微笑《びしょう》してみせた。彼はアンが好きだった。ルドビックの知っている若い娘といえば、アンだけだった。普通《ふつう》、彼は娘たちを避《さ》けていた——まのわるい、場はずれの思いをさせられるからである。しかし、アンはそのような気持にさせなかった。アンにはあらゆるタイプの人間と呼吸を合わせていくこつが身についているので、まだあまりながいつきあいではないのに、ルドビックもテオドラもアンを古くからの友と見なしていた。

ルドビックは背が高く、いくらかぶかっこうではあったが、悠揚せまらざる落着きがあるために、元来は、彼と縁《えん》のないはずの威厳《いげん》がそなわっていた。垂れた絹のような褐色《かっしょく》の鼻下ひげと、ふさふさちぢれたインペリアル（訳注　下唇の真下にわずかにはやしたひげ）をたくわえていた——それはグラフトンの町では風変りなやり方と見られていた。グラフトンでは男はあごをきれいにそるか、またはあごひげを一面にはやすか、どちらかであった。ルドビックの夢見るような目は晴れ晴れとしており、その青い底に一抹《いちまつ》の憂愁《ゆうしゅう》をたたえていた。

ルドビックは、テオドラの父の代からあった、大きな、かさばった、古い肘《ひじ》かけ椅《い》子《す》に腰をおろした。ルドビックがいつもそこにすわるので、アンは椅子までルドビックに似てきたと言いだした。

話はまもなく活気をおびてきた。だれか引き出してくれる者がありさえすれば、ルドビックは巧《たく》みな話し手であった。本もよく読んでおり、グラフトンにはかすかなこだまとして聞こえてくるにすぎない広い世界の人事や、諸問題に関して、たびたび、アンをびっくりさせるような鋭《するど》い批判をくだした。また、テオドラと議論をたたかわすのも好んだ。テオドラは政治とか、歴史の進展などにはあまり関心をもたなかったが、宗教の教理には熱心で、それに関するあらゆるものを読んでいた。キリスト教の信仰療法《しんこうりようほう》(訳注　医薬によらず祈禱で病気をなおそうとすること)について、ルドビックとテオドラとで仲のよい口論の渦巻《うずまき》へ移るのを見て、アンは自分が役にたつことはさしあたりなさそうだし、いなくてもさしつかえないことを知った。

「星の出る時刻だし、おやすみの時ですわ」

と言って、アンは静かに立ち上がった。

しかし、家からは見えない、白や金色のひな菊《ぎく》が星のようにちらばっている緑の牧場に出ると、アンは足をとめて笑わずにはいられなかった。馥郁《ふくいく》たる香《かお》りをのせた風がやわらかく吹《ふ》きすぎる。アンは道角《みちかど》の白樺《しらかば》の木にもたれて思いっきり笑った。平生でもルドビックとテオドラのことを考えるたびに、ともすれば笑いたくなるのだった。若い血潮のたぎるアンにとって、この二人の求婚はたまらなく滑稽《こっけい》に思われた。アンはルドビックが好きではあったが、いらいらさせられることも確かだった。

「なんて大きな、じれったいおばかさんでしょうね」と、アンは声を出して言った。

「あんな愛すべきおばかさんてないわ。ちょうどあの昔《むかし》の歌に出てくる、先へ進みもしないし、じっとしてもいないで、ただ、ひょいひょい浮《う》いたり沈んだりばかりしている、あの鰐《わに》にそっくりじゃないの」

それから二日たった夕方、ディックス家を訪れたとき、アンとテオドラの話はルドビックのことになった。まれにみる働き者のうえにレース編みに夢中のテオドラは、すべすべと肥えた指をせっせと運んで精巧《せいこう》なバテンレースのテーブルセンターを作っていた。アンは小さなゆり椅子にかけてほっそりした手を膝《ひざ》に重ねテオドラをながめていた。恰幅《かっぷく》のいい、ジュノー（訳注　ローマの女神）ふうのひきしまった白い肉づき、大ぶりな彫《ほ》りの深い顔立ち、大きな、牝牛《めうし》のような鳶色《とびいろ》の目。テオドラが非常に端麗《たんれい》なのをアンは知った。微笑をたたえていないときにはたいそう威厳があり、ルドビックが尊敬の念をいだくのももっともだとアンは思った。

「ルドビックとあの土曜日の晩、ずっと信仰で病気をなおすクリスチャン・サイエンスの話をしていらしったの？」

アンはたずねた。

テオドラの顔に笑いがひろがった。

「そうよ、そのことでけんかまでしたのよ。少なくともわたしはね。ルドビックはどんな人とでもけんかということをしない人ですからね。あの人と言い合いをするのは、のれんに腕押《うでお》しをするようなものよ。わたしだって打ち返そうとしない人に力んでみせるのはいやですよ」

「テオドラ」アンはすかすような口調で言いだした。「あたし、たちいった、失礼なことを伺《うかが》いたいんだけれど。なんだったらしかりとばしてくださってけっこうよ。なぜ、あなたとルドビックは結婚なさらないの？」

テオドラはのんきそうに笑った。

「それはずいぶん前からグラフトンの町じゅうが思ってる謎《なぞ》だと思うのよ、アン。そう、わたしはべつにルドビックとの結婚に異議はありませんよ。これほど正直な話はないでしょう？　でもね、先方から申し込んでこなかったら、結婚なんて簡単にできるもんじゃありませんよ。ルドビックは一度もわたしに申し込まないんですもの」

「あの人、あんまり内気すぎるんですか？」

と、アンは追求した。テオドラが話す気になっているようすなので、このわけのわからぬ問題をアンは根底まで探《さぐ》ろうとした。

テオドラは手仕事をとり落とし、夏景色の青々とした斜面《しゃめん》を、思いに沈む目でながめた。

「いいえ、そうではないと思うのよ。ルドビックは内気じゃありませんもの。ただ、それがあの人のやり方なのよ――スピード家のね。あそこの家の人たちはみな、おそろしく慎重《しんちょう》ですからね。ひとつのことをするにも、何年も思案したすえ、ようやくそうと決心するのよ。ときにはあまり思案ばかりする癖《くせ》がついてしまって、やらずじまいになることもあるのよ――オールダー・スピードおじいさんのようにね――おじいさんはいつも、英国にいる兄弟に会いに行くと言いながら、一度も行かなかったのですからね。どう考えても行ってならない理由はどこにもないのにね。あの人たちはものぐさじゃないのだけれど、手間どるのが好きなのよ」

「では、ルドビックはそのスピード式のじつにはなはだしい実例というわけなのね」

「そのとおりなの。あの人はこれまで一度もことを急いだためしがないのよ。だって、自分の家の塗《ぬ》りかえのことで、この六年間も思案しているんですからね。おりにふれてわたしに相談し、色まで選ぶのだけれど、さて、そこでとまってしまうの。あの人はわたしを好きだし、いつかは結婚してくれと申し込むつもりではいるのよ。問題はただ――その時が果たしてくるかどうかということなの」

「なぜ、あの人をせきたてないの？」

アンはいらいらしてたずねた。

テオドラはまたもや笑いながら、ふたたび手仕事にとりかかった。

「ルドビックをせきたてることができるとしても、わたしの力ではできないわ。わたしはあんまり内気だから。こんな年をして、こんな大きななりをした女がそんなことを言うと、滑稽に聞こえるでしょうが、でもほんとうなのよ。むろん、スピード家の者と結婚するのだったらそれよりほかに方法はないということは承知しているの。たとえば、わたしのいとこで、ルドビックの兄弟と結婚した人があるのよ。まさか、そのいとこのほうからあからさまに先方に申し込みをしたとまではわたしも言わないけれど、でもいいこと、アン、それに遠からずなのよ。わたしにはとてもそんなまねはできないわ。けれど、一度だけやってみようとしたことはあったの。自分がだんだん老《ふ》けて、やがてしぼんでしまうことや、おなじ年ごろの娘たちがみんな、あっちでもこっちでも結婚していくのに気がついたとき、わたしはルドビックにほのめかそうとしたのです。ところが、文句がのどにこびりついて出てこないのよ。だから今ではもうどうでもいいの。自分から先にたって、ディックスの苗字《みょうじ》をスピードに変えなければならないいくらいなら、一生ディックスのままでけっこうですよ。ほら、ルドビックにはわたしたちが年をとっていくということがわからないでしょう。自分たちはまだ、うきうきした若い者で、前途《ぜんと》をたっぷりもっていると思っているのよ。それがスピード家の欠点なの。あの人たちは死んでしまわなけりゃ、自分たちが生きていることがわからない性分《しょうぶん》なのよ」

「あなたはルドビックをお好きでしょう？」アンはテオドラの矛盾《むじゅん》した言葉の中に、まぎれもない悲痛な調子をとらえたのであった。

「ええ、好きですとも」と、テオドラはあっさり答えた。顔を赤らめるまでもない、きまりきったことだと考えているのだった。「それは、もう、ルドビックのことはよくよく考えていますけどね、確かにあの人はだれか世話する者が必要ですよ。かまってもらえず、だらしのないようすをしてますものね。それはあなたにもわかるでしょう。ルドビックのあの年寄りの叔母《おば》という人は、家のことだけはどうやら面倒をみてくれてますけど、あの人の面倒まではみてくれないのよ。それに、ルドビックも世話をやいてもらったり、すこしは甘《あま》やかされる必要のある年代になってきましたからね。

ここではわたしが寂《さび》しい思いをしているし、あそこではルドビックが寂しい暮《く》らしをしている。こんなばかげたことはないと思うでしょうね？　わたしたちが古くからグラフトンの笑いぐさになっているのも無理ないと思うわ。まったく、自分でも自分を笑わずにはいられない始末ですもの。ときには、ルドビックにやきもちをやかせることができたら、あの人も奮いたつんじゃないかと思うこともあったけれど、わたしに浮気《うわき》なんてできないし、できたとしても、浮気の相手がだれもいないのよ。このへんではみんな、わたしをルドビックのものだと見ているから、だれもあの人のじゃまをしようなどとは夢にも思いませんものね」

「テオドラ、いいことを考えついたわ！」

と、アンが叫《さけ》んだ。

「おや、なにをしようと言うの？」

テオドラは驚《おどろ》いて声をあげた。

アンは語った。最初のうち、テオドラは笑って反対したが、ついにアンの熱心にほだされて、半信半疑ながら屈《くっ》してしまった。

「そうね、では、やってみましょうか」と、テオドラは観念した。「もしもルドビックが猛烈《もうれつ》におこって、わたしを捨ててしまったら、今までよりもっとわたしはみじめになるけれど、でも、なんの努力もしなけりゃなんの収穫《しゅうかく》もないんですもの。奮闘《ふんとう》してみるチャンスはあるのよ。それにじつを言えば、わたしもあの人のぐずつきにはうんざりしているのよ」

アンは自分の企《くわだ》てにうずくような喜びを味わいながら山彦荘へ帰って行った。彼女《かのじょ》はアーノルド・シャーマンを捜《さが》し出し、彼《かれ》を必要とする事がらを話してきかせた。アーノルド・シャーマンはじっと耳をかたむけながら笑った。彼は年輩の独身男で、ステファン・アーヴィングの親友であり、夏の間をアーヴィング夫妻とともに過ごしに、プリンス・エドワード島へきていた。円熟した好男子で、いまだにどこかに茶目っ気を残しているので、喜んでアンの計画に加わった。彼はルドビック・スピードをせきたてるのを思って、たまらなく愉快がった。また、テオドラ・ディックスが自分の役割をりっぱに果たせる人物だということも承知していた。結果がどうあろうと、この喜劇は退屈ではあるまい。

次の木曜日の晩、祈禱会《きとうかい》のあとで第一幕があいた。人々が教会から出てきたときには明るい月夜だったので、だれもみな、それをはっきり見てしまった。アーノルド・シャーマンは扉《とびら》のすぐ近くの階段に立ち、ルドビック・スピードのほうは何年来のしきたりどおりに、墓地の柵《さく》の角にもたれていた。少年たちはルドビックがその定《き》まった場所のペンキをすりはがしてしまったと言っていた。ルドビックにしてみれば、教会の扉にへばりついていなければならない理由はどこにも見あたらなかった。テオドラはいつものように出てくるだろうから、角を曲ったらいっしょになればよいのだ。

事の次第《しだい》はこうだった。テオドラは階段を下りてきた。その堂々たる姿が玄関《げんかん》のランプを浴びてくっきり暗闇《くらやみ》の中からうかびあがったとき、アーノルド・シャーマンが「お宅まで送らせていただけましょうか？」と、申し出た。テオドラは落着きはらって彼の腕をとり、呆然《ぼうぜん》としているルドビックのわきをさっさと二人で通りすぎた。ルドビックはわれとわが目が信じられないかのように、なす術《すべ》もなく二人を見送っていた。

しばらくの間、ルドビックはぐったりそこに突《つ》っ立っていたが、やがて彼の移り気な恋人とその新しい崇拝者《すうはいしゃ》のあとを追って道を歩きはじめた。男の子たちや考えなしの若者たちがなにかおもしろい騒《さわ》ぎがもちあがるぞと、群れをなしてあとからついて行ったが、しかし、彼らはがっかりしてしまった。ルドビックは大股《おおまた》でテオドラとアーノルド・シャーマンに追いつくと、今度はおとなしくうしろからついて行った。

アーノルドが特別愉快にと苦心したにもかかわらず、テオドラはわが家までの散歩を楽しむどころではなかった。心は背後から足を引きずりながらついてくるルドビックを恋いこがれていた。これではあまり残酷《ざんこく》だったかしらと心配になったが、しかし、もう足を踏《ふ》みこんでしまったのである。これもみなルドビックによかれと思ってのことだからと、テオドラは気をとりなおし、アーノルド・シャーマンに、まるで世界じゅうで彼だけが男であるかのように話しかけた。かわいそうに見捨てられたルドビックはへりくだってあとからついて行きながら、テオドラの言うことを聞いていたが、実際、どんな苦杯《くはい》をルドビックにさしつけているかを知ったなら、テオドラはたとえどんなによい目的のためであろうと、その杯《さかずき》をさしだす決心はつかなかったに相違《そうい》ない。

テオドラとアーノルドがテオドラの家の門をはいってしまったので、ルドビックは立ち止まらなければならなかった。テオドラがふりかえってみると、ルドビックがじっと街道《かいどう》にたたずんでいるのが見えた。そのしょんぼりした姿が一晩じゅう、彼女の頭から離《はな》れなかった。翌日アンがやってきて、最初の決心をささえてくれなかったなら、テオドラははやくも気がくじけて、なにもかも台無しにするところだった。

一方、ルドビックはひどくおもしろがっている小さな男の子たちの叫びややじもまったく耳にはいらず、彼の恋がたきがテオドラと小径《こみち》の窪《くぼ》みの樅《もみ》の木の下に見えなくなるまで、街道に立ちつくしていた。それから、わが家へ向かったが、いつものゆったりとした歩きぶりではなく、内心の動揺《どうよう》をあらわす、乱れた足どりであった。ルドビックはあわてた。たとえ、ふいにこの世の最後が訪《おとず》れたとしても、あるいは、ゆるやかな、うねうねしたグラフトン川が向きを変えて丘《おか》のほうへ流れだしたとしても、これほど驚きはしなかったであろう。十五年間も集会の帰りにはテオドラといっしょに帰ってきたのに、いまこの年かさの他国者《よそもの》が「合衆国」の魅力《みりょく》をいっぱいぶらさげて、あつかましくもルドビックの鼻先でテオドラを連れて歩み去ったのだ。なおわるいことは――なにより残酷な打撃《だげき》は――テオドラが快くアーノルド・シャーマンとともに行ってしまったことだ。そればかりではない、テオドラはアーノルドといっしょにいることが明らかに楽しそうだった。ルドビックは、のんきな胸のうちに、もっともしごくな怒《いか》りがこみあげてくるのを覚えた。

自分の家の小径のはずれに着くと、ルドビックは門のところで足を止め、三日月形の樺《かば》の木立で小径からさえぎられているわが家をながめた。月明りの中でさえ、その風雨にいたんだ外観はくっきりとしていた。ルドビックはアーノルド・シャーマンがボストンに構えているという噂《うわさ》の「宮殿《きゅうでん》のような邸宅《ていたく》」のことを考え、日焼けした手で不安そうにあごをなでた。それから、こぶしを固めるなりはっしと門柱をなぐりつけた。

「十五年間もおれとつきあったあげく、こんなふうにおれを振《ふ》ろうなどと、テオドラに考えさせてなるものか。アーノルド・シャーマンであろうとなかろうと、おれにはおれの言い分がある。あの生意気な青二才め！」

あくる朝、ルドビックは馬車を駆《か》ってカーモディへ行き、ジョシー・パイに家の塗りかえにきてくれるように頼《たの》み、土曜日の夕方にならなければ行くはずでないのに、その晩、テオドラに会いに出かけて行った。

ところが、それより先にアーノルド・シャーマンがきていて、ルドビック自身がいつもすわる椅子にちゃんと腰《こし》かけていた。ルドビックはテオドラの新しい柳細工《やなぎざいく》のゆり椅子に身を託《たく》さねばならなかったが、それだと、はたの見る目も気の毒なほど、彼は落着きぐあいがわるかった。

この場の気まずさを感じたにしろ、テオドラはみごとに乗りきっていった。彼女がこれほど美しく見えたことはなく、しかも二番めの晴着を着こんでいるのに気がついたルドビックは、もしや、この恋がたきの訪問を待ちうけて装《よそお》ったのではないかと、みじめに気をまわした。テオドラはいままで一度も彼のために絹の衣裳《いしょう》をつけてくれたことはなかった。平生はルドビックほど穏《おだ》やかで柔和《にゅうわ》な人間はまたとなかったが、しかし、こうしておし黙《だま》ったますわり、アーノルド・シャーマンの洗練された話しぶりに耳をかたむけているうちに、ルドビックはむらむらと凶暴《きょうぼう》な感情が燃えあがってくるのを感じた。

「あの人が顔をしかめているところを、あんたにもその場で見せたかったことよ」と、次の日、テオドラは大喜びのアンに語った。

「わたし、意地悪かもしれないけれど、心からうれしかったわ。あの人がきげんをわるくしてしまって、ここへは寄りつかないんじゃないかと心配していたのよ。ここへきて、ふきげんになっているぶんには、ちっとも心配しませんよ。でも、かわいそうに、ひどくつらい思いをしているので、わたしはすっかり良心に責められているのよ。昨夜はシャーマンさんよりながくいようとしたけれど、そうはいかなかったの。急いで小径を帰って行ったときのルドビックほど、不景気な人間は見たことがないわ。そうなのよ。ほんとうに急いで行ったのよ」

次の日曜日の夕方、アーノルド・シャーマンはテオドラと連れだって教会へ行き、いっしょの席にすわった。二人がはいって行くと、ルドビック・スピードは突然《とつぜん》、回廊《かいろう》の下にある自分の座席から立ち上がった。すぐにすわりなおしはしたが、しかし、見えるところにいた人々はみなそれを見てしまったため、その夜はグラフトン川の川上から川下にいたるまで、人々はこの劇的なできごとをおおいに楽しみながら話しあった。

「そうなのよ、牧師さんが聖書を読んでいるさいちゅう、まるで、ぐいっとつり上げられたかのようにとびあがったのよ」と、その場にいあわせたルドビックのいとこのロレラ・スピードが、教会へ行かなかった姉に話してきかせた。「顔は真っ青《まさお》だし、ぐっとにらみつけた目といったら、頭からとびだすばかりだったわよ。あたし、あんなスリルを味わったことってないわ! ルドビックがすぐその場であの二人にとびかかるのかと思ったら、息をのんだだけで、またすわってしまったのよ。そのルドビックの姿をテオドラ・ディックスが見たかどうか、あたしにはわからなかったわ。落着きはらって平気な顔をしていたもの」

テオドラはルドビックを見はしなかったが、しかし、彼女が落着きはらって平然として見えたとしたら、その表情は正直に気分を伝えなかったわけである。じつは情けないほどどとり乱していたのであった。やむをえずアーノルド・シャーマンといっしょに教会へきたものの、これではあまりいきすぎに思えた。グラフトンでは婚約者《こんやくしゃ》同様の間がらでなければ、教会へ行っていっしょにすわったりしないのだった。もしものことがルドビックを目ざめさせるかわりに、麻酔《ますい》のような絶望におとしいれたとしたらどうしよう! 礼拝の間じゅうテオドラはみじめな気持で過ごし、説教はひと言も耳にはいらなかった。

しかし、ルドビックのすばらしい演技はまだ終わったわけではなかった。スピード家の者は容易に奮いたたないが、いったん奮いたったとなると、その勢いは制止できないものだった。テオドラとシャーマン氏が外へ出てみると、ルドビックが階段のところで待ちうけていた。彼は体《からだ》をまっすぐ起こして厳然と立ちはだかり、頭をそらし、肩をいからせていた。その競争相手に投げ与《あた》えた目つきにはおおっぴらに挑戦《ちょうせん》の意があらわれており、テオドラの腕《うで》にかけた手先は、ごくかるくふれたにもかかわらず、高圧的なものを感じさせた。

「お宅へお送りしていいですか？」

言葉はそうだったがその口調は、「否応《いやおう》は言わせず、送って行くぞ」といきまいていた。

テオドラはゆるしを乞《こ》うかのようにアーノルド・シャーマンを見やってから、ルドビックの腕をとった。ルドビックは意気揚々《いきようよう》としてテオドラを連れ、風よけの柵につながれている馬でさえ引きこまれて、ともに味わっているかと思われる牧場の静けさの中を、堂々と横切って行った。ルドビックにとり、まさに輝《かがや》ける生涯《しょうがい》の絶頂であった。

次の日、アンはこのニュースを聞きに、わざわざ、アヴォンリーから歩いてきた。テオドラはきまりわるそうにほほえんだ。

「そうなの、アン。とうとうほんとうにきまったのよ。家へ着くと、ルドビックは単刀直入に、結婚してくれと申し込んだのです——日曜日もなにもおかまいなしにね。式はすぐ挙げるはずなの——必要以上には一週間だってのばせないってルドビックが言うんですもの」

「そういうわけで、ついにルドビック・スピードもせきたてられて、目的を達したわけですね」

と、シャーマン氏が言った。このニュースではちきれそうになってアンは山彦荘にシャーマン氏を訪れたのだった。「それでもちろん、あんたはうれしいでしょうが、かわいそうに、僕《ぼく》の誇《ほこ》りはあの身がわり山羊《やぎ》（訳注　ユダヤ人の罪を負い、荒野へ放たれた山羊）のように犠牲《ぎせい》にされました。テオドラ・ディックスを求めて、得られなかったボストンの男として、いつまでもグラフトンの人たちの笑いものにされるでしょうからね」

「でも、ほんとうじゃないんですものね」

と、アンは慰《なぐさ》め顔で言った。

アーノルド・シャーマンはテオドラの円熟した美しさ、短い交際の間に知ったゆたかな、人好きのする人がらのことを考えた。

「そうとばかりは、言いきれませんよ」

と、シャーマン氏はかすかな吐息《といき》をもらした。

二　ロイド老淑女《ろうしゅくじょ》

五月の章

スペンサーヴェルの噂《うわさ》では、ロイド老淑女は金持で、けちで、気位が高いということになっていた。噂というものはかならず三分の一は正しく、三分の二はまちがっているもので、ロイド老淑女は金持でもなければ、けちでもなく、じつは哀《あわ》れなほど貧しかった。老淑女の庭を掘《ほ》りおこしたり、薪《まき》割《わ》りをしたりしている背中の曲ったジャック・スペンサーのほうが、これに比べるとずっと金持なくらいであった。少なくとも、一日三度の食事にこと欠くことはなかったからだ。それにひきかえ老淑女のほうはときには一度ですませることさえあった。しかし実際、気位は非常に高かった——若いころ、君臨したスペンサーヴェルの人々に、自分がどんなに貧しく、ときにどんなせっぱつまった状態におちいるかを知られるくらいなら、いっそ死んだほうがましなほどだった。それよりもけちんぼの変わり者――どこにも出かけず、教会にさえ行かず、牧師の給料にはほかのだれよりも少額しか寄付しない変人の隠居《いんきょ》だと思われているほうがよかった。

「しかも、金に埋《う》まっているくせに！」と、人々は憤然《ふんぜん》と語りあった。「たしかに、あのけちなやり方は親譲《おやゆず》りじゃありません。あの両親というのはまったく気前のいい、親切な人たちでしたからね。ロイド老先生くらいりっぱな紳士はまたとないほどでしたし、あのかたはいつもだれにでもよくしなすった。しかも、人に尽《つ》くすにしても、恩を受ける相手にひけめを感じさせず、かえってこちらが感謝していると思わせる態度でいなすったですよ。まあまあ、それがお望みだというのなら、ロイドさんはだれとも交際せず、お金も自分だけでしまっておいたらいいでしょうよ。われわれとつきあいたくないなら、つきあわないまでのことですよ。あんなにお金があってあんなにいばっていたって、ちっともしあわせじゃないと思いますがね」

まったくそのとおりで、老淑女がすこしも幸福でないことは不幸なる事実であった。精神的には孤独《こどく》にさいなまれ、物質的には自分と餓死《がし》とをへだてるただ一本の線は、鶏卵《けいらん》の売り上げがもたらすわずかな収入のみという生活では、容易に幸福になれるものではない。

老淑女は、人々の言うところにしたがえば、いつも「ロイド家の古屋敷《ふるやしき》に引っこんで」暮《く》らしていた。軒《のき》の低い古風な造りの家で、大きな煙突《えんとつ》と、真四角な窓がついており、密生したえぞ松《まつ》が周囲をぐるっと囲んでいた。ここに老淑女はたったひとりで住まっており、ジャックのほかは何週間も、人っ子ひとり見ないこともあった。老淑女がなにをしているのか、どうやって時間をつぶしているかというのが、スペンサーヴェルの人たちにとって、解くことのできない謎《なぞ》であった。子供たちは、老淑女が寝台《しんだい》の下にある大きな黒い箱《はこ》に詰《つ》めた金貨を数えているのだ、と言った。スペンサーヴェルの子供たちは老淑女を死ぬほどこわがっており、なかの何人かは――「スペンサー街道《かいどう》」の幼な連中は――彼女《かのじょ》を魔女《まじょ》だと信じていたので、苺《いちご》や、えぞ松の樹脂《じゅし》を捜《さが》しに森をうろついているときなど、遠くのほうで薪拾いをしている、やせた、背のしゃんとした老淑女の姿を見ると、子供たちはみんな、逃《に》げだしてしまった。老淑女が魔女でないことを確信しているのは、メアリー・ムーアだけだった。

「魔女ってものはみにくいものよ」と、メアリーはきっぱり言った。「ロイドのおばあさんはみにくくなんかないわ。ほんとうにきれいな人だわ――髪《かみ》はあんなにやわらかくて白いし、目は大きくて黒いし、顔も小さくて色が白いんですもの。あの街道の子供たちは自分の言ってることがわかってないのよ。うちのお母さんが、あの子たちはたいへんなおばかさんだと言っているわ」

「だって、あのおばあさんはちっとも教会に行かないし、そだを拾ってる間じゅう、ひとりでぶつぶつ言ったり話したりしてるじゃないか」

と、ジミー・キンボルは頑《がん》として言いはった。

老淑女がひとりごとを言っているのは、ほんとうは人間や話が好きだからだった。まったく二十年近くもの間、自分のほかに話し相手がないとしたら、すこしは退屈《たいくつ》にもなるというものだ。そのため、老淑女は、ときには自分の自尊心だけは別として他のいっさいを犠牲《ぎせい》にしてもいい、ちょっとでも、人間の相手がほしいと思うことがあった。そのようなときには、自分からなにもかも取りあげてしまった運命をつらく、恨《うら》めしく感じるのであった。彼女には愛するものがなにもなかった。これこそ人間にとってもっとも不健全な状態なのである。

毎年春がいちばんやりきれなかった。ロイド老淑女にも以前は――そのときは老婦人ではなく、愛らしい、気ままな、元気のよいマーガレット・ロイドであった――春がたいそう好きなときもあったが、いまでは胸痛む思いを味わうので、春を忌《い》みきらった。ことにこの五月の章のこの春は、過ぎ去ったどの春よりも老淑女の胸を痛め、苦痛に耐《た》えられないほどだった。すべてが彼女を悩《なや》ました――新緑の樅《もみ》の梢《こずえ》、家の下《しも》手《て》の窪地《くぼち》にある小さなぶなの木立にたなびく夢《ゆめ》のような霞《かすみ》から、ジャックが鋤《す》きおこした庭の赤土の匂《にお》いにいたるまでそうだった。ある月のよい晩、老淑女は悲しさのあまり泣きあかし、みたされぬ心の思いのために、肉体的なひもじさをも忘れたほどだった。しかも老淑女はその一週間ずっと多少ともひもじく過ごしたのである。ジャックに庭を掘りおこしてもらった手間賃を払《はら》うために、自分はビスケットと水だけですませていたのだった。えぞ松の向こうの空に、いつか、美しいほのぼのとした暁《あかつき》の色がさしそめると、老淑女は枕《まくら》に顔を埋めて、それを見まいとした。

「新しい一日などは大きらいだ」と、彼女は反抗《はんこう》するかのように言った。「これまでの苦しい、つまらない日々と変わりはないのだからね。起きだしてきょうという日を暮らしたくない。ああ、それだのに、昔《むかし》のわたしは新しく夜が明けるたびに、まるでよいたよりを持ってきてくれる友達でもあるかのように、両手をさしのべたものだからね！　あのころは朝が大好きだった——晴れていようが曇《くも》っていようが、これから読もうという本のように楽しかったものだ——それだのに、いまでは大きらいだ——大きらいだ——大きらいだ！」

そうは言っても老淑女は起き上がった。ジャックが庭の仕上げをしに早くからくることを知っていたからである。老淑女は美しいゆたかな白髪《はくはつ》を念入りに結《ゆ》い上げ、小さな金色の水玉模様の紫《むらさき》の絹服をまとった。老淑女がいつも絹の服を着るのは節約のためであり、新しい木綿《もめん》のプリント生地《きじ》を店から買うよりも、母のものだった絹の服を着るほうがずっと安あがりだからであった。母の絹の衣裳《いしょう》はたくさんあるので、老淑女は朝も晩もそれを着たが、それがスペンサーヴェルの人々にとって、老淑女の気位の高いことを示すまた一つの証拠《しょうこ》と受取れた。服の型が古いわけはもちろん、あまりけちで縫《ぬ》いなおしの費用を惜《お》しむからだ。人々は老淑女がその絹の衣裳をまとうとき、どの一着にしても、ひどい流行おくれになっているのを嘆《なげ》かないですむものがないことや、彼女の昔ふうのすそひだやオーバースカートを見やるジャックの目でさえ、女としての老淑女が耐えがたいほどの思いをしていることを知らなかった。

新しい一日を歓迎《かんげい》しなかったにもかかわらず、昼食のあと——いや、いっそ、昼のビスケットと言ったほうがよい——散歩に出かけた老淑女は、その美しさに魅了《みりょう》された。それはいかにもいきいきと、美しく、清らかな日であった。古いロイド家の屋敷をとりまくえぞ松の林は、忙《いそが》しい春の活動で身を震《ふる》わせ、若々しい光と影《かげ》を一面に浴びていた。木の間をさまよう老淑女の苦悩《くのう》にみちた心にも、この木々の喜びは忍《しの》びこんだとみえて、ぶなの木立の下を流れる小川の板橋にさしかかるころには、老淑女はふたたび穏《おだ》やかな、やさしい気持に返っていた。そこには老淑女のみ知るある理由から特別好きなぶなの大木があった――灰色の大理石の柱のような幹をした、巨大《きょだい》な、丈高《たけたか》いぶなで、こんもりと葉の茂《しげ》る大枝《おおえだ》をさしひろげた下には、小川の水がよどんで金褐色《きんかっしょく》の水たまりができていた。老淑女の生涯《しょうがい》から今は消えうせたかつての日の栄光が後光をなげかけていた娘《むすめ》時代には、この木もまだ若木であったのだ。

森のすぐ上手《かみて》にある、ウィリアム・スペンサーの地所へ行く小径《こみち》の向こうから、子供たちの声や笑いが聞こえてきた。ウィリアム・スペンサーの家の表の小径は別の方向から街道へつづいているのだが、この裏道は近道なので、ウィリアムの子供たちはいつもここを通って学校へ行くのだった。

老淑女はあわててひとむらのえぞ松の若木のうしろに身をかくした。スペンサー家の子供たちがいつもひどく彼女をこわがっているようすなので、老淑女は彼《かれ》らを好まないのであった。えぞ松の陰《かげ》から見ていると、子供たちははしゃぎながら小径を伝ってきた――年上の二人が先にたち、双生児《ふたご》はそのあとから、背の高い、ほっそりした、若い少女の手にかじりつきながらやってきた――たぶん、新しく赴任《ふにん》した音楽の先生にちがいない。この新しい先生がウィリアム・スペンサーの家に宿をとることになったと、卵売りから老淑女は知ったが、名前は聞いていなかった。

一行が近づいたとき、老淑女はいくらか好奇心《こうきしん》を覚えてその先生をながめた――すると、突然《とつぜん》、老淑女の心臓はどきっとして、何年このかた覚えたこともないほど激《はげ》しく鼓動《こどう》しはじめ、息づかいはせわしくなり、体《からだ》はひどく震えだした。この娘はだれ――だれだろう？

新来の音楽教師の麦藁帽子《むぎわらぼうし》の下には、過ぎ去った昔、老淑女の記憶《きおく》に残る他の人の頭に見たと同じ色あい、同じ波形のみごとな栗色《くりいろ》の髪がふさふさとのぞいていた。その波うつ髪の下から、黒いまつげと眉《まゆ》、青みがかった紫色の大きな目が映った――それは老淑女が自分の目と同様によく知っている目であり、美しい上品な輪郭《りんかく》、ほのかな血色、喜びにあふれた快活な若々しいその新来の音楽教師の顔は、老淑女の過去の時代に属する顔であった――どこからどこまでも生き写しであったが、一つだけ異なった点があった。老淑女の記憶に残る顔は強く人をひきつけるにもかかわらず、弱々しいところがあった。この少女の顔にはやさしさと女らしさからなるりっぱな支配力がやどっていた。老淑女のかくれている場所のわきを通るとき、子供たちのだれかが言ったことで、少女は笑ったが、ああ、その笑い声を老淑女はよく知っていた。ずっと以前、このぶなの木の下で聞いたことのある声だったのである。

老淑女は一行が橋の向こうの、うっそうと樹木の茂る丘《おか》を越《こ》えて見えなくなるまで、見送っていたが、やがて、夢の中を歩く人のような足どりで家へ帰ってきた。ジャックはえらい勢いで庭を掘りかえしていた。老淑女はジャックの噂好きなのを嫌《きら》ってふだんはあまり話をしなかった。それが今、金色の水玉をちらした紫絹をまとった、いかめしい老体を庭へ運んだ。白髪は日光をうけて輝《かがや》いていた。

老淑女が出かけるのを見ていたジャックは、ご隠居さんも弱ってきなすったなとひとりごとを言った。顔色はわるく、やつれてみえた。が、ジャックは自分の見そこないだったにちがいないと思った。帰ってきた老淑女の頰《ほお》は桃色《ももいろ》で、目は輝いていた。散歩をしている間にどこかで少なくとも十年は捨ててきたに相違《そうい》ない。ジャックは鋤《すき》にもたれながら、ご隠居さんをしのぐりっぱな女はどこにだって、たんとはあるまいと断定した。ただ、あんなにけちなのがきずだ！

「スペンサーさん」と、老淑女はあいそよく声をかけた――目下の人々にものを言うときには、老淑女はいつもたいへんあいそがよかった――

「あのウィリアム・スペンサーさんのところに下宿している、新しい音楽の先生の名前を教えてくださいな」

「シルヴィア・グレイといいなさるだ」

と、ジャックが答えた。

老淑女の心臓はまたもやどきっとした。しかし、そうとは知っていたのである――

レスリー・グレイの髪と目と笑いをもったあの少女が、レスリー・グレイの娘にちがいないと考えていたのだった。

ジャックはペッと手に唾《つば》して仕事をつづけたが、その鋤よりも早く回るジャックの舌に、老淑女はむさぼるように耳をかたむけ、ジャックのおしゃべりと噂好きをはじめて喜び、感謝した。彼の口からこぼれる一言一句が老淑女にとっては、銀紙に描《えが》いた黄金のりんごにも相当した。

ジャックは新しい音楽の先生が着いた日に、ウィリアム・スペンサーのところへ仕事に行っていたが、いやしくもこのジャックがまる一日もかかって、何びとのことであれ、掘り出せないことが一つでもあるとすれば――少なくとも生活の外側に関するかぎり――それは知るだけの値打ちがないことだと言ってもよかった。ものごとを掘り出すのについでジャックの好むところは、それらを語ることであった。そのため、この三十分を、ジャックと老淑女と、どっちがよけい楽しんだかはどっちとも言えなかった。

ジャックの話を煎《せん》じつめればこうだった。グレイ嬢は赤んぼのときに両親を失い、伯母《おば》に育てられた。非常に貧しく、かつ非常に大きな望みをいだいている伯母だった。「音楽の勉強をしたがってるんでさ」と、話の最後にジャックが言った。「まったくそうすべきでさ。あんな声はわし、聞いたこたねえもの。あの晩、夕食のあとでわしらに歌ってくれたっけが、天使でも歌ってるかと思いましただ。まるで稲妻《いなずま》みてえにわしの心を貫《つらぬ》いただものね。スペンサーさんとこの子供たちゃ、もう、あの先生に夢《む》中《ちゅう》でさ。このへんとグラフトンと、アヴォンリーに二十人ばかり生徒があんなさるですよ」

ジャックの知るかぎりを聞いてしまうと、老淑女は家の中へはいり、小さな居間の窓辺に腰《こし》をおろしていまの話をもう一度考えてみた。興奮のため、頭の先から爪先《つまさき》まで震えていた。

レスリーの娘とは！　この老淑女にももとはロマンスがあったのだ。遠い昔——四十年も前のこと——彼女はレスリー・グレイと婚約《こんやく》の仲であった。彼はある夏の学期の間——それはマーガレット・ロイドの生涯における黄金《ゴールデン・サマー》の夏であった——スペンサーヴェルで教鞭《きょうべん》をとっていた。若い大学生だったレスリーは内気で夢想的な美男子で、文学に野心をいだいており、それがいつの日か、名声と富をもたらしてくれるものと、マーガレットと二人でかたく信じていた。

ところが、その黄金の夏の終わりにばかげた、激しい争いがおこり、レスリーは憤然と去ってしまった。あとになって彼は手紙をよこしたが、なおも自尊心と怒《いか》りのとりこになっていたマーガレット・ロイドは手きびしい返事を書き送った。それきり手紙はこなくなり、レスリー・グレイは二度ともどらなかった。そしてある日、ついにマーガレットは自分が永久に自分の生涯から愛を追い出したということに目ざめたのである。愛は二度と再び自分のものにならないことをさとった瞬間《しゅんかん》から、マーガレットは青春に背をむけ、暗黒の谷間をくだって行くうちに、孤独《こどく》な偏屈《へんくつ》な老女になってしまったのであった。

何年もたってから、レスリーが結婚したと聞き、やがて夢をみたしえぬ生涯を送ったのちに死んだというたよりが伝わってきた。それ以上、老淑女はなにも聞きもしないし、知りもしなかった――きょう、ぶなの窪地でレスリーの娘がこちらには気づかずに、そばを通りすぎるまでは。

「あの人の娘だとは！　わたしの娘になっていたかもしれないのに」と、老淑女はつぶやいた。「ああ、あの娘と近づきになって、かわいがることができたらねえ――そうしたら向こうでもそれに応じてわたしを好きになってくれるだろうに！　だが、そればできない。レスリー・グレイの娘にわたしがどんなに貧乏《びんぼう》か――どんなにおちぶれているか知られたくない。とてもわたしには耐えられない。しかもあの娘が、あのかわいい娘がこんな近くに――わずか道をのぼりきった丘の向こうに住んでいるとは。あの娘が通るのを毎日でも見られるわけだ——せめて、そのくらいの楽しみはかなえられる。けれど、ああ、なにかあの娘のためにしてやれたらねえ——なにかちょっとした喜ぶものをやれたらねえ。そうしたらこんなうれしいことはないのだけれど」

その晩、老婦人が何気なく客用寝室《しんしつ》へはいって行くと、丘の木立の間からひと筋の光が輝いていた。スペンサー家の客用寝室からさしてくる灯《ひ》であることが老婦人にわかった。ああ、シルヴィアの灯だ。老淑女《ろうしゅくじょ》は暗闇《くらやみ》の中に立ちつくしたまま、灯が消えてしまうまで見守っていた——ちょうど、古いばらの花びらをかきまわしたときのような快い香《かお》りが胸を吹《ふ》きすぎた。シルヴィアが部屋の中を動きまわりながら、長いつややかな髪をすいて編んだり——小さな装身具《そうしんぐ》や、娘らしい装飾品《そうしょくひん》をはずしたり——簡単な寝《ね》じたくをしているところを老淑女は想像してみた。灯が消えると、ほっそりした白衣の姿がやわらかな星明りの窓辺にひざまずいているところを心に描き、老淑女もすぐその場でひざまずき、自分もいっしょに祈《いの》りをささげた。いつも唱える簡単な形式のものだったが、新しい気力がわきでて感激《かんげき》のこもった祈りになったように思われた。最後に新たな願いをつけたした。

「神よ、あの娘のために、わたくしにできますことをなにか考えつかせてくださいませ――なにか、わたくしにできる小さな、小さなことを思いつかせてくださいませ」

老淑女はこれまでずっと定まった一室で――えぞ松の林に面した北側の部屋で眠《ねむ》ることにしており、その部屋がたいへん気にいっていたが、次の日になると、なんの未練もなく客用寝室に移ってしまった。今後はここを自分の寝室にするつもりだった。シルヴィアの灯が見えるところでなければいけない。老淑女は夕闇のような胸に突然さしこんだその地上の星が寝ながら見える場所に、寝台をすえた。彼女はたいそう幸福だった。幸福など何年来、味わったことがなかったが、今や、老淑女のつらい現実の生活とはかけはなれていても、やはり気の安まる、ふしぎな、新しい、夢のような興味が老婦人の生活にはいってきたのだ。それに、シルヴィアにしてやれることを――シルヴィアが喜ぶにちがいない小さな、小さな、小さなことを老婦人は考えついた。

スペンサーヴェルの人々はスペンサーヴェルにさんざしの花が一つもないのは残念だといつも言っていた。若者たちはさんざしがほしければ六マイルも離《はな》れたアヴォンリーのやせ地までつみに行かねばならないと思っていた。だが、ロイド老淑女はもっとくわしかった。ただひとりでたびたび長い散歩を重ねているうちに、森のはるか奥《おく》のほうに小さな開墾地《かいこんち》を見つけた――南側が傾斜《けいしゃ》している砂地の丘で、町に住むある男の所有する森林地帯にあった——ここが春になると、淡紅色《たんこうしょく》や白のさんざしで星をちりばめたようになった。

その日の午後、この開墾地へ出かけて行った老淑女は、森の小径や小暗《おぐら》いえぞ松の枝さしかわす下を、なにかうれしい目的をもつ者のように歩いて行った。たちまち春はふたたびいとしい美しいものになった。愛がもう一度、老婦人の心によみがえり、飢《う》えた魂《たましい》が神の食物とも言うべきその愛を豊かに味わったからであった。

ロイド老淑女は砂丘《さきゅう》におびただしいさんざしを発見した。シルヴィアがどんなに喜ぶかしれないと、その美しさを満足そうにながめながら、かごをいっぱいにみたし、家へ帰ると、小さな紙片《しへん》に「シルヴィアへ」としるした。スペンサーヴェルではだれも老淑女の字を知る者はないはずだが念のために、丸い、大きな、子供に似せた文字で筆跡《ひっせき》をくらました。そのさんざしを窪地へ持って行き、あのぶなの古木の太根の間の奥まったところへ束《たば》ねて置き、紙きれは茎《くき》に刺《さ》しとおしていちばん上へのせた。

それがすむと、老淑女はそろそろとえぞ松の茂みのうしろにかくれた。身をかくすために濃緑色《のうりょくしょく》の絹の服をまとっていた。待つほどもなく、シルヴィア・グレイがマティ・スペンサーといっしょに丘をくだってきた。橋のたもとへきたとき、シルヴィアはさんざしを見つけ、喜びの叫《さけ》びをあげたが、自分の名前を見るといぶかしげな表情に変わった。梢越《こずえご》しにのぞき見していた老淑女はこの小さな企《くわだ》ての成功に、うれしさのあまり笑いだすところだった。

「あたしにですって！」と、シルヴィアは花をかかえあげて言った。「ほんとうにあたしになのかしらね、マティ？　どなたがここへ置いといてくだすったのかしら？」

マティはくすくす笑った。

「きっと、クリス・スチュワートよ。あの人がゆうべアヴォンリーへ行ったのをあたし知ってるのよ。それに母さんがね、あの人は先生に思いをよせてるんだって言ってたわ――おとといの晩、先生が歌を歌っていたとき、じっと先生の顔を見ていたあの人のようすでわかるって。こんな変わったことをするなんて、いかにもあの人らしいじゃないの――女の子たちにはとても恥《は》ずかしがりやなんですもの」

シルヴィアはちょっと顔をしかめた。マティの言い方が気にいらなかったのである。だが、さんざしは実際、好きだったし、クリス・スチュワートもきらいではなかった。シルヴィアにとって、クリスは感じのよい内気な田舎《いなか》の少年として映った。シルヴィアは花を持ちあげて、その中に顔をうずめた。

「とにかく、だれにしても、この花をくださったかたを、あたし、ありがたいと思うわ」と、シルヴィアは楽しそうに言った。「さんざしくらい好きな花はないんですもの。ああ、なんていい匂《にお》いなんでしょう!」

二人が立ち去ると、老淑女は勝利に顔を輝かせて、かくれ場所からあらわれた。シルヴィアがこの花を贈《おく》ったのはクリス・スチュワートだと思ったことにも、腹は立たなかった。いや、いっそう好つごうでさえあった。それだけシルヴィアがほんとうの贈り主に目をつける心配が少なくなるわけである。かんじんなことは、シルヴィアをその花で喜ばせることだった。それでまったく満足した老淑女はうれしさに心もうきうきと、寂《さび》しいわが家へ帰って行った。

まもなく、クリス・スチュワートが一日おきにぶな林の窪地《くぼち》へ、音楽の先生のためにさんざしの花を置きに行くという噂《うわさ》がスペンサーヴェルにひろまった。クリス自身それを否定したが信用されなかった。まず第一、スペンサーヴェルにはさんざしが咲《さ》かないこと。第二に、クリスはバター工場に牛乳を卸《おろ》しに、一日おきにカーモディへ行かなければならず、そのカーモディにさんざしが咲いていること。第三にスチュワート家の者にはロマンチックな傾向があること、などで、だれでも、これだけ環境《かんきょう》証拠がそろえば十分ではないだろうか?

シルヴィアのほうでは、クリスが自分にたいして少年らしい崇拝《すうはい》の気持をよせ、それをこうして優美に表現するのをいとう気はなく、ほかの方法で訴《うった》えて愛情を表現し、自分をおこらせたりせず、このようにするクリスをたいへんゆかしく思い、満足して彼のさんざしを楽しんだ。

卵売りから耳にはいるこういう噂すべてを、ロイド老淑女は目の底に笑いをちらつかせながら聞きいった。卵売りは家へ帰ると、今年の春のように奥さんが元気なのを見たことがないと断言した。

老淑女は秘密を自分の胸一つにおさめているため、若々しくなっていった。さんざしの丘には花のつづくかぎり通い、いつもえぞ松の中にかくれて、シルヴィアが通りすぎるのを見守っていた。シルヴィアへの愛情は日一日とまし、なつかしむ気持は深まる一方だった。老淑女の性質にひそむ、ながい間おさえられていたこまやかな愛情が、それとは知らぬ少女に向かってあふれ出たのであった。老淑女には、シルヴィアのしとやかさ、美しさ、やさしい声や笑いが誇《ほこ》らしかった。シルヴィアを崇拝してくれるスペンサー家の子供たちにまで好意をもちはじめ、シルヴィアの世話をするスペンサー夫人がうらやましかった。シルヴィアのたよりを――世間で人気があること、仕事の方面でも成功していること、すでに人々の愛と讃美《さんび》をわがものにしていることなどを――もたらしてくれる卵売りさえ、なつかしい人間に思えた。

老淑女は自分でシルヴィアの前にあらわれようとは夢《ゆめ》にも思わなかった。この貧乏なありさまでは夢にも考えられないことだった。シルヴィアと近づきになり――この古い家へきてもらったり――シルヴィアに話しかけたりして、シルヴィアの生活にはいってみることはさぞ楽しいことだろう。だが、それはならない。老淑女の自尊心はいまなお、愛情よりもはるかに強かった。自尊心だけはこれまで一度も犠牲《ぎせい》にしたことのない、また――老淑女の信じるところによれば――この先とも犠牲にできないただ一つのものであった。

六月の章

六月になると、さんざしの花はなくなったが、今度はロイド老淑女の庭に花がいっぱい咲いたので、毎朝シルヴィアはその花の束をぶなの木のそばに見いだした――香り高い、象牙《ぞうげ》のような白水仙《しろずいせん》、炎《ほのお》のようなチューリップ、妖精《ようせい》の枝《えだ》のようなブリーディング・ハート、ピンクと白のまざった、早咲きの、とげの多い匂いのよい、小さな一重《ひとえ》のばらなどであった。老淑女は見つかる心配はなかった。彼女《かのじょ》の庭の花はスペンサーヴェルではスチュワート家をもふくめ、すべての家の庭に咲いていたからである。クリス・スチュワートは音楽教師のことでからかわれても、ただ微笑《びしょう》するだけで、なにも言わなかった。花の贈り主がほんとうはだれであるか、彼《かれ》はよく承知していたのである。さんざしの噂が流れたとき、クリスは真相を探《さぐ》り出すのを自分のつとめと心得たが、ロイド老淑女が明らかに人に知られたくないようすなので、彼はだれにも告げなかった。クリスは十年前のある日、森で足をけがして泣いていた彼を、老淑女が見つけて自分の家に連れて行き、傷《きず》を洗ったり、ほうたいを巻いたりしてくれたうえ、菓子屋《かしや》で飴《あめ》を買いなさいと十セントもらって以来、ロイド老淑女が好きだった。その晩、老淑女は夕食ぬきですましたのだが、そんなことはクリスは夢にも知らなかった。

ロイド老淑女は今年の六月はたいそう美しいと思った。もはや、新しい日々を恐《おそ》れないばかりか、大歓迎《だいかんげい》だった。

「いまでは毎日毎日がすばらしい日だ」と、老淑女は歓喜にあふれてつぶやいた——なぜならほとんどくる日もくる日もシルヴィアを垣間見《かいまみ》ることができるではないか？雨降りの日でさえ老淑女は勇敢《ゆうかん》にもリューマチの危険をおかして、雫《しずく》したたるいつものえぞ松の茂《しげ》みのうしろにかくれて、シルヴィアが通るのをながめた。ただ一日だけ、シルヴィアを見られない日があった。それは日曜日であり、ロイド老淑女にとって今年の六月の日曜日ほどながく思われた日はかつてなかった。

ある日、卵売りがニュースをもってきた。

「音楽の先生が明日、教会で献金《けんきん》のときに独唱をしなさるそうでさ」

老淑女の黒い眼《め》は興味で輝《かがや》いた。

「グレイさんが聖歌隊にはいっていたとは知りませんでしたね」

「二週間前の日曜日からでさ。まったく、今じゃ、わしらの音楽の先生の声は聞く値打ちがありますだよ。明日は教会も満員のことでしょうさ――歌にかけちゃ、あの人の名はこの地方全体にひろまってますからね。奥さんもぜひ、聞きにきなさるがええだ」

卵売りがこう言ったのは、いかに老淑女が威風堂々《いふうどうどう》としていても、自分はびくともしないということを見せたいがための、からいばりにすぎなかった。老淑女が返事をしないので、卵売りはおこらせたのかと思い、あんなことを言いださなければよかったと後悔《こうかい》しながら立ち去った。だが、じつは、老淑女は卵売りのことなんか忘れてしまったのであった。卵売りが最後の言葉を話し終えたとたんに、老淑女の頭からは、卵売りの姿も身分も忘れ去られてしまった。彼女の思いと感情と希望のすべてはシルヴィアの独唱を聞きたいといういちずの願いの渦《うず》の中に巻きこまれてしまった。激情に身をもまれながら家の中にはいり、その願いを押《お》しつぶそうとあせった。そのためにありったけの自尊心をかき集めたが成功しなかった。自尊心はこう言った。

「お前はあの子の歌を聞くためには教会へ行かなければならないだろうよ。教会へ着て行く、ちゃんとした衣裳《いしよう》もないくせにさ。あの人たちみんなの前でお前がどんな姿をさらすか、考えてみなさい」

しかし、今はじめて自尊心よりもっと強い声が老淑女の心に話しかけた――そしてはじめて老淑女はそれに耳をかたむけた。たしかに彼女は母の絹の衣裳を着るようになった日以来、教会には一度も足を踏《ふ》みいれなかった。自分でもこれをいけないと思い、その償《つぐな》いとして非常に厳格に日曜日をまもり、朝と夕方には自分で簡単な礼拝を行うことにして、しゃがれた声で讃美歌《さんびか》を三つ歌い、声を出して祈りを唱え、説教を読んだ。けれども、どうしても時代おくれの衣裳を着て教会へ行く気にはなれなかった――もとはスペンサーヴェルの流行のさきがけであった自分だのに。しかもこうして遠ざかれば遠ざかるほど、ますます行きづらく思われてきた。ところが、今や不可能が可能になったのみならず、それが絶対的な要求となってきた。たとえどんなに自分のかっこうが滑稽《こつけい》に見えようとも、また人々がなんと言おうと笑おうと、シルヴィアの歌を聞きに教会へ行かねばならない。

翌日の午後、スペンサーヴェルの信徒たちの間に、かるいセンセーションが起こった。礼拝が始まるすこし前に、ロイド老淑女が通路を歩いてきて、説教壇《せっきょうだん》の前の、ながい間空席になっていたロイド家の席についたからである。

胸の中では老淑女は身も世もない苦しい思いをしていた。出てくる前に鏡に映した自分の姿を思いだした——三十年も昔《むかし》の型の、古ぼけた黒絹の服に、ひだとりのしてある奇妙《きみよう》な、小さな黒繻子《くろじゅす》の帽子《ぼうし》が周囲の世間の眼にどんなにか滑稽に映るにちがいないと老淑女は考えた。

実際のところ、ロイド老淑女はすこしも滑稽には見えなかった。着る婦人によってはそう見えたかもしれないが、老淑女の堂々とした気品の高い態度と姿は、言うに言われず人を圧し、服装への注意をいっさい抹殺《まっさつ》してしまった。

このことに彼女自身は気がつかなかったが、彼女が気づいたのは、まもなく、商店の主婦であるキンボル夫人が、生地《きじ》といい形といい最新流行の服をさらさらいわせながら隣《となり》の席についたことだった。キンボル夫人はロイド老淑女と同じ年であり、昔、マーガレット・ロイドの衣裳をうやうやしく一定の距離《きより》をおいてまねるだけで満足していたこともあった。しかし、商店主から結婚《けっこん》の申し込みをうけ、今では事情も変わったわけで、その変遷《へんせん》を痛切に感じたロイド老淑女は、教会へこなければよかったとなかば悔《く》みながらすわっていた。

そのとき突然《とつぜん》、愛の天使の手が、虚栄《きょえい》と病的な自尊心からなる愚《おろ》かな思いにふれたため、それらのものはあとかたもなく消えうせてしまった。シルヴィア・グレイが聖歌隊席にあらわれたからである。彼女は午後の日ざしがちょうど後光のようにその美しい頭にふりそそぐ位置にすわった。老淑女は望みをみたされた思いで有頂天《うちょうてん》になって、しげしげとシルヴィアをながめ、それからは礼拝がありがたく感じられた。人間に関することであれ、神に関することであれ、自分をむなしくした愛という媒体《ばいたい》を通れば、どんなものでもありがたく感じられるのである。いや、神と人とは程度の差こそあれ、種類はちがわぬ、同一物ではなかろうか?

これまで老淑女はこんなにしみじみとシルヴィアを見たことがなかった。今まではいつもちらっと盗《ぬす》み見たにすぎないからである。いま、老淑女はすわったまま、シルヴィアをむさぼるように、心ゆくまでうちながめ、小さな魅力《みりょく》や愛らしさの一つ一つにいたるまで、うれしそうに目を離しかねていた――シルヴィアのつやつやした髪《かみ》がさざなみのように額からうしろへと流れているようす、こちらのあまりにあつかましい、好奇的な目に出会ったとき、すばやくその長いまつげを伏《ふ》せる癖《くせ》、讃美歌の本を持つすんなりと形の美しい手――それはレスリー・グレイの手にそっくりであった。服装は黒のスカートに白いブラウスという質素なものだったが、なみいる着かざった聖歌隊の娘《むすめ》たちだれひとりとして、シルヴィアにおよぶ者はなかった——とは、卵売りが教会から帰って、女房《にょうぼう》に話した文句である。

老淑女《ろうしゅくじょ》は礼拝開会の讃美歌にうずくような喜びを味わいながら耳をかたむけた。シルヴィアの声が他を圧して響《ひび》きわたった。しかし執事《しつじ》たちが献金を集めに立ち上がると、会衆の間に、抑《おさ》えつけた興奮がただよった。シルヴィアが立ち上がり、オルガンのジャネット・ムーアのそばへ進み出たからである。次の瞬間《しゅんかん》、美しい声が歌の魂のように建物を舞《ま》い上がった——誠実な、澄《す》んだ、力強い、やさしい声が。スペンサーヴェルでは、ロイド老淑女のほかはだれひとりとして、このような声を聞いたことがなかった。老淑女だけは若いころ、りっぱな歌手の声を豊富に聞いてきたので、相当の判断力をそなえており、ただちに、自分が心から愛するこの若い娘が才能を——正しく訓練され、のばされるなら、いつの日か富と名声をもたらすに相違《そうい》ない才能をもっていることを悟《さと》った。

「ああ、教会にきてよかった」

と、ロイド老淑女は思った。

独唱が終わると、老淑女の良心は、目も心もシルヴィアからひきはなし牧師に向けよ、とささやいた。牧師は礼拝のはじめのプログラムの間じゅう、ロイド老淑女が自分のためにきてくれたのだと得意になっていた。彼は赴任《ふにん》したてで、スペンサーヴェルの教会を受け持ってからまだ二、三カ月しかたっていなかった。目はしのきく、小がらな男で、ロイド老淑女を教会にひっぱり出したのは自分の説教の評判を聞いたためだと、心から信じていた。

礼拝がすむと、老婦人の隣人《りんじん》たちがみなきて、にこにこ笑ったり、握手《あくしゅ》したり、話しかけたりした。こうしてロイド老淑女が正しい道に踏み出してきたからには、自分たちでそれを励《はげ》ますべきだと考えたのである。老婦人のほうでも人々のあたたかい気持がうれしく、昔と変わらぬ尊敬と敬意が無意識のうちにこめられているのを見ても、やはりうれしかった——老淑女の人となりは近づく人すべてに尊敬を感じさせた。流行おくれの帽子や旧式の衣裳にもかかわらず、老淑女は今なお、その力を駆使《くし》できるのを知って驚《おどろ》いた。

ジャネット・ムーアとシルヴィア・グレイは教会からいっしょに帰って行った。

「きょう、ロイドのおばあさまが出ていらしたのを見なすって？」と、ジャネットがきいた。

「はいってきたのを見てあたし、びっくりしちゃったわ。あのかたが教会へくるなんてあたし、覚えがないくらいですもの。なんて奇妙な古くさい姿でしょう！　ほら、とてもお金持でしょう。それだのに、お母さんのお古ばかし着て、ひとつも新しいものを買わないのよ。けちだと言う人もあるけれど、でもあたしはね、ただ片意地なだけだと思うのよ」と、ジャネットは寛大《かんだい》なところを見せて結んだ。

「今まで一度もお目にかかったことはないけれど、あのかたを見るとすぐに、あれがロイドさんだと思ったわ」と、シルヴィアが夢見るように言った。「あのかたにお会いしたいと願っていたのよ――あるわけがあってね。とてもすばらしいお顔でいらっしゃるのね。お会いしたい――お近づきになりたいわ」

「知合いにはなれまいと思うわ」ジャネットは無造作に言ってのけた。「ロイドさんは若い者たちがきらいだし、どこにも出歩きませんものね。あたしはあのかたと知合いになどなりたくないわ。こわそうなんですもの――態度がひどくいかめしいし、眼といえば妙に射ぬくようですものね」

「あたしはこわいと思わないわ」と、シルヴィアはスペンサー家の小径《こみち》に折れると、ひとりごとを言った。「でも、お近づきにはなれそうもないわ。あたしがだれかということがわかったら、あのかたはあたしをきらいなさるでしょうからね。あたしがレスリー・グレイの娘だなんて、ぜんぜん気づいていらっしゃらないと思うわ」

牧師は鉄は熱しているうちに打とうとさっそくあくる日の午後、ロイド老淑女を訪問に出かけた。彼はびくびく震《ふる》えながら行った。いろいろ老淑女についての噂《うわさ》を聞いていたからである。しかし、老淑女が生まれのよさからくる上品な態度で、いかにも気持よく調子をあわせてくれるので、牧師はすっかり喜んでしまい、家へ帰ってから妻に、スペンサーヴェルの人々はあのロイド老淑女を理解していないと語った。これはまさにそのとおりであった。しかし、牧師も老淑女を理解したとは断言できないことだった。

彼はたった一つまちがいをおかしたのだが、老淑女がそれをぴしゃっとやっつけなかったので、牧師は自分のあやまちに気づかなかった。別れぎわに牧師はこう言ったのだった。

「次の日曜日にも教会へいらしていただきたいものですな、ロイドさん」

「まいりますとも」

と、老淑女は力をこめて言った。

七月の章

七月一日のこと、シルヴィアは窪地《くぼち》のぶなの木のところに、白樺《しらかば》の皮で作った小さな舟型《ふながた》の箱《はこ》に、苺《いちご》がいっぱい盛《も》ってあるのを発見した。それはいちばんはしりの苺であった。老淑女が自分だけが知っている通いなれた道で見つけたものだった。老淑女自身の貧弱《ひんじゃく》な献立《こんだて》に加えればどんなにおいしい一皿《さら》になるかしれなかったが、しかし、自分で食べようとは思いもよらなかった。シルヴィアがお茶のときに喜んで食べるのを思うと、そのほうがずっとうれしかった。その後は花にかわって苺がつづくかぎり置かれ、それから、こけももとなり、ラズベリーとなった。こけももは遠くに実っているので、老淑女はたびたび遠出をした。そのため、ときどき、夜になると、骨が痛んだが、そんなことがなんで気になろうか？　骨の痛みのほうが心の痛みより、はるかにしのぎやすく、しかも何年来の老淑女の心の痛みがはじめてとれたのであった。心は神のマナ（訳注　イスラエル人がアラビアの荒野で神より恵まれた食物）で養われつつあったのである。

ある晩、ジャックが老淑女の井戸の故障をなおしにきた。老淑女はあいそよく、ジャックのほうへぶらぶら近づいて行った。彼が一日じゅう、スペンサー家で仕事をしていたのを知っているので、なにかシルヴィアに関するニュースのかけらでもついばめるかもしれないと思ったからだった。

「今夜はあの音楽の先生はちっとばか、ふさぎの虫にとっつかれてなさるでしょうよ」ジャックはウィリアム・スペンサーの新式のポンプだとか、スペンサー夫人の新しい洗濯機《せんたくき》だとか、アメリア・スペンサーの新しい若い男のことだのを、こまごまと述べたてて、老淑女の忍耐《にんたい》を人間としてぎりぎりの限界まですりへらしてから、こう言いだした。

「それはまたどうして？」

老淑女は真《ま》っ青《さお》になって問いかえした。シルヴィアになにか起こったのだろうか？

「なにね、ムーアの奥《おく》さんの兄弟で、町に住んでなさる人んとこで大きなパーティがあるそうでしてね、それにあの人は招かれてるんだが、着て行く服がないというわけなんでさ。あそこの衆はお歴々ばかしだから、みんな、金に糸目をつけずにかざりたてることでしょうさ。スペンサーの奥さんが話してましたがね。グレイさんは伯母《おば》さんの医者の支払《しはら》いを助《す》けてるもんで、新しい服が買えないんだって、奥さん言ってましただ。だから顔にゃ出さなくも、ひどくがっかりしてるにちげえねえってね。ゆんべ、寝床《ねどこ》へはいってからグレイさんが泣いてたのを知ってるって、スペンサーの奥さん言ってましたっけが」

老淑女はいきなりくるっと向こうをむいて、家の中へはいってしまった。こんなことはない。シルヴィアをそのパーティにやらなくては――なんとしても。だが、どうしたらよかろう？　老淑女の頭に、母の絹の服を、という途方《とほう》もない考えがよぎった。

しかし、たとえ作りなおす時間はあるにしても、どれ一つとして役にたつものはあるまい。老淑女はこのときほど失われた財産のことを悔んだことがなかった。

「手持ちのお金は二ドルしかないし、これで今度、卵売りがくるまでの暮《く》らしをたてなくてはならない。なにか売るものはないだろうか——なにかなかったかしら？　そうだ、そうだ、ぶどうの水差しがあった！」

今の今まで老淑女は、ぶどうの水差しを売るよりは自分の頭を売ったほうがましなくらいであったろう。ぶどうの水差しというのは二百年もたった品であり、水差しとして作られてこのかたロイド家の所有となっていたものだった。胴《どう》がふくれ、淡紅色《たんこうしょく》と金のぶどうのかざりがついており、片側には詩の一節がしるしてあって、老淑女の曾祖母《そうそぼ》が結婚祝に贈《おく》られた品であった。老淑女が物心ついて以来、この水差しは使うにはもったいなさすぎるというので、居間の壁《かべ》にとりつけた戸棚《とだな》のいちばん上の棚にのせてあった。

二年前、スペンサーヴェルをふらっと訪《おとず》れた、古陶器《ことうき》を蒐集《しゅうしゅう》している婦人が、このぶどうの水差しのことを聞き、大胆《だいたん》にもロイド家の古い屋敷《やしき》へはいりこんできて、それを買いとりたいと申し出た。このとき、ロイド老淑女から受けた扱《あつか》いを、この婦人は死ぬ日までも忘れないであろう。しかし、世事に通じたその婦人は、もしも奥様のお気持が変わり、水差しを売ってもよいとお考えになったときには、わたくしのほうでは今と同じ気持で買わせていただきますから、と言って、名刺《めいし》を置いて行ったのだった。先祖伝来の家宝となっている古陶器の蒐集を趣味《しゅみ》としている者は、けんつくをくらってもそれを穏《おだ》やかに聞き流すぐらいの度量がなければならない。しかも、この婦人はこのぶどうの水差しくらいほしいと思ったものはかつて見たことがないほどであった。

老淑女は名刺をびりびりに引き裂《さ》いてしまったが、名前と住所は記憶《きおく》していた。彼女は戸棚のところへ行って、愛する水差しを取りおろし、「これと別れようとは思いもよらなかった」と、寂《さび》しそうに言った。「けれども、どうしてもシルヴィアに服がなくてはならないし、ほかにはなんとも方法がないもの。それに結局、わたしが死ねば、だれにやると言うのだ？　そうなれば他人のものになってしまう——それならばいっそ今のうちに、他人の手に渡《わた》したほうがよい。明日の朝、町へ行かなくちゃならない。パーティが金曜日の晩というからには、ぐずぐずしてはいられないからね。町には十年も行ったことがない。水差しと別れるのより、出かけて行くことのほうが恐《おそ》ろしい。でも、シルヴィアのためだから！」

翌朝になると、ロイド老淑女が厳重に荷造りした箱を持って町へ出かけて行ったという噂《うわさ》が、スペンサーヴェル全体にひろまった。人々はみな、なんで行ったのかと怪《あや》しみ、大部分の者は、カーモディに押込《おしこ》み強盗《ごうとう》が二件もあったというから、老淑女も寝台《しんだい》の下の黒い箱に金をしまっておくのが心配になり、銀行へ持って行ったのだろうと考えた。

老淑女はかの陶器蒐集家が死んだか、それともどこかへ行ってしまったのではないかと不安におののきながらその住居を捜《さが》し出した。しかし、蒐集家はピンピン生きており、水差しを以前と変わらずほしがっていた。老淑女は自尊心を踏みにじる苦痛で青ざめながら、ぶどうの水差しを売り渡して立ち去ったが、この取引が行われた瞬《しゅん》間《かん》、曾祖母《ひいばあ》さんが墓の中で起き上がったにちがいないと思った。自分が、先祖代々の伝統を破った裏切り者のような気がした。

しかし、勇気を奮いおこして、とある大きな商店にはいって行った老淑女は、時代おくれの老人たちが危険な世の中に遠出をしたときに面倒をみてくれる、あの特別の天の助けに導かれて、思いやりのある店員を見つけ、その店員がちょうど老淑女のほしいと思うものを持ってきてくれた。ロイド老淑女は非常に優美なモスリンの服と、それに調和した手袋《てぶくろ》と上靴《うわぐつ》とを選び、すぐにそれをスペンサーヴェル、ウィリアム・スペンサー氏方、シルヴィア・グレイ様あてに送るよう特別配達料前払いで命じた。

そこで、水差しの代金から汽車賃の一ドル半をさしひいた金額を、尊大な、鷹揚《おうよう》な態度で支払うと、店を出ようとした。店の通路を昂然《こうぜん》と歩いて行くと、でっぷりふとった、つやつやした富裕《ふゆう》そうな男がくるのに出会った。二人の目があったとき、男ははっと驚き、柔和《にゅうわ》な顔を真《ま》っ赤《か》にした。彼《かれ》は帽子をとり、うろたえたようすで会釈《えしゃく》をした。しかし、老淑女のほうは男の存在をまったく無視し、気がつかないかのようにして通り過ぎてしまった。男はひと足あとを追ったが、立ち止まり、いくらか不愉快《ふゆかい》そうな微笑《びしょう》をうかべて肩《かた》をすくめると、引き返した。

老淑女の心の中が嫌悪《けんお》と軽蔑《けいべつ》で煮《に》えくりかえっていたとは、だれにも察しられなかったにちがいない。アンドリュー・カメロンに会うと思ったら、いくらシルヴィアのためとはいえ、老淑女には町へ出てくる勇気がなかったことであろう。彼を見ただけでも、心に封《ふう》じこめてある憎《にく》しみの源が新たに口をひらくのだった。しかし、シルヴィアのことを思うと、どうにか憤《いきどお》りもしずまり、やがて、あの不愉快な出会いをうまくきりぬけたものだと、むしろ得意そうな微笑をさえうかべた。とにかく、わたしはおろおろしたり、顔を赤くしたり、とり乱したりはしなかったのだから。

「あの男があんなかっこうをしたのも無理はないよ」

と、老淑女は執念《しゅうねん》ぶかく考えた。アンドリュー・カメロンが世間に誇《ほこ》っている不敵な構えを自分の前で失ったことが、老淑女を喜ばせた。老淑女のいとこにあたるアンドリュー・カメロンこそ、ロイド老淑女が憎悪《ぞうお》する唯一《ゆいいつ》の人間であり、彼女はその激《はげ》しい気性《きしょう》のありったけの激しさをこめて、アンドリューを憎み軽蔑した。老淑女とその一家の者はアンドリューの手にかかってひどいめにあわされたので、老淑女は彼の存在をたとえわずかほどでも認めているような目を向けるくらいなら、いっそ死んだほうがましだと信じていた。

まもなく、老淑女は断乎《だんこ》としてアンドリュー・カメロンのことを頭から追い出してしまった。あんな男とシルヴィアをいっしょに考えるだけでも汚《けが》らわしい。その夜、疲《つか》れた頭を枕《まくら》にのせたとき、老淑女はあまりに幸福なので、あのぶどうの水差しがいつも置いてあった、階下の部屋の棚がからなことを考えても、わずかな苦痛を感じたにすぎなかった。

「かわいい者のために犠牲《ぎせい》をはらうというのはうれしいものだ——犠牲をはらう相手があるのはうれしいことだ」

と、老淑女は思った。

欲望には限りがないものである。老淑女はこれで満足だと思っていたが、金曜日の夕方になると、あのパーティの服を着たシルヴィアを見たくて、熱病やみのようになった。あの服をまとった姿を想像するだけでは足りず、どうしても見ずにはいられなくなった。

「それでは見に行こう」

シルヴィアの窓の灯《ひ》が樅《もみ》の木の間に輝《かがや》いているのを、こちらの部屋の窓からながめながら、老淑女はそう決心し、黒っぽい肩掛《かたか》けにすっぽりくるまると、そっと忍《しの》び出て窪地《くぼち》にくだり、森の小径をのぼって行った。おぼろ月夜で、クローバーの野からよい香《かお》りをのせた風が小径を吹《ふ》きそよぎ、老淑女を迎《むか》えた。

「お前のよい匂《にお》いがもらえたらねえ――その魂《たましい》をさ――そうして、それをあの子の生命の中に吹きこんでやれたらねえ」

と、老淑女は風に向かって声高に呼びかけた。

シルヴィア・グレイはパーティへ行くしたくもととのい、自分の部屋に立っていた。その前にはスペンサー夫人やアメリアをはじめ、スペンサー家の小さな女の子たちが全部、半円を描《えが》いて見とれていた。見物人はほかにもう一人いた。外のライラックの茂《しげ》みの下に立っているロイド老淑女である。美しい衣裳《いしょう》をまとい、その日、自分がぶなの木のところに置いておいた淡紅色のばらを髪《かみ》にさしたシルヴィアの姿を、老淑女《ろうしゅくじょ》はっきり見ることができた。ばらの淡紅色もシルヴィアの頰《ほお》の色にはかなわず、その目は星のように輝いていた。アメリア・スペンサーが手をのばして、シルヴィアの髪にさわり、ちょっとその花の具合をなおしたのを見て、老淑女はたまらなくねたましさを覚えた。

「この服をあつらえて作ったとしても、これ以上ぴったりは合いませんね」と、スペンサー夫人はほれぼれと言った。「おきれいじゃないか、アメリア？　だれが贈ってくだすったのだろうね」

「ああ、きっとムーアさんの奥さまがおとぎ話の教母様《ゴッドマザー》になってくださったのだと思いますわ」と、シルヴィアが言った。「ほかにだれもしてくださるかたがありませんもの。なんてご親切なんでしょう――あたしがジャネットといっしょに、とてもパーティへ行きたがっていたのを知っていらしったのですもの。いまのあたしを病気の伯母に見せたいわ」シルヴィアは喜びのさなかながら、かすかな溜息《ためいき》をもらした。「あたしのことを深く案じてくれる人はほかにだれもいないんですもの」

ああ、シルヴィアよ、それはまちがっている。ほかにだれかがいる――深く案じている人が――熱心にむさぼるように見つめている老淑女がいるではないか。老淑女はライラックの茂みの下に立ちつくしていたが、やがて、月光を浴びた果樹園を森へと影《かげ》のようにぬけ、シルヴィアの娘《むすめ》らしい美しい幻《まぼろし》を、その眠《ねむ》られぬ夏の夜の友とすべく、家路についたのだ。

八月の章

ある日、牧師夫人は、スペンサーヴェルの者が恐れて足も踏《ふ》みこまない、ロイド老淑女のところへ大胆にもとんで行き、隔週《かくしゅう》の土曜日の午後にひらかれるお針の会にいらっしゃいませんか、とすすめた。

「トリニダッド（訳注 南米に近い大きな島）の宣教師団へ送る慰問箱《いもんばこ》を詰《つ》めてるところなんですのよ。いらしってくださいましたら、わたしたち大喜びでございますわ、奥様」

老淑女はあやうく拒絶《きょぜつ》するところだった。キリスト教伝道ということにも――お針の会にも――反対だからではない。それどころか大賛成だが、会員はめいめい、縫《ぬ》い物の材料費として、毎週十セントずつ払うことになっているのを老淑女は知っていたからであり、どうしてそれを生み出したらいいか、実際、見当がつかなかったのである。しかし突然《とつぜん》、うかびあがったある考えが、あわや口に出ようとした断わりの言葉をおしとどめた。

「娘さんたちの中にもこの会にこられるかたがありましょうね？」

と、老淑女は巧《たく》みにたずねた。

「ええ、みなさん見えてますのよ。ジャネットさんとグレイさんがなかでもいちばん熱心な会員でしてね。グレイさんは土曜日の午後しか、生徒たちから解放されるときはないのに、それをわたしたちの仕事のためにあててくださるのですから、ほんとうにえらいかたですわ。まったくあのかたのように気持の美しいかたはございませんよ」

「わたしも会にはいりましょう」

老淑女は即座《そくざ》に言った。会費をひねり出すためには、三度の食事を二度にきりつめてでもそうする決心だった。

次の土曜日、老淑女はジェイムズ・マーチンの家でのお針の会へ出かけて行き、またとなく美しい手ぎわで縫い物をした。老淑女は縫い物にかけては非常に熟練した腕《うで》をもっていたので、すこしもそのほうに気をとられる必要がなく、それがたいへんつごうがよかった。というのは、老淑女の注意はいっさい、シルヴィアに向けられていたからである。シルヴィアはジャネット・ムーアといっしょに向かい側のすみにすわり、品のよい手をしきりに動かしてごわごわした男児用のギンガムのシャツを縫っていた。だれもシルヴィアを紹介《しょうかい》しようとする者がいないので、老淑女は喜んだ。老淑女はみごとな針さばきを見せながら、向かい側のすみで交《か》わされている娘らしいおしゃべりに耳をすませていた。一つ知ったことは――シルヴィアの誕生日《たんじょうび》が八月二十日であるということだった。たちまち、老淑女はシルヴィアになにか誕生日の贈物をしたいという、焼きつくような願いに燃えあがった。その夜はほとんど寝《ね》もやらず、その願いを果たせるかどうかと思案したが、結局、いくらきりつめ、節約してもどうしてもできないという結論に悲しくも達したのであった。この問題で老淑女は途方もなく悩《なや》み、次のお針の会の日までそれは亡霊《ぼうれい》のようにつきまとった。

会はムーア夫人の家であり、ムーア夫人はとくにロイド老淑女を丁重《ていちょう》に扱《あつか》い客間の柳細工《やなぎざいく》の椅子《いす》にかけるようにと、たってすすめた。老淑女は居間で若い娘たちといっしょにいたかったのであるが、礼儀上《れいぎじょう》それに従った――そしてその報《むく》いが与《あた》えられたのであった。椅子は客間のドアのすぐうしろにあり、まもなく、ジャネットとシルヴィアが客間を出たところのホールの階段にきてすわったのである。そこは涼《すず》しいそよ風が楓《かえで》を渡って玄関《げんかん》から吹きぬけるのだった。

二人は好きな詩人の話をしていた。ジャネットはバイロンとスコットを崇拝《すうはい》しているらしく、シルヴィアはテニスンとブラウニングに傾倒《けいとう》していた。

「あなた知ってらして、あたしの父は詩人だったのよ」と、シルヴィアが静かに言った。

「一度、小さな詩集を出版したことがあるのだけれど、その本をね、ジャネット、あたしは一度も見たことがないのよ。ああ、どんなに見たいかしれないんだけれど！　父が大学にいたころに出したもので、親しい人たちにわけるための、ごく内輪の自費出版だったの。それきり父はあと出版しなかったのよ――かわいそうなお父さん！　人生に失望したらしいの。でもあたし、その小さな詩の本が見たくてどうしようもないのよ。父の書いたものは切れはしさえ持ってないんですもの。もしそんなものがあれば、なにか父の一部が――父の気持とか心とか、父の内面生活の一部分が自分のものになった気がすると思うの。そうすれば、父はあたしにとって名ばかりのものではなくなるでしょうからね」

「お父さんが自分のにしておいたのが一冊ぐらいなかったのかしら――お母さんは持っていなさらなかったの？」

と、ジャネットがきいた。

「母は持ってなかったの。ほら、母はあたしが生まれたときに亡《な》くなったでしょう。でも、母の本の中には父の詩の本は一つもなかったと、伯母《おば》が言ってたわ。母は詩が好きでなかったと伯母が言ってたけど——伯母だってやはりそうなの。父は母が死んでからヨーロッパへ行って、翌年あちらで亡くなったの。父の持物は一つもあたしたちのところへ送り返されなかったのよ。行く前に本はあらかた売ってしまったけれど、とくに好きだったものだけ二、三冊あたしのためにしまっておくようにと、伯母さんに渡したの。父の詩集はその中になかったのよ。とうてい捜し出すことはできないと思うけれど、もしも見つかったらどんなにうれしいかしれないわ」

老淑女は家に着くと、たんすの上の引出しから、象嵌《ぞうがん》をほどこした白檀《びゃくだん》の箱を取出した。そのなかには薄紙《うすがみ》に包まれた小さな、薄い、しなやかな本が一冊はいっていた——老淑女が最も秘蔵している品である。その扉《とびら》のページに「マーガレットへ、著者の愛をこめて」としるしてあった。

老淑女は黄色に変色したページを震《ふる》える指先で繰《く》りながら、何年も前から暗誦《あんしょう》しているにもかかわらず、涙《なみだ》あふれる目で一行一行を追っていった。この本を誕生日の贈物としてシルヴィアに贈ろうというのである——贈物の価値がそれによせられた献身《けんしん》的な犠牲をもって量られるものならば、これはもっとも貴重な贈物であった。この小さな本の中には不滅《ふめつ》の愛——昔《むかし》の笑い——昔の涙——何年も以前にばらの花のように咲《さ》き誇《ほこ》り、今なおその余香《よこう》を古いばらの花びらのように残している、昔の美しさがこめられていた。

老淑女はいっさいを暴露《ばくろ》する文字の書いてあるページを破り去ってしまい、シルヴィアの誕生日の前の晩おそく、夜陰《やいん》に乗じてまるでなにか不正の用事にでもおもむくかのように、間道をぬけたり、原っぱを横切ったりして郵便局を経営している小さなスペンサーヴェルの店へと行った。扉の上に切ってある落し口から薄っぺらな小包みをすべらせると、妙《みよう》に大事なものを失った寂しさにさいなまれながら、ふたたび忍ぶように帰途《きと》についた。あたかも自分と自分の青春時代を結ぶ最後のつながりを、手ばなしてしまった気持であった。しかし後悔《こうかい》はしなかった。シルヴィアがさぞ喜ぶことだろうとの思いが老淑女の心の中ですべてを圧する強い感情となった。

その翌晩、シルヴィアの部屋の灯がたいへん遅くまでともっているのを、老淑女は満足感で見守っていた。そのわけを知っていたからである。シルヴィアは父の詩を読んでいるのだ。老淑女も暗闇《くらやみ》の中で繰り返しつぶやきながら暗誦していった。結局、あの本を与えてしまったことはたいして問題でなかった。いまでもあの本の魂と——いまはだれもそう呼ぶ者のない青春の日のわが名を、レスリーの肉筆でしるしてあるページとを老淑女は所有しているのであるから。

次のお針の会の午後、老淑女がマーシャル家のソファにすわっていると、シルヴィアがわきにきて腰《こし》をおろした。老淑女の手はかすかに震え、オリーブ色の皮膚《ひふ》をした遠いトリニダッドの地の、小さな苦力《クーリー》の子へクリスマスの贈物《おくりもの》にと、ふち縫いをしていたハンケチの一方がすこし下手《へた》にできてしまった。

シルヴィアは最初お針の会のことや、マーシャル夫人の庭のダリヤのことなどを話した。老淑女は喜びのあまり、第七天国（訳注 神の国、最上の幸福）にでものぼった心地《ここち》がした。しかし、それを表面にあらわさないように注意して、いくらかふだんより、もっといかめしい、四角ばった態度をさえとった。スペンサーヴェルの住み心地をたずねると、シルヴィアはこう答えた。

「とてもようございますわ。どなたもみんなそれはそれはご親切にしてくださいますもの。それに」――と、シルヴィアは老淑女のほかにだれにも聞こえないように声を落とし――「ここにはあたしのおとぎ話の教母様《ゴッドマザー》がいらしって、あたしのためになんとも言えない美しいすばらしいことをしてくださるんですよ」

すぐれた直感の持主であるシルヴィアは、老淑女のほうを見ないようにしてこう言った。だが、見たとしてもなにものも発見しなかったにちがいない。老淑女もさすがにロイド家に生まれただけあって、たやすくは内心を見すかされなかった。

「それはまたふしぎですこと」

老淑女は淡々《たんたん》と言ってのけた。

「そうでしょうか？　あたし、ありがたくてたまらず、どんなに喜ばせていただいたか、教母様《ゴッドマザー》に知っていただきたくてしかたがないんですのよ。夏の間ずっとあたしの通う道に美しい花やおいしい苺を置いといてくださいましたし、パーティの服もきっと教母様がくださったにちがいないと思いますの。でも、いちばんうれしい贈物は先週あたしの誕生日にいただいたものです——あたしの父の小さな詩の本ですの。それをいただいたときの気持はなんと言ってよいかわかりません。でも、あたし、教母様にお会いしてお礼を言いたくてたまらないんですのよ」

「なんてすてきな、ふしぎなお話でしょう。ほんとうにどなたかお心当りはおあんなさらないのですか？」

老淑女はこの危険な問いをあざやかに言ってのけた。レスリー・グレイとの昔のロマンスをシルヴィアが夢《ゆめ》にも知るまいと、これほど強い確信を持っていなかったら、そうまでうまく言えなかったことであろう。そういうわけで、老淑女はシルヴィアが自分に見当をつけることは、よもやあるまいと安心しきっていた。

シルヴィアはほとんど気づかれぬほどわずか、ためらったあとに言った。

「あたし、捜《さが》し出そうとはしませんでしたの。教母様《ゴッドマザー》があたしに知られたくないにちがいないと思いましたので。もちろん、はじめ花や服のときにはこの謎《なぞ》を解こうといたしましたわ。でも、本をいただいてからは、これはみな教母様がしてくださったことだと、はっきりわかりましたの。それですから、かくしておきたいという教母様のお気持をこれまで尊重してまいりましたし、これからもそのつもりです。きっといつか教母様が姿をあらわしてくださると思いますの。少なくともあたしはそうなるようにと願っているのです」

「わたしならそうは願いませんね」と、老淑女は相手の気をくじくように反対した。「教母というものは——少なくともわたしの読んだおとぎ話の中ではどれもみな——いくらか偏屈《へんくつ》で、つむじまがりな人たちですから、顔をつきあわせるより、神秘に包まれていたほうがずっと愉快《ゆかい》なものですよ」

「あたしの教母様はその正反対で、つきあえばつきあうほど、その人がらにひきつけられるようなかたにちがいないと思いますわ」

と、シルヴィアははしゃいで言った。

このとき、マーシャル夫人がはいってきて、

「グレイさん、みなさんに一つ歌ってくださいませんか?」

と、頼《たの》んだ。シルヴィアが快く承知したので、老淑女はひとり残されたが、かえっ

てそれを喜んだ。シルヴィアとの話を老淑女は実際に話を交わしているときよりも、家へ帰ってから頭の中で思い返すほうが、もっと楽しかった。老淑女というものはなにか良心がとがめるときには、えてして目前の喜びから気持がそれるものである。ロイド老淑女は、シルヴィアがほんとうにわたしだと思っているのだろうかと、すこし不安になった。けれどもそのあとから、そんなことは問題外だと考えなおした。こんなけちで、無愛想《ぶあいそ》で、知合いもなく、お針の会にも人がみな十セントから十五セント納めているのに、たった五セントしか寄付しないような者を、だれが妖精《ようせい》の教母、あの美しいパーティ・ドレスの贈主、そしてロマンチックな大望《たいもう》をいだいた青年詩人からかつての詩集を贈られた相手だなどと思うはずがあろうか？

九月の章

九月にはいり、老淑女はふりかえってみてふしぎに幸福な夏であったことを、自分でも認めた。なかでも日曜日とお針の会の日が、人生という詩につけた黄金の句読点のようにきわだっていた。老淑女は自分がまったく別人になった思いがしたが、ほかの人々も老淑女は変わったと感じた。お針の会の婦人たちは老淑女がいかにも感じがよく、親しみぶかくさえあるので自分たちは老淑女に誤った判断をくだしていた、あんな奇妙《きみよう》な暮《く》らしをしているのはけちだからではなく、結局、風変わりなのだと、考えはじめた。会のある午後には老淑女はシルヴィアはいつもそばにきて老淑女に話しかけるので、そのひと言ひと言を老淑女はたいせつに心にしまっておき、眠られぬ夜にいくたびも自分に繰り返して聞かせるのであった。

シルヴィアはきかれなければけっして自分のことや、自分の計画などについては話さなかったし、老淑女も気弱さから、立ちいったことはたずねなかったので、二人の話はいつも表面的なことばかりであった。そういうわけで、老淑女が、愛する者のなによりの熱望を知ったのは、シルヴィアからではなく、牧師夫人からであった。

九月も末のある夕方、牧師夫人はロイド家の古屋《ふるや》敷《しき》に立ち寄った。北東から吹《ふ》きつける寒い風が家の軒《のき》のあたりでうめきまわり、「刈《か》り入れは終わり、夏は過ぎた」と、歌の折りかえしを口ずさんでいるかのようだった。老淑女はそれに耳をかたむけながら、シルヴィアのために、甘い草《スウイート・グラス》と呼ばれる甘い香りのする草で小さなかごを編んでいた。その草を求めて前の日に、はるばるアヴォンリーの砂丘《さきゆう》まで歩いて行ったので、たいそうくたびれていた。それに心も重かった。老淑女の生活をこのように豊かにしてくれた夏は終わろうとしており、シルヴィアが十月の末にスペンサーヴェルを去るつもりだと言っているのを知っていたからだった。そう思っただけでも老淑女の心は鉛《なまり》のように重くなった。こんなわけだから牧師夫人の到来《とうらい》で気がまぎれるので、喜び迎《むか》えたには迎えたが、しかし、法衣室の新しいじゅうたんのための寄付を頼みにきたのではないかと、ひどく恐《おそ》れもした。しかも困ったことに一セントのゆとりもなかったのである。

しかし、牧師の妻はスペンサー家からの帰りに、ちょっと寄っただけで、気をもませるような無心は一つもしなかった。そうでなく、シルヴィアのことを話してくれた。そのひと言ひと言は一粒《つぶ》一粒の真珠《しんじゅ》にもたとえたいような、えもいわれぬ美しい音楽の調べとして老淑女の耳に響《ひび》いた。牧師夫人はシルヴィアのことをやさしくて、美しくて、愛くるしいと、ほめちぎった。

「しかも、あのような声をもちながら」と、溜息とともに語気を強めた。「あの声を正式に訓練させられないとは、わたしたちの恥《はじ》ですよ。きっと大歌手になるに相違ないんですから――ちゃんとした批評家があの人にそう言ったそうですよ。でも、あの人はひどく貧しいものですから、とうていそんなことはできないと思ってなさるのです――よく世間で話に出る、カメロン奨学金《しょうがくきん》でも受ければ別ですけれどね。それもほとんど希望はありませんのよ。あの人の先生だった音楽の教授が、あの人の名前を候補に出すことは出しましたけれどね」

「カメロン奨学金とはなんですね？」

と、老淑女がたずねた。

「そら、あの百万長者のアンドリュー・カメロンのことをお聞きになったことがございましょう？」

朗《ほが》らかに話したてる牧師夫人は老淑女一家にまつわる秘密にふれていることには夢にも気づかなかった。

老淑女の白い顔には、あらあらしく頰《ほお》を打たれたときのように、突然、かすかな血の気がのぼった。

「ええ、ありますよ」

「その人に娘《むすめ》さんがひとりいたらしいんですが、それがまたじつに美しい娘さんで、夢中《むちゆう》でかわいがっていたのですよ。すばらしい声をもっていたので外国へ勉強にやるつもりだったのです。ところが、その娘さんが死んでしまったのですよ。カメロンさんにしてみれば、胸も張り裂《さ》ける思いだったでございましょうよ。けれど、それ以来、毎年若い娘を一人ずつ一流の先生のもとで徹底《てってい》的な音楽教育を受けに、ヨーロッパへ送ることにしたのです――自分の娘の供養《くよう》にというわけですわね。もう九人か十人送り出したでしょうよ。でも、シルヴィアさんにはあまり望みがもてないんじゃないでしょうか。当人もそう思ってますけどね」

「なぜですか？　グレイさんと比べものになるような声はまず、ないと思いますがね」

と、老淑女《ろうしゆくじよ》はいきおいこんでたずねた。

「そうなんですよ。でもね、ほら、いわゆる奨学金などというものは個人的な事がら、アンドリュー・カメロンの気持しだいできまるのですからね。もちろん、アンドリューに影響力《えいきようりよく》をもつ知合いのある娘なら、その推薦《すいせん》で送られる場合がたびたびございますのよ。去年の娘などはたいした声ではないのに、父親っていうのがアンドリューと事業上の古い仲よしだというだけの理由だったそうですの。でも、シルヴィアには今の言葉でいえば、アンドリュー・カメロンに『コネ』のある知合いはひとりもいないし、直接アンドリューを知っているわけではありませんものね。さあ、もうおいとましなくては。土曜日には牧師館へいらしってくださいましね、ロイドさん。ご存じでしょうが、会は宅でありますのよ」

「ええ、存じておりますよ」

老淑女は返事も上《うわ》の空だった。牧師の妻が立ち去ると、老淑女は甘い草《スウイート・グラス》のかごをとり落とし、両手をぐったり膝《ひざ》に置き、大きな黒い目はなんにも映らないかのように、じっと前の壁にすえたまま、いつまでもすわっていた。

お針の会の会費を払《はら》うためには、週にクラッカーを六枚減らして食べなければならないくらい貧しいロイド老淑女は、レスリー・グレイの娘を音楽の修業《しゅぎょう》にヨーロッパへやる力が、自分に――この自分にあることを知っていた！　もしも自分がアンドリュー・カメロンとのコネクションを利用するならば――もし、彼《かれ》のところへ行き、次の年にはシルヴィア・グレイを海外へ出してくださいと頼むならば――かならずどんなことでもかなえられるはずだった。いっさいは自分しだいなのだ――もし――もし――もし、自分や一家をあんなひどいめにあわせた男にほねおりを頼むという、それほどまでに自分の自尊心を踏《ふ》みにじり、それを征服《せいふく》することができればである。何年も前のこと、老淑女の父はアンドリュー・カメロンの助言と熱心なすすめにより、わずかばかりの財産をある事業に投資したところ、それが失敗に帰したため、エイブラハム・ロイドは最後の一ドルにいたるまで失い、家族は貧乏《びんぼう》のどん底におちいったのである。アンドリュー・カメロンの見込みちがいとして許してよかったかもしれなかったが、しかし、叔父《おじ》に投資をすすめたことに関しては単なる見込みちがいにとどまらぬ、はるかに質《たち》のわるい何ごとかをおかしたという、ほとんど確実と思われる強い疑惑《ぎわく》が残ったのである。べつに法律的に証明されたわけではないが、しかし、すでにその「ぬけ目のないやり口」で注目されていたアンドリュー・カメロンが、彼よりも善良な人々をあまた破滅に導いた混乱の中から、面目を一新した財政状態でぬけ出したことはたしかだった。そしてロイド老先生は甥《おい》が故意に欺《あざむ》いたと信じたまま、悲嘆《ひたん》にくれて死んでしまった。

アンドリュー・カメロンにしてみれば欺いたというわけでもなかった。最初は叔父によかれと思ってしたことであったし、最後にしたことについては「人よりも自分」という理論をもち出して正当化しようとした。

マーガレット・ロイドはそのような弁解など取りあげようとせず、失った財産だけでなく父の死の責任も彼にありとした。エイブラハム・ロイドが亡《な》くなったとき、アンドリュー・カメロンはたぶん、気がとがめたのであろう、老淑女を訪《おとず》れ、口先うまく経済上の援助《えんじょ》をしよう、あなたにはけっして不自由な思いはさせないと言った。

マーガレット・ロイドは簡単明瞭《めいりょう》にその申し出を彼の面前でぴしゃっと断わった。あなたから一セントでももらったり、世話になったりするくらいなら、いっそ死んだほうがましだ、と激《はげ》しいけんまくで言いきった。アンドリュー・カメロンは終始、上きげんをたもち、わたしのことをそのように悪く解釈されるのはまことに心外だ、わたしはいつでもあなたの力になるつもりだし、またいつでもおっしゃってくだされば、わたしにできることならどんなお役にでも喜んでたたせていただきますと、調子のよい文句を残して去ったのであった。

二十年間というもの、老淑女はアンドリュー・カメロンの世話になるくらいなら、むしろ救貧院で死んだほうがましだと——実際ありえないことではなかった——かたく信じて暮《く》らしてきた。また、事実、自分だけならそうしかねなかったことであろう。しかし、シルヴィアのためなのだ！　シルヴィアのためとはいえ、それほどまでに自分を低めることができようか？

この問題はぶどうの水差しや、詩の本の場合のように、簡単にさっさとかたづけるわけにいかなかった。まる一週間、老淑女は自尊心と無念さと闘《たたか》った。ときに眠《ねむ》られぬ夜など、人間の怨《うら》み、憎悪《ぞうお》などはすべて、取るにたらぬ軽蔑《けいべつ》すべきものに思われ、自分はそのようなものに打勝ったと考えることもあったが、しかし、昼間、父の肖像《しょうぞう》画《が》が壁《かべ》からこっちを見おろしていたり、流行おくれの服を着てその衣《きぬ》ずれの音を自分の耳に聞いたりすると、アンドリュー・カメロンの両天秤《りょうてんびん》にのせられたばかりに、こんなことになったのだとまたしてもくやしくなってしまった。

しかし、シルヴィアにたいする老淑女の愛情は強く、深く、こまやかになる一方で、ついには他のいかなる感情もおよばないほどになった。愛情は偉大《いだい》な奇蹟《きせき》を行うものである。しかも、その力がかつて例のないほど強く示されたのは、寒いどんよりした秋の朝のことで、老淑女は考えただけでも吐《は》きけをもよおす用事を果たすため、ブライト・リバー駅まで歩いて行き、シャーロットタウン行の汽車に乗ったのである。切《きっ》符《ぷ》を売った駅長はロイド老淑女が異常に青く、憔悴《しょうすい》しているように思い、「まるで、一週間一睡《いっすい》もしないか、でなけりゃ、一週間なにも食べなかったようだよ」と、昼食のとき、妻に語った。「なにか取引上のことでも、うまくいかないんじゃないかな。町へ出かけなさるのは夏になってから二度めだものね」

老淑女は町へ着くと、貧弱《ひんじゃく》なわずかばかりの昼食をとり、それからカメロンの工場や倉庫がたちならぶ郊外《こうがい》へと歩いて行った。道のりは長かったが乗物に乗る余裕《よゆう》はなかった。疲《つか》れてへとへとになった老淑女が通されたのは、ぴかぴか光る贅沢《ぜいたく》な事務所で、アンドリュー・カメロンはデスクに向かっていた。

最初はびっくりした目を向けたが、彼は喜びの色をあらわし、手をさしのべながら進み出た。

「これはマーガレットねえさんじゃありませんか！　こんなうれしい驚《おどろ》いたことはありませんよ。おかけください――こちらの椅子《いす》のほうがずっとかけ心地《ごこち》がよろしいですよ。けさ、いらしったのですか？　で、スペンサーヴェルではみなさん、いかがですか？」

老淑女は彼の最初の言葉で、かっとなった。父と母と恋人だけしか使わなかった自分の名前をアンドリュー・カメロンが口にするとは。神聖を冒瀆《ぼうとく》された気持がした。だが、気むずかしいことを言う時代は過ぎたのだと、老淑女は自分に言いきかせた。アンドリュー・カメロンに世話を頼むことができるなら、小さな苦痛は忍《しの》べるはずだ。シルヴィアのために老淑女は彼と握手《あくしゅ》を交《か》わし、シルヴィアがかわいい一心で彼がすすめる椅子にすわった。しかし、どんな人間のためとはいえ、この毅然《きぜん》とした老淑女は態度や言葉に親しみをまじえることはできなかった。彼女はロイド一族に共通の簡潔さをもって単刀直入に要件にはいった。

「あなたにおほねおりを願いたい件があってまいったのです」

と言う老淑女は、頼みごとにきた人間にふさわしい、へりくだった、ものやわらかな態度ではなく、「断われるものなら断わってみろ」と、挑戦《ちょうせん》するかのように彼の目を見すえた。

「それを伺《うかが》って実際うれしいですよ、マーガレットねえさん」彼の口調はまたとなく穏《おだ》やかであいそがよかった。「なんなりとお役にたつことならさせていただきます。

マーガレット、あなたはわたしを敵と見なしていらしったのではないでしょうか。まったく、そのような誤解はつらいと感じていたのです。たしかに状況《じょうきょう》はいくぶんわたしに不利であったことは認めますが、しかし――」

老淑女は片手を上げただけで、流れる彼の雄弁《ゆうべん》をさえぎってしまった。

「わたしはその件のことを、とやかく言うためにまいったのではありません。過去のことにはふれないでいただきたい。お願いの筋というのは、わたし自身のことではなく、わたしのたいへん親しい、年若い知合い――グレイという娘のことで、この人はめずらしくりっぱな声をもっており、それを磨《みが》きたがっているのですが、貧しいために心にまかせないのです。それでわたしはあなたの音楽の奨学金をその人に出していただけないかと思ってうかがったわけです。その人の名前はすでに教授の推薦とともに、あなたのお手もとに届いているそうです。その娘の声について教授からなんと言ってきているか知りませんが、とにかく、いくら高く評価してもしすぎることはないということだけは確かです。もしもこの人を修業に外国へやってくださるなら、あなたはけっして見込みちがいはなさいますまい」

老淑女は話をとめた。アンドリュー・カメロンがきっと自分の頼みを承知してくれるにちがいないとは感じたが、かえって、無作法に、またはしぶしぶ承知してくれればよいのに、という気持だった。犬にでもやるように承諾《しょうだく》を投げ与《あた》えてくれるのだったなら、ずっと気楽にその世話を受けられるだろうに。ところがそうでなかった。アンドリュー・カメロンは前にもましていんぎんだった。大事なマーガレットねえさんのお頼みをかなえるほどうれしいことはない——もっと骨のおれることだったらいいのにとさえ思うくらいだ。たしかにあなたの小さな被保護者《ひごしゃ》が音楽教育を受けられるようにいたします——来年、外国へ行くようにはからいましょう——こんなうれしいことは——

「ありがとう」とふたたび老淑女はそれをさえぎり、「感謝いたします——それからグレイさんにはわたしが心配したということはいっさい知らせないでください。では、これ以上あなたの貴重な時間をつぶしてはいけませんから、失礼いたします」

「ああ、そんなに早く帰るもんじゃありませんよ」と、彼は感じのわるい、なれなれしい声に、まぎれもない親切気と身内らしい情をこめてひきとめた——アンドリュー・カメロンは普通人《ふつうじん》としての家庭的な美点を全然持ち合わせていないわけではなかったからである。彼はよき夫であり、父であった。以前、マーガレットを非常に好きだったこともあり、周囲の事情のため、昔《むかし》、彼女《かのじょ》の父の投資の件で余儀《よぎ》なくあのような行動をとらねばならなかったことを、心からすまないと思っていた。

「今夜はうちに泊《とま》ってくださらなくてはいけませんよ」

「ありがとう。今夜うちへ帰らねばなりませんから」

老淑女はきっぱり断わった。その口調ではこれ以上すすめてもむだだとアンドリュー・カメロンは悟《さと》った。しかし、電話をかけて、馬車で駅まで送らせると言いはったので、老淑女もそれには我《が》を折った。内心、自分でも駅までたどりつけるかどうかと心配していたからである。老淑女は別れぎわにアンドリューと握手さえ交わし、願いをかなえてもらったことにたいして、もう一度感謝した。

「なんでもないことですよ。どうかもうすこし、わたしのことをやさしく考えてください、マーガレットねえさん」

と、彼は言った。

老淑女が駅に着いてみると、困ったことには、乗る予定の列車がすでに出てしまい、夕方の列車までは二時間も待たなければならなかったので、待合室に入り、腰をおろした。老淑女は疲れきっていた。これまでささえとなっていた興奮は跡形《あとかた》なく消えうせ、彼女は気がくじけ、老いを感じた。夕食の時刻にまにあうよう家へ着く予定だったので、なにも食物を持っていなかったし、待合室は寒く、薄《うす》い古ぼけた絹の小型マントの中で彼女は身震《みぶる》いをした。頭はずきずき痛み、心も同様だった。シルヴィアのためにその願いをかなえてやった。だが、シルヴィアは自分の生活から出て行ってしまうのだ。老淑女はそのあと、どうして過ごしたらいいのかわからなかった。しかし、彼女はめげずに二時間そこにすわっていた。心身の苦痛という軍勢と、無言のままで負けいくさをつづけながらも、背をまっすぐにのばし、きかぬ気の姿勢をたもった。一方、その前を幸福そうな人々が往来し、笑ったり話したりしていた。

八時に老淑女はブライト・リバー駅で下車し、人目にふれずに雨の暗闇《くらやみ》へ出て行った。歩く道は二マイルもあり、冷たい雨が降っていた。まもなく老淑女はぐしょぬれになり、骨の髄《ずい》までもこごえてしまった。まるで悪夢の中を歩いている心地だった。残りの一マイルを歩きおえ小径《こみち》を伝ってわが家にたどりつくことができたのは、まったく本能のみに導かれた結果だった。戸を手さぐりであけようとしながら老淑女は突《とつ》然《ぜん》燃えるような熱さが寒さと入れかわったのを感じた。彼女は家の中へよろめき入り、戸をしめた。

十月の章

ロイド老淑女が町へ出かけた二日後の朝、シルヴィア・グレイは朗らかに森の小径を歩いてきた。晴れわたった、さわやかな、日の照る美しい秋の朝で、夜来の雨にうたれ、ぬれそぼったしだが霜《しも》で白くなりかぐわしい香気《こうき》を放っていた。森のあちこちで、黒ずんだ、えぞ松《まつ》のときわ木に向かって、楓《かえで》がはなやかな深紅《しんく》の旗をゆるやかにふり、樺《かば》の大枝《おおえだ》がうすい金色を見せていた。空気は澄《す》んで爽快《そうかい》であった。シルヴィアはいそいそと足どりもかるく、頭をそびやかして歩いて行った。

窪地《くぼち》のぶなの木のところへくると、胸をおどらせて足をとめたが、灰色の古根の間にはなにも置かれてなかった。踵《きびす》を返そうとしたとき、牧師館の隣《となり》に住んでいる、小さなテディ・キンボルがロイド家の屋敷《やしき》の方から、坂を駆《か》けおりてきた。テディのそばかすだらけの顔は真《ま》っ青《さお》だった。

「ああ、グレイ先生！　ロイドのおばあさんはとうとう、すっかり頭がおかしくなっちまったらしいよ」と、テディは息をきらして告げた。

「牧師さんとこのおばちゃんから、お針の会のことで手紙を大急ぎで届けてちょうだいって頼《たの》まれたもんで、ぼく、おばあさんの家の戸をトントン――トントンたたいたんだけど――だれも――だれも出てこないもんで――それで、ぼく、ちょっと中へはいって、テーブルの下に手紙を置いてこようと思ったの。だけど、戸をあけたとき、奥のほうで恐《おそ》ろしい、変な笑い声がしたかと思うと、戸のところへ、おばあさんが出てきたの。ああ、グレイ先生、おっかないかっこうだったよ。顔は真《ま》っ赤《か》で、目がすごく変なの。そして狂ったみたいに一人でぶつぶつ言ったり、話したり、笑ったりしてるんだよ。ぼく、こわくてたまんなくなったから逃《に》げてきたの」

シルヴィアは考える間もおかずに、テディの手をつかみ、坂を駆けのぼった。こわいとは思わなかったが、しかしかわいそうに、ひとりぼっちの風変わりな老淑女がとうとうほんとうに狂ったのかと考えた。

シルヴィアが家にはいってみると、老淑女は台所のソファにすわっていた。テディはおびえきって中へはいろうとせず、外の階段のところにかくれていた。老淑女はまだ駅から歩いて帰ったときのまま、ぬれた黒絹の服を着ており、顔は赤く、目は狂気《きょうき》じみており、声はしゃがれていた。それでも、老淑女にはシルヴィアがわかったらしく、すくみあがった。

「わたしを見ないでください」彼女はうめいた。「どうかあっちへ行って――わたしがどんなに貧乏なのか、あんたにだけは知られたくないのだから。あんたはヨーロッパへ行くのですよ――アンドリュー・カメロンがあんたをやってくれますからね――わたしが頼んだのですよ――わたしの言うことだから、あの男は断われなかったんだ。でも、どうか帰ってください」

シルヴィアは帰らなかった。ひと目で、これは発狂ではなく、病気で一時的な精神錯乱《さくらん》であることを知った。シルヴィアはテディに大急ぎでスペンサー夫人を迎《むか》えにやり、夫人がくると、二人がかりで老淑女《ろうしゅくじょ》をなだめて寝床《ねどこ》に入れ、医師を迎えに行った。夜までにスペンサーヴェルじゅうにロイド老淑女が肺炎《はいえん》にかかったことが知れわたった。

スペンサー夫人はここにとどまって、老淑女の看護をするつもりだと宣言し、ほかの数人の婦人たちも手助けを申し出た。だれもみな親切に、思いやり深く尽してくれたが、老淑女にはわからなかった。熱が高く、うわごとばかり言っていた。わずかの暇《ひま》にも老淑女のそばにきてすわっているシルヴィアさえわからなかった。今やシルヴィアには、これまでそうではないかと、うすうす感づいていたことがいっさい明らかになった——老淑女こそ彼女の「教母《ゴッドマザー》」だったのである。老淑女はたえずシルヴィアのことを口走って、シルヴィアへの愛情をことごとく明らかにし、自分のはらった犠牲《ぎせい》を残らずもらしてしまった。シルヴィアは愛情と、いとおしさで胸痛む思いだった。老淑女がなおるよう彼女はひたすら祈《いの》った。

「愛には愛を報《むく》いるということを小母《おば》さまに知っていただきたいわ」

と、シルヴィアはささやいた。

今では、老淑女が実際どんなに貧しいか知らぬ者はなかった。レスリー・グレイにたいする昔の愛情のほかは、老淑女はあんなにひたかくしにしていた暮《く》らしの秘密をなにもかも暴露《ばくろ》してしまった。熱にうかされてうわごとを言っている間にさえ、レスリーのことだけは、なにものかに唇《くちびる》を閉ざされていた。しかしそのほかのことは全部、語りつくされた——流行おくれの衣裳《いしょう》にたいする悩《なや》み、哀《あわ》れなその日暮らし、お針の会でほかの会員がみな十セント納めているのに、自分は身なりは流行おくれで、たった五セントしか払えない恥《は》ずかしさ、などだった。付き添《そ》っている、気持のやさしい婦人たちは目に涙《なみだ》をいっぱいためながらそれに耳をかたむけ、これまで意地悪い批評をくだしていたことを悔《く》いた。

「でも、そんなだとはだれが思いましょう?」と、スペンサー夫人は牧師夫人に言った。「ロイドさんのお父さんがお金をすっかりなくしたなんて、だれも夢《ゆめ》にも思いませんでしたものね。もっとも、例の西部の銀山の事件で、すこしは損をしなすったこととは思いましたけれどね。何年このかたのロイドさんの暮らしを考えると、ぞっとしますわ。食物さえろくにないことがたびたびだったり——冬は燃料を倹約《けんやく》するために寝床にはいってたりねえ。でもたとえ、それがわたしたちにわかっていたとしても、たいしたことはしてあげられなかったと思いますよ。ひどく自尊心の強いかたですからね。でも、こうして寿命《じゅみょう》があって、わたしたちに手伝わせてくださるなら、今後は事情がすっかり変わってしまいましょうよ。ジャックなどは、些細《ささい》な仕事しかしないのに賃金を受取ったりして、われとわが身がゆるせないと言ってますよ。これからはロイドさんさえ、そうさせてくれるなら、してほしいということはどんなことでも、ただでするつもりですって。グレイさんをあんなに気にいるなんてふしぎですわね？夏じゅうのこういうこともいっさい、グレイさんのためですし、ぶどうの水差しやなにか売ったりしてまでね。たしかにロイドさんはけちではないけれど、変人だということだけはまちがっていませんでしたね。なにもかもまったく気の毒ではありませんか。グレイさんはとてもせつながってなさるんですよ。ロイドさんがグレイさんのことを思うと同じくらい、ロイドさんのことを思っているようすですからね。あまり興奮しているもんで、来年のヨーロッパ留学でさえ、気が進まないらしいんですよ。行くことは本ぎまりになったんです――アンドリュー・カメロンからそう言ってきましたからね。わたしもたまらなくうれしいですよ。あんなやさしい娘《むすめ》さんはまたとありませんからね、でもね、もしも小母さまの生命とひきかえになるのだったら、あまり高価なものになりすぎるって、あの人は言っているんですよ」

老淑女の病気を聞くと、アンドリュー・カメロン自身がスペンサーヴェルにやってきた。もちろん、老淑女に面会は許されなかったが、関係者一同に向かい、自分は費用も労力もおしまないからと告げ、スペンサーヴェルの医師には、支払《しはら》いはアンドリュー・カメロンにまわすよう、また、そのことに関して黙《だま》っていてくれるようにと頼んだ。さらに、家へ帰ってから、老淑女の世話をするために、専門の看護婦をよこしたが、それは腕《うで》のある親切な婦人で、スペンサー夫人の気をそこねずに患者《かんじゃ》を自分の手に引き取った――その機転にたいしてはこれ以上のほめことばはありえない。

ロイド老淑女は死ななかった――ロイド一族に共通の体質の強さでもちこたえたのである。ある日、シルヴィアが部屋にはいって行くと、老婦人は彼女を見上げて、こちらがわかったかのように弱々しくほほえみ、シルヴィアの名をつぶやいた。看護婦は峠《とうげ》を越《こ》したと言った。

老淑女は驚くほどしんぼう強く、扱《あつか》いやすい病人だった。言われたとおりを守り、看護婦がついていることをも当然のこととして受け入れていた。

しかし、ある日、すこしは話もできる程度に力がついてきたとき、老淑女はシルヴィアに向かって言った。

「アンドリュー・カメロンがミス・ヘイスをここへよこしたのでしょうね？」

「ええ」

と、シルヴィアはいくらかおずおずして答えた。

それを見て老淑女は微笑《びしよう》し、黒い目にちらともとの気まぐれと気概《きがい》を見せた。

「アンドリュー・カメロンがよこした者なら、どんな人間であれ、手あらく追いかえしてしまったかもしれない時代もあったけれど、でもね、シルヴィア、わたしも死の陰《かげ》の谷を通ってくるうちに、気位とか恨《うら》みとかいうものはすっかり置き去りにしてきたらしいですよ。もう、アンドリューにたいしてもこれまでのような気持はもっていません。いまではあの人から個人的な世話をさえ受けられるような気になりました。あの人がわたしや、わたしの一家にしたひどい仕打ちもやっと許すことができました。シルヴィア、病気中にわたしはとめどもなくボロを出したらしいですね。今では、わたしがどんなに貧しいか、みんなにわかってしまいましたね——でも、ちっともかまわないという気がしますよ。ただ、わたしの愚《おろ》かな自尊心から、近所の人たちをわたしの生活からしめ出してしまったことが悔《くや》まれてなりません。どなたもみな、わたしにそれはそれは親切にしてくれましたよ、シルヴィア。この先、もしもわたしに寿命が許されるならば、今までとはすっかり変わった暮らしをしますよ。若い者であろうと、年寄りであろうと、親切にしてつきあってくださる人にはすっかり、わたしの生活を開放するつもりです。わたしのできるかぎりの力をふるってその人たちを助け、わたしも助けてもらおうと思いますよ。わたしにだって人を助けることができるのです――お金だけが人を助ける力でないことがわかりましたからね。

思いやりと理解をもつ人はだれでもみな、金銭で買えない値段のつけられないほどの宝を持っているわけですからね。それから、ああ、シルヴィア、あんたにはけっして知らせたくないと思ったことも、わかってしまいましたね。でも、今はどちらにしてもかまいませんよ」

シルヴィアは老淑女のやせた白い手をとり、それに接吻《せっぷん》した。

「小母さま、あたしのために尽《つ》くしてくださったことにたいして、いくらお礼を申しあげても足りませんわ」シルヴィアは心から言った。「そして、あたしたちの間にいっさいの秘密が取り除《のぞ》かれて、ほんとうにうれしいですわ。今までさんざ願ってきたように思いっきり小母さまを好きになっていいんですもの。小母さまがあたしをかわいがってくださって、とてもうれしくありがたいと思ってますわ、大事な教母様《ゴッドマザー》」

「なぜ、わたしがこんなにあんたをかわいいと思うか、知ってますかね？」と、老淑女はもの悲しげにたずねた。「そんなことまでうわごとでもらしましたかしら？」

「いいえ、でも、あたしにはわかってると思いますの。あたしがレスリー・グレイの娘だからではありませんか？　父が小母さまを愛していたことは知ってますの――父の弟のウィリス叔父《おじ》さんがすっかり話してくれたんです」

「わたしは自分のまちがった自尊心のために、一生を台無しにしたのですよ」と、老淑女は悲しそうに言った。「でも、そんなことがあっても、あんたはわたしを好いてくれるでしょうね、シルヴィア？　そしてときどき会いにきてくれるでしょうね？　それから、あちらへ行ってしまってからは手紙をくださるでしょうね？」

「あたしは毎日まいりますわ。小母さまのそばにいたいばかりに、このあと一年スペンサーヴェルにいるつもりです。そして来年ヨーロッパへ行ったら――ありがとうございます、おとぎ話の教母様《ゴッドマザー》――毎日おたよりいたします。二人でいちばんの仲よしになって、いっしょに楽しい一年間をすごしましょうよ」

　老淑女は満足そうにほほえんだ。台所ではゼリーをひと皿《さら》持ってきた牧師夫人が、スペンサー夫人とお針の会のことについて話していた。赤い蔦《つた》のからむ窓から、身内のひきしまる十月の大気が、太陽に暖められて流れこんでいた。日光はシルヴィアの栗色《くりいろ》の髪《かみ》に栄光と若さの王冠《おうかん》のように、さんさんと降りそそいでいた。

「なにひとつ申し分のないしあわせな気持ですよ」

と言って、老淑女はふかぶかと、うれしそうな吐息《といき》をついた。

三　めいめい自分の言葉で

蜂蜜色《はちみついろ》の秋の日ざしがエイベル・ブレア爺《じい》さんの戸口のまわりの、真紅《しんく》や琥珀色《こはくいろ》の楓《かえで》にさんさんとそそがれていた。エイベル爺さんの家には外への戸は一つしかなく、しかも、それがほとんど年じゅうあけ放してあった。片一方の耳がなく、前足も片方短い小さな黒犬が、エイベル爺さんが戸口の階段がわりに使っている赤いすりへった砂岩《サンドストーン》の平石の上で、ほとんど年じゅう眠《ねむ》っていた。また、その上のもっとすりへった敷居《しきい》の上では、大きな灰色の猫《ねこ》がこれもほとんど年じゅう眠っていた。戸口をちょっとはいったところでは、エイベル爺さんが昔《むかし》の鰐足《わにあし》の椅子《いす》にほとんど年じゅうすわっていた。

この午後もここにすわっていた――小がらな老人で、気の毒にもリューマチで体《からだ》がゆがんでいた。頭は途方《とほう》もなく大きく、長く強《こわ》い黒い髪《かみ》の毛がそれを覆《おお》っていた。顔には深いしわが刻まれ、黒く日焼けしていた。黒い窪《くぼ》んだ目にはときおり奇妙《きみよう》な金色の光がひらめいた。エイベル・ブレア爺さんは風変わりな姿をしていたが、その見かけにおとらず、人となりも風変わりだと、下《しも》カーモディの人々は言っていたにちがいない。

年をとってからの数年というもの、エイベル爺さんはいつもたいていしらふだった。きょうも酒に酔《よ》ってはいなかった。彼《かれ》は自分の犬や猫におとらずぬくもった日光を浴びるのが好きで、こうして日向《ひなた》ぼっこをしているときにはほとんどいつも茂《しげ》りあう楓の梢《こずえ》の上はるか遠くの晴れわたった青空を、戸口からじっとながめているのであった。しかし、きょうは空を見てはいなかった。そのかわりに台所の黒い、ほこりだらけのたるきを見つめていた。たるきには干し肉や、紐《ひも》に通した玉葱《たまねぎ》や、薬草の束《たば》や、釣道《つりどう》具《ぐ》、銃《じゅう》、毛皮などがつるしてあった。

しかし、それらのものはエイベル爺さんの目にはいらなかった。その顔は天国の悦《えつ》楽《らく》と地獄《じごく》の苦痛よりなる幻《まぼろし》を見る人のそれであった。エイベル爺さんは自分がそうなっていたかもしれない姿と――現在の自分の姿とを見ていたのである。フェリクス・ムーアがバイオリンを弾《ひ》いてくれるときにはいつもそうであった。そしてふたたび若者にかえり希望にみちた将来をもっていると夢見《ゆめみ》る喜びが、あまりにも大きく強いため、知恵《ちえ》の女神《めがみ》の声をおさえつけておいて、自分の魂《たましい》の富を濫費《らんぴ》した年月ののちに、恥多《はじおお》いこの老いらくの日に到達《とうたつ》したことを思い知った現在の苦しみさえも、忘れはてるほどであった。

フェリクス・ムーアはエイベル爺さんと向かいあって、きたないストーブのそばに立っていた。ストーブには真昼の火が消え落ちて白い灰となってちらばっていた。フェリクスのあごの下にはエイベル爺さんの使い古した褐色《かっしょく》のバイオリンがはさまれていた。フェリクスの目も天井《てんじょう》にじっとすえられており、彼もまた音楽以外のいかなる言語でもあらわしえないようなものを見ていた。しかも、それはすべての音楽の中でも、特にバイオリンの、あの苦悩《くのう》にみちた、そして人を夢と幻の世界へ誘《さそ》いこんでいく響《ひび》きだけが表現できるものであった。このフェリクスというのは十二歳《さい》をちょっと越《こ》したぐらいの少年にすぎず、その顔はまだ悲しみも罪も、失敗も悔《く》いも知らぬ子供の顔であった。ただその大きな黒檀色《こくたんいろ》の目にのみ子供らしくないあるものが——今は灰となったが、以前には嘆《なげ》いたり喜んだり、もがいたり失敗したり、成功したり土にまみれたりした多くの人々の心を受けついでいることを語る、なにものかがあった。その多くの心が言葉にあらわしえなかったあこがれの叫《さけ》びがこの少年の魂に通い、音楽の表現となったのである。

フェリクスは美しい子供であった。生まれた町から外へ出ないカーモディの人々の目にも、また遠く諸国をさまよい歩いたエイベル・ブレア爺さんの目にもそう映った。

「あでやかさは偽《いつわ》りであり、美しさはつかの間である（訳注 旧約聖書箴言三一章三〇節）」と教え、自分でもそう信じようとしているステファン・レオナード牧師でさえ、フェリクスを美しいと思った。

フェリクスはか細い、なで肩《がた》の子で、日に焼けた細っこい首の上に、頭が牡鹿《おじか》のようにまっすぐ、優美にのっていた。髪はつやつやした青みがかった黒い色で、牧師館の家政婦であるジャネット・アンドリュースの好みで額のところで一文字に切りそろえ、耳にかぶさるようにあしらってあった。顔や手の皮膚《ひふ》は象牙《ぞうげ》のようであり、大きな目の色は美しく――見ひらいた瞳《ひとみ》は灰色であった。目鼻立ちは浮彫《うきぼ》りの宝石を思わせた。カーモディの母親たちはフェリクスが弱いから、牧師にはとうてい育ておおせまいと、ずいぶん以前から予言していた。しかし、そのような予言を聞くと、エイベル爺さんは白髪《しらが》まじりのひげをしごきながら微笑《びしょう》した。

「フェリクス・ムーアは育つとも」と、彼はきっぱり言った。「ああいった気立ての者はその仕事がすむまでは死ねと言ったって死ぬものじゃないよ。あの子にゃ仕事があるんだ――牧師さんさえそれをさせてくれたらね。それをさせてやらないような牧師なら、世の終わりのお裁きの日にゃ、わたしはなんとしてもあの人の世話にはならんよ――そうとも、かえってわしはわしとしてお裁きを受けたほうがいいくらいだ。

自分のことであろうと、ほかの者のことであろうと、神の思召《おぼしめ》しのじゃまをするのは恐《おそ》ろしいことだ。そういうのこそ許しがたい罪と言うんじゃないかな――まったくだよ！」

カーモディの人々はエイベル爺さんにそれはどういうことだなどときいたことがなかった。そんなことをきいてもむだだと、とうの昔に見かぎっていた。一生の大部分をエイベル爺さんのような暮《く》らし方をしてくれば、わけのわからない変なことを言ったってふしぎはない。しかも実際、人間ばなれしているほど善良なレオナード牧師のことを罪をおかすなどと言うのはもってのほかだのに、まして許しがたい大罪とは――そうら、みなさい！　エイベル爺さんのとてつもない話などに気をとめたって、なんの役にたつと言うのです？　もっとも、バイオリンのことでは牧師も確かに子供にたいする仕打ちはすこしばかりきびしすぎるようだけれど、それは無理もなかろうじゃないか？　ほら、あの子の父親の例があるからね。

ついにフェリクスはバイオリンをおろし、深い溜息《ためいき》をついてエイベル爺さんの台所へもどってきた。エイベル爺さんはもの寂《さび》しげな微笑でフェリクスを迎《むか》えた――それはさいなまれていた人の、寂しい微笑であった。

「お前さんの弾き方は恐ろしい――恐ろしいくらいだ」と、エイベル爺さんは身震《みぶる》いをした。

「こんなのは聞いたことがないよ——しかもお前さんは九つのとき以来、全然教わっちゃいないんだし、たまにここへきて、わしの使い古したぼろバイオリンを弾くほか、たいした稽古《けいこ》もしてないにな。それもよ、弾きながら自分でどんどんこさえていくんだからね！　お前さんのお祖父《じい》さんは音楽の勉強のこたあ、聞きいれちゃくれなかろう——今じゃどうだね？」

フェリクスは首をふった。

「許してくださらないことはわかってるんだよ、ブレアの小父《おじ》さん。お祖父さまはぼくを牧師にしたがってるの。牧師もいいにはいいんだけれど、ぼくはなれそうもないんだよ」

「説教壇《せっきょうだん》の牧師には向かないな。牧師にもいろいろ種類があって、ほんとうに人のためになるつもりなら、それぞれ自分に向いた言葉で話してきかせなくちゃいけない」と、エイベル爺さんは思いにしずみながら言った。「お前さんの言葉は音楽なのだ。お前さんのお祖父さんにそれがわからないとはふしぎだな。しかもあんな心の広い人がなあ！　今までに、わしが心底から慕《した》う気になった牧師はお祖父さんだけだ。もし、神様のような人ってのがあるなら、あの牧師さんこそはそれだよ。そしてお前さんをかわいがってなさるしな――そうとも、目に入れても痛くないほどのかわいがりようだものな」

「ぼくだってお祖父さまが大好きなんだよ」フェリクスは心から言った。「お祖父さまが大好きなもんで、牧師にだってなろうと思ってるの。なりたかないけどね」

「なにになりたいのかい？」

「えらいバイオリン弾きになりたいの」こう答える子供の象牙色の顔がたちまちいきいきとしたばらの花のように輝《かがや》いた。「ぼく、何千人という人のために弾きたいの――そしてぼくが弾いてるとき、その人たちの目がブレア小父さんの目のようになるのが見たいんだよ。ときどき、小父さんの目を見てるとこわくなることもあるけど、でもそれはすばらしい気持なの！　もし父さんのバイオリンがあったら、もっとうまく弾けるんだけどなあ。いつか父さんがこのバイオリンには魂があって、前の世に生きていたときの罪ほろぼしのために働いているのだと、言ったのを覚えてるの。それはなんのことかわからないけど、でも、まったく父さんのバイオリンは生きていたように、ぼくには思えるんだ。ぼくがバイオリンを持てるぐらい大きくなるとすぐ、父さんは弾き方を教えてくれたんだよ」

「お前さんはお父《と》っつぁんが好きだったかい？」

エイベル爺さんは鋭《するど》い目つきでたずねた。

ふたたびフェリクスの顔は真《ま》っ赤《か》になったが、しかしまっすぐに落着いた目を老いた友の顔に向けた。

「ううん、好きじゃなかったよ。だけど」と、フェリクスは重々しくおもむろにつけ加えた。「小父さん、そんなことくもんじゃないと思うよ」

今度はエイベル爺さんが顔を赤くする番だった。あつかましいエイベル爺さんの顔が赤くなるとはカーモディの人たちには信じられなかったにちがいないし、また、日に焼けたその赤ら顔の頰《ほお》がひときわ色をましたのを見てとるのは、灰色の目に非難をこめて老人を見たこの子供だけであったろう。

「そうだったな。そんなことはきくんじゃなかったな。だが、わしはな、いつもしくじりばかりしでかしているのだよ。ろくなことをしたためしがないでな。それだからこそ、カーモディの衆から『エイベル爺さん』としか言われぬ、しがない身になったのだ。わしのことを『ブレアさん』と呼んでくれるのは、お前さんとお前さんのお祖父さんだけだものな。そうじゃあっても、あの先で商売をしているウィリアム・ブレアなど、今でこそ金はあるし、人から尊敬もされているが、若い時分にゃ、わしの半分も頭のきく男じゃなかったものさ。本気にゃしまいが、本当なんだよ。しかも、なにより悪いことはな、フェリクス坊《ぼう》や、わしがブレアさんであろうが、エイベル爺さんであろうが、たいていのときにゃこだわらんということだ。ただ、お前さんがバイオリンを弾いているときだけはこだわるね。ちょうど何年か前、ある小さな女の子の目を見たときのような気持になるのだよ。その子はアン・シャーリーといって、アヴォンリーのクスバート家で暮らしていたが、わしらはブレアの店で口をきくようになったのだ。その子はどんな者に向かっても楽々と水が流れるように話をしたんだよ。わしがたまになにかのことで、わしみたいな六十を越したモウロクオヤジなんかどうあろうとかまうこっちゃないと言うと、その子はまるでわしがなにかおそろしく、信心の足りないことをでも言いだしたようにさ、大きな無邪気《むじゃき》な目でいくらかとがめるみたいにわしをじっと見て言うんだ。『ブレアさん、あたしたちは年をとればとるほど、物事をたいせつに考えるはずだと、お思いになりませんか？』――とね、まるで自分が十一歳ではなくて、百歳ででもあるかのように、まじめくさって言うのだよ。『今だってあたしにはなんでもたいせつなんですわ』と、こんなふうに手を組み合わせてな、『だから六十になればちょうど五倍だけたいせつになるにちがいないと思うのよ』と言うんだよ。その子の目つきと、ものの言い方でわしはすっかり恥《は》じ入ってしまったよ。物事なんかどうでもよくなっていたんだからね。だが、そんなことはどうだっていい。わしのようなみじめな爺《じじい》がどう思おうとたいした問題じゃない。で、お前さんのお父っつぁんのバイオリンはどうなったのかい？」

「ぼくがここへきたとき、お祖父さまが取り上げてしまったの。お祖父さまが燃やしちまったらしいの。ぼく、しょっちゅう、あれが恋《こい》しくてたまらなくなるんだよ」

「どうしても弾きたいときにゃ、いつだってわしのぼろバイオリンを使っていいんだよ」

「うん。だから、ぼく、とてもうれしいの。だけどね、バイオリンが恋しいのはしょっちゅうなんだもの。恋しくてどうにもがまんできなくなったときだけここへくるんだけど、そんなときにもきちゃいけないんだと思うの——もう二度とこないといつも言ってるの。お祖父さまが知ったら、いいと思わないことがわかってるもの」

「とめはしなさらないんだろう？」

「そう。だけど、それはぼくがそのためにここへくるってことを知らないからなんだよ。わかっていたらきっととめるにきまってると思うの。そう考えると、ぼく、ひどくいやあな気持になっちゃうの。それだけど、やっぱりこずにはいられないんだよ。ブレアさん、お祖父さまがどうしてぼくにバイオリンを弾かせるのがいやなのか知ってる？　お祖父さまは音楽は好きなんだよ。だからぼくがほかのことさえ怠《なま》けないなら、オルガンを弾くのは気にしないの。それがぼくにはわからないんだよ。小父さんにわかる？」

「かなり確かなことは知ってるが、お前さんに話してきかせるわけにゃいかないのだよ。わしの秘密ではないからね。きっと、いつかお祖父さんが自分で話しなさるだろうよ。だが、いいかね、フェリクス坊や、お祖父さんにゃ、なにもかもそれ相当のわけがあんなすってのことなんだ。それがわしにはわかるもんで、あまりひどくは責められないんだよ。もっともまちがってなさるとは思うがね。さあ、帰る前にもっとなにか弾いておくれ——なにか今度は明るくて楽しいやつをな。あとくちがいいようにね。今しがたお前さんが弾いたのはわしをまっすぐ天国へ連れてってくれたっけが——天国というものはおっそろしく地獄に近いもんだでな、最後のところでお前さんはわしを地獄へ突《つ》き落としたよ」

「ブレア小父さんの言うこと、なんのことかちっともわからないなあ」

と、フェリクスは当惑《とうわく》した面持《おももち》で、その形のよい細い黒い眉《まゆ》をしかめた。

「そうとも——またわかってもらいたくもないよ。お前さんもわしみたいに、一度はりっぱな人間になりたいという志をたてながら、手のつけられないばかになりさがった年寄りになってみなけりゃ、わからんよ。しかし、お前さんにはなにかものを——

あらゆる種類のことを理解できる力があるに相違《そうい》ない――でなけりゃ、そんなふうになにもかも音楽の中に畳《たた》みこめるはずがないものな。どんな具合にしてするのかい？　いったい、ぜん――いったい、どんな具合にしてするのかい、フェリクス坊や？」

「ぼく、わからないや。だけど、いっしょにいる人によってちがった弾き方をするの。どうしてか知らないけど。小父さんと二人っきりのときの弾き方とジャネットがここへ聞きにきたときではまた、全然別の気持になっちまうんだ――それほど胸がどきどきする気持じゃないけど、もっと楽しくて、もっと寂しい気持になるの。それから、ジェシー・ブレアがここで聞いていたあの日には、ぼく、笑ったり歌ったりしたい気持だったの――まるでその間じゅう、バイオリンが笑ったり歌ったりしたがってるみたいに」

エイベル爺さんのくぼんだ目にふしぎな金色の光がひらめいた。

「たいしたことだ」と、エイベル爺さんは低い声でつぶやいた。「この子はなんというのか、ほかの人の魂の中へはいりこんで、自分の魂がそこで見たものを弾くことができるのだ」

「それ、なんのことなの？」

と、フェリクスはバイオリンをなでながらたずねた。

「なんでもないよ——気にしなさんな——弾いておくれ。今度はなにか威勢《いせい》のいいものをな、フェリクス坊や。わしの魂を探《さぐ》るなあ、やめるがいい、お前さんのような子供にゃ用のないところだからな。なにかお前さんの魂から出てくるものを弾いておくれ——なにか美しくて、幸福で、清らかなものをな」

「お日さまが輝いてる朝、小鳥が歌を歌い、ぼくが牧師にならなくちゃならないことを忘れているときの気持を弾いてみるね」

と、フェリクスは無邪気に言った。

小鳥と小川の歌がまじりあったような、人を魅《み》する、さらさら流れる、陽気な調べが、静かに空中にただよい、赤や金色の楓《かえで》の葉がひと葉ひと葉ごくひっそりと舞《ま》い落ちる小径《こみち》に流れて行った。道を伝ってきたステファン・レオナード牧師はそれを聞いて微笑した。さて、レオナード牧師がほほえむときには、子供たちは駆《か》けよるし、大人《おとな》たちは苦労にかすみ、焦燥《しょうそう》苦悩にみちたこの世の生活のはるかかなたに、美しい約束《やくそく》の地がひろがっているのをピズガの山（訳注　モーゼが約束の地をながめた山、ヨルダン川の東方にある）からながめたかの心地《ここち》になるのであった。

物質界にせよ精神界にせよ、すべて美しいものを好むレオナード氏は音楽をも愛していた。もっとも彼はそういうもののもつ美のみをどのくらいまで自分が愛しているのか気づいていなかったからだが、もしも気がついたら驚《おどろ》きかつ悔《くや》んだことであろう。レオナード氏自身も美しく、その姿は七十歳という年齢《ねんれい》にもかかわらずまっすぐで若々しかった。顔は婦人の顔のように変化に富み、愛嬌《あいきよう》があり、それでいながら男らしい頼《たの》もしさと力強さをあますところなく見せており、暗青色の目は二十一歳の青年のような輝きをおびていた。その絹のような銀髪《ぎんぱつ》でさえ、彼を老人には見せなかった。レオナード氏はすべての者から崇拝《すうはい》されており、彼も人間という限界内ではその崇拝に値《あたい》していた。

「エイベル爺《じい》さんがまた、バイオリンで気晴らしをしているな」と、レオナード氏は思った。

「なんと楽しい曲を弾《ひ》いているのだろう！　バイオリンの天分があるのだな。だが、どうしてあのようなものが弾けるのだろう――きょうまでに人間として落ちこみうるほとんどありとあらゆる罪にまみれてきた、あのろくでなしの老人がね？　三日前にも飲んで騒《さわ》いで――一年以上もなかったことだが――シャーロットタウンのマーケットの広場で、犬どもの真ん中で酔《よ》いつぶれていたっけが、それがいま、天国の若い天使長でなけりゃかなでられないようなものを弾いているとは。そうだ、私の仕事がこれで楽になるわい。エイベルがバイオリンを弾きだすころにはいつも後悔《こうかい》しているのだからな」

レオナード氏は踏石《ふみいし》に乗った。小さな黒犬はとびおりてきて出迎え、灰色の猫《ねこ》は彼の足に頭をすりつけた。エイベル爺さんは気がつかなかった。片手を上げて拍子《ひょうし》をとりながら、微笑をたたえてフェリクスの音楽に聞きいっていた。その目には笑いをたたえ、まったくの幸福感でふたたび若返ったかのように輝いていた。

「フェリクス！　これはどうしたというのだ？」

バイオリンの弓はフェリクスの手をはなれ、音をたててゆかに落ちた。急いでこちらを向いたフェリクスは祖父の面前に立っていた。激《はげ》しい嘆《なげ》きと傷心《しょうしん》をたたえた祖父の目を見ると、フェリクスの目も後悔のあまり曇《くも》った。

「お祖父さま――ごめんなさい」

と、フェリクスはとぎれとぎれに叫《さけ》んだ。

「さあ、さあ！」エイベル爺さんはとりなそうと立ち上がった。「みんなわしが悪かったんですよ、レオナードさん。この子をしかっちゃいけませんわ。ちょっとでいいから弾いてくれと、わしが説きふせたんでさ。わしは自分じゃまだバイオリンにさわる資格がないと思ったものでね――そら、あの金曜日の件のあとですからね。だから、せがんで弾いてもらったわけですよ――弾いてくれるまで、やいのやいのうるさくせっついてね。みんなわしのせいなんですよ」

「そうじゃないよ」と、フェリクスは頭をふりあげながら否定した。顔は大理石のように血の気がなかったが、それにもかかわらず、必死で真実を語ろうとする努力と、かばってくれようとするエイベル老人の嘘《うそ》にたいする軽蔑《けいべつ》とで、燃えているかのように見えた。「そうじゃないの、お祖父《じい》さま。ブレア小父さんのせいじゃないんです。お祖父さまが港へ行ったと思ったもんで、バイオリンを弾こうと思ってここへやってきたの。お祖父さまのとこへきてから、ここへはたびたびきてるんです」

「お前がわしのところへきて以来ずっと、こうしてわしを欺《あざむ》いてきたというのだね、フェリクス？」

レオナード氏の口調はすこしも怒《いか》りをおびずただ無限の悲しみがあるだけだった。感じやすい少年の唇《くちびる》は震えた。

「お祖父さま、ごめんなさい」

フェリクスは訴《うった》えるようにささやいた。

「あんたはこの子にきちゃいけないととめなすったわけじゃなかろうに」と、エイベル爺さんは憤然《ふんぜん》として割ってはいった。「公正にしなさいよ、レオナードさん――公正にしなさいよ」

「わしは公正だ。フェリクスは言葉ではそうでなくも気持のうえでわしにそむいたのだ。それがわからないのかい、フェリクス？」

「わかります、お祖父さま。ぼくは悪いことをしてたんです——くるたびに、ああ悪いことだと知ってたんです。ごめんなさい、お祖父さま」

「フェリクス、許してあげよう。だが、お前が生きているかぎり、二度とバイオリンにさわらないという約束をいまこの場でしてもらいたい」

黒ずんだ血の色がさっと少年の顔にのぼり、彼《かれ》は鞭《むち》で打たれたかのような悲鳴をあげた。エイベル爺さんはとびあがった。

「そんな約束はさせるもんじゃない、レオナードさん」と、エイベル爺さんは激しく叫んだ。「罪だ、まったく罪だ。あんた、あんた、なんで盲目になんなすった？　まったく盲目だ。この子がどんなものをもっているかわかんなさんないのか。この子の心は音楽でいっぱいなんだ。それを好きなようにさせなきゃ——もだえ死ぬか——もっと悪いことになりますぞ」

「あんな音楽には悪魔《あくま》がはいりこんでいるんだ」

と、レオナード氏も語気をあらくした。

「そうかもしれないが、しかし、キリストもはいりこんでなさることを忘れちゃいけませんぜ」

と、エイベル爺さんは低い緊張《きんちょう》した口調で応酬《おうしゅう》した。

レオナード氏はぎょっとした。エイベル爺さんが軽々しくキリストの名を口にしたので、神を汚《けが》すものと見なしたのであった。レオナード氏は非難の目を放って顔をそむけた。

「フェリクス、約束しなさい」

その顔にも口調にも全然、憐《あわ》れみの色は見られなかった。レオナード氏はこの幼い、愛情のこまやかな少年の心のうえに自分の強権を情け容赦《ようしゃ》なくふるうのであった。フェリクスは逃《に》げ道のないことを悟《さと》ったが、しかし、

「約束します、お祖父さま」

と、言ったとき、唇にはまったく血の気がなかった。

レオナード氏はほっと安堵《あんど》の吐《と》息《いき》をついた。約束が守られるであろうことを知っていたからである。エイベル老人にもそれがわかっていた。彼は部屋を横切り、ふきげんな顔をして、フェリクスの力のぬけた手からバイオリンを取り、ひと言も言わず、一度もふりかえらずに台所の向こうの小さな寝室《しんしつ》へはいってしまい、しごくもっとも

な憤《いきどお》りをこめて戸をピシャッとしめきった。しかし、窓からこっそりエイベル爺さんは二人が立ち去って行くのを見守っていた。ちょうど楓《かえで》の小径にさしかかったとき、レオナード氏はフェリクスの頭に手を置き、少年を見おろした。たちまち、少年は老人の肩《かた》に腕《うで》を投げかけ、にっこりほほえんだ。二人が見交《みか》わす眼《め》つきには底知れぬ愛情と信頼《しんらい》が——それから仲のよい仲間同士という気持があふれていた。エイベル爺さんの軽蔑をこめた目にまたもや金色のひらめきがあらわれた。

「なんとまあ、あの二人の仲のよいこと！」と、老人はうらやましそうにつぶやいた。「そしてまた、なんとお互いに苦しめあっていることか？」

レオナード氏は家へ着くと、祈《いの》りをささげに自分の書斎《しょさい》へはいった。彼はフェリクスが慰《なぐさ》めてもらいにジャネット・アンドリュースのところへとんで行ったのを知っていた。ジャネットは家をきりまわしている、やさしい顔つきの、かたく唇を引結んだ小がらなやせた女であった。レオナード氏はジャネットもエイベル爺さんと同様、自分のやりくちに不賛成なことを知っていた。なにも口に出して言うのでなく、夕食のとき、茶碗《ちゃわん》ごしに非難の目でレオナード氏を見るだけであった。しかし、レオナード氏は自分のしたことが正しいと信じているので、すこしも良心のとがめを感じなかった。もっとも、彼の胸のほうは痛かったが。

いまから十三年前、娘《むすめ》のマーガレットが、レオナード氏の気にいらぬ男と結婚《けっこん》したため、胸も張り裂《さ》けそうな思いをしたのであった。マーティン・ムーアは専門のバイオリニストで、どの点から見ても大家ではないが、人気ある演奏者であった。彼が、ほっそりした、金髪《きんぱつ》の、牧師の娘と会ったのは、彼女《かのじょ》がトロント大学の友達を訪《おとず》れたときで、その場で恋におちたのであった。マーガレットは娘らしい心のすべてをかたむけて彼を愛し、父の反対をも押《お》しきって結婚してしまった。レオナード氏が反対したのはマーティン・ムーアの職業ではなく、その人がらであった。このバイオリニストの過去がマーガレット・レオナードの求婚者として適さないことをレオナード氏は知っており、人を見る目をもつ氏はマーティン・ムーアはいかなる女をも永久的には幸福にしないことを見ぬいていた。

マーガレットはこれを信じず、マーティンと結婚し、一年は楽園に住むように過ごした。たぶんその一年がそれにつづくつらい三年の年月の埋合《うめあ》わせになったかもしれなかった——その一年と彼女の子供が。とにかく、マーガレットは誠実に、不平も言わずに暮《く》らし、死んでいった。死ぬときはひとりだった。夫は演奏旅行に出かけていたし、病気が急だったので、父も臨終にまにあわなかった。遺骸《いがい》は故郷に運ばれて小さなカーモディの墓地の母のそばに埋められた。レオナード氏は子供を引取りたかったが、マーティン・ムーアは手放すのを拒《こば》んだ。

六年後にムーアも死んだので、ようやくレオナード氏は心の思いをとげることができ——マーガレットの息子《むすこ》を自分のものにできたのである。子供の到着《とうちゃく》を祖父は複雑な気持で待ちうけた。心は孫のもとへとんで行っていながら、それでいてマーティン・ムーアの二世に会うのがこわかった。かりに、マーガレットの息子が、美男で、ならず者の父親に似てでもいたら、どうしよう！　あるいはさらにわるいことは父親の無節操、移り気、放縦《ほうじゆう》な点を受けているとしたら。こうしてレオナード氏はフェリクスがくるまでみじめに自分をさいなんでいた。

子供は父親にも母親にも似ておらず、そのかわりにレオナード氏はその顔に三十年前、草葉の陰《かげ》に葬《ほうむ》った者の面影《おもかげ》——マーガレットの誕生《たんじよう》と同時に亡《な》くなった少女のような花嫁《はなよめ》の面影を見いだしたのであった。彼女の輝《かがや》く黒ずんだ灰色の目、象牙《ぞうげ》のようななめらかな肌、みごとな弧《こ》を描《えが》いた眉《まゆ》の再現であり、その目からは彼女の精神そのものがのぞいているかのようだった。その瞬間《しゆんかん》から老人の心は子供の心と結ばれ、お互いに女の愛情をしのぐこまやかさで愛しあうようになった。

フェリクスが父から受けついだたった一つのものは音楽への愛であった。しかし、父親が技倆《ぎりよう》のみしかそなえていなかったのに反し、子供のほうは天分をもっていた。

マーティン・ムーアのバイオリンにたいする外部的な熟練に、子供の母親の神秘的な熱烈《ねつれつ》な性質が加わり、さらに、彼が非常によく似ている祖母から伝わったに相違ない、いっそう微妙《びみょう》な要素がはいっていた。ムーアはこの子に生まれつきどんな生涯《しょうがい》がひかえているかを知ったので、細い指がようやく弓をつかめるようになったころから、彼の技術を教えはじめたのであった。九歳《さい》でカーモディの牧師館へきたときには、フェリクスは十人のうち九人までものバイオリニストが一生かかって修得するだけのバイオリンの技術を身につけていたのである。フェリクスは父のバイオリンをたずさえてきた。マーティン・ムーアが息子に残したものはそれだけだった――しかし、それはアマティー（訳注 十六―十七世紀イタリアの有名なバイオリン製作一家）製の逸品《いっぴん》であり、カーモディではだれ一人その価値を知る者はなかった。それをレオナード氏が取りあげてしまったので、それ以来、フェリクスは一度も見なかった。バイオリンを失った悲しさに、幾夜《いくよ》、泣きながら眠《ねむ》ったかしれなかった。このことをレオナード氏は知らなかったし、ジャネット・アンドリュースは気がついたとしても口には出さなかった――沈黙《ちんもく》は彼女の得手《えて》とするところであった。ジャネット自身は「バイオリンになにも悪いことはなかろうに」と思い、このことについてはレオナード氏は途方《とほう》もなくきびしすぎると考えていた。しかし、万が一にも外部の者がこのことを彼女に言ったが最後、さんざんしぼられたにちがいなかった。ジャネットはフェリクスがエイベル爺さんを訪れることを見て見ぬふりをし、彼女独特の理屈《りくつ》づけで、そのあいまいな態度をも、正直であるべしとのキリスト教徒の良心と一致《いっち》させていた。

レオナード氏がフェリクスに無理じいした約束のことを聞くと、ジャネットの胸は怒りで煮《に》えくりかえり、もとより「自分の身分」というものを心得ているので、レオナード氏に文句を言うようなまねはしなかったが、その不賛成の気持を露骨《ろこつ》に態度にあらわしたので、気のやさしい老人はこれまで平和だった牧師館の雰囲気《ふんいき》が居心地わるいほど冷やかで敵意にみちてきているのに気がついた。

フェリクスを牧師にしたいというのは、レオナード氏の心からの願いであり、もしも息子を授《さず》かっていたなら、その息子とて牧師にさせたいところだった。人間として与《あた》えられる最高の仕事は、同胞《どうほう》への奉仕《ほうし》に一生をささげるにありとするレオナード氏の考えはもっともであるが、しかし彼の誤っている点はその奉仕ということを本来の意味よりも狭《せま》く考えていることだった——すなわち、人は人類の求めに応じ、方法はさまざまに異なっても、同様の効果をあげる奉仕ができるということを見落としていたのである。

家政婦のジャネットはレオナード氏が約束の実行をフェリクスに強制しなければいいがと思っていたが、フェリクス自身は完全な愛情のもつ直感から祖父の気持が変わることはないということを悟っていた。フェリクスは形の上からも精神的にもこの約束を守りはじめた。二度とエイベル爺さんの家には行かないし、オルガンさえ弾《ひ》こうとしなかった。オルガンは禁じられていなかったが、どんな音楽でもフェリクスの身内に激しいあこがれと恍惚《こうこつ》とした気持を目ざめさせ、それが手のほどこしようもない力であふれ出ようとするからだった。フェリクスは猛烈《もうれつ》な勢いで勉強にうちこみ、ものすごいねばり強さでラテン語やギリシャ語を暗記したので、まもなくあらゆる競争者をぬいて首席になった。

たった一度、ながい冬の間に、もうすこしで約束を破りそうになったことがあった。三月から四月に移ろうとしており、残雪の下で春の鼓動《こどう》が脈搏《みゃくう》っているある夕方、フェリクスはただ一人で学校から家路に向かっていた。牧師館の下手《しもて》の小さな窪地《くぼち》にくだってきたとき、陽気な歌の曲が聞こえてきた。それは小川の柵《さく》によりかかった小さな、黒い目をしたフランス系カナダ人の雇人《やといにん》の少年が鳴らしているハーモニカだったが、このぼろをまとった小僧《こぞう》は音楽をとらえており、それが彼の素朴《そぼく》なおもちゃを通して流れ出ていた。フェリクスは頭から足の先まで震《ふる》えが走り、少年が一つやってみないかと言わんばかりになれなれしく笑いかけながらハーモニカをさしだすと、飢《う》えた動物が食物にとびつくように、それを引っつかんだ。

ところが、口へと運んできた手をフェリクスは中途でとめた。たしかに、自分がけっしてふれないと約束したのはバイオリンにはちがいないが、自分のうちにある欲望をたとえわずかなりともそれにゆずったなら、たちまち勢いを得てやがていっさいのものを薙《な》ぎはらってしまうだろうと感じた。この霞《かすみ》たなびく春の谷間でレオン・ブート少年のハーモニカを吹《ふ》けば、その晩、エイベル爺さんのところへ行くことになろう。きっと行くにちがいないことがフェリクスにはわかっていた。レオンがびっくりしたことに、フェリクスはハーモニカを彼に投げ返し、まるでなにかに追われでもしているかのように丘《おか》を駆け上がって行った。その子供らしい顔にうかんだある表情を見て、レオンはこわくなった。ジャネット・アンドリュースも自分のそばを駆けぬけて牧師館の広間を行くフェリクスの顔を見て驚《おどろ》いた。

「あんた、どうしなすったのかね?」とジャネットは叫んだ。「気分でもわるいんですか?　なんかこわいことでもあったのですか?」

「ちがう、ちがう。放《ほ》っといておくれ、ジャネット」

と、フェリクスは声をつまらせながら、二階の自分の部屋へ駆け上がってしまった。

一時間後、お茶に下りてきたフェリクスはすっかりふだんに返っていたが、顔色は常になく真《ま》っ青《さお》で、大きな目の下には紫色《むらさきいろ》のくまができていた。

レオナード氏はすこし心配そうにフェリクスをながめまわしているうちに、ふと、この春はフェリクスがいつもより弱々しく見えることに気がついた。そうだ、この子は冬じゅう一生けんめい勉強《べんきょう》したし、成長も早いのだから、休暇《きゅうか》になったら、どこか知合いを訪問にやらねばならぬ。

「ナオミ・クラークがほんとうに病気だそうですよ」と、ジャネットが言った。「冬じゅう病《や》んでいたそうですが、今じゃ、床《とこ》につきっきりですと。マーフィの奥《おく》さんが、あの女は死にかかってると思うけど、だれもあの女に思いきってそう話せないのだと、言ってましたよ。あの女はなんとしても自分が病気だとは認めないし、薬も飲もうとしないんです。しかも、そばについている者といえば、あのちょっと足りないマギー・ピーターーソンだけなんですからね」

「わしはあの女を見舞《みま》いに行ったものかどうかな」

と、レオナード氏は不安そうに言った。

「そんな手数をかけたってなんの役にたつものですか?　あの女が会わないのはわかりきってるじゃありませんかね——以前やったとおり、先生の面前でぴしゃっと戸をしめきってしまうでしょうよ。おそろしく悪い女ですからね——でもだれも責任のある付添人《つきそいにん》もなくてあそこで病気で寝《ね》ていると思うと、ぞっとしますね」

「ナオミ・クラークはいけない女で恥《は》ずべき暮らしをしてきたけれど、それでも、ぼく、あの人が好きだな」

と、フェリクスはときたまなにか人をびっくりさせることを言いだすときの、重々しい考えこんだ口調で言った。

レオナード氏はジャネットの保護のもとにあるフェリクスがなんでこんなあやふやな善悪感をもつにいたったのだと、問いただすかのように、いくらか非難をこめてジャネットを見た。すると、ジャネットも負けずに見返したが、その目つきを解釈すると、フェリクスが管区の学校へ通っている以上、算術やラテン語以外のものを覚えてきたからといって、自分は責任を持てないし、持つつもりはないという意味だった。

「好きだ嫌《きら》いだ、と言ったところで、あんたはナオミ・クラークのことをどれほど知っているというのですね？」ジャネットは好奇心《こうきしん》をそそられた。「あったことでもあるのですか？」

「うん、あるとも」と、フェリクスはさくらんぼの砂糖づけに舌鼓《したつづみ》を打ちながら返事をした。「去年の夏のいつかの晩、えぞ松《まつ》の入江のとこにいたとき、ひどい夕立になったもんで、ぼく、ナオミの家へ雨宿りに行ったの。戸はあいていたし、ノックしても返事がないもんで、ぼく、どんどんはいって行ったんだ。ナオミ・クラークは窓のところで、雲が海の上に張り出してくるのをながめていたの。ぼくのほうを一度見たきり、なんにも言わないで、また雲をながめているの。ぼく、ナオミがおかけなさいとも言わないのに、すわっちゃわるいと思ったもんで、ぼくも窓のところへ行って、ナオミとならんで雲をながめだしたの。恐《おそ》ろしい景色だったよ——雲は真っ黒で、海は緑色で、雲と水の間にそりゃあふしぎな光があってね。とてもこわいんだけれど、なんだかすばらしい気持もしたの。ぼく、半分は嵐《あらし》を見て、半分はナオミの顔を見てたんだけど、ナオミは嵐と同じようにこわい顔をしてたけど、それでも、ぼく見たくてたまらなかったの。

雷《かみなり》がやんでからも、雨がいつまでも降っていたの。ナオミはすわってぼくに話しかけて名前をきいたから、言ったら、なにかバイオリンを弾いてほしいと言うの——フエリクスはちらっと許しを乞《こ》うようにレオナード氏を見ながら——なぜって、ナオミはぼくがとても上手《じょうず》だってことを聞いてるからって言うの。なにか元気のいいものをと言うんで、ぼく、一生けんめいそんなものを弾こうとしたんだけど、どうしても弾けないんだ。ぼくが弾いたのは——まるでひとりでに鳴りだしたように——恐ろしいものなの。ちょうど、なにかがなくなって、二度と戻《もど》ってこないようなの。すると、弾きおわらないうちに、ナオミがぼくんところへきて、バイオリンを引ったくって、そして——たんかをきったの。こう言ったんだよ、『この目玉の大きなガキめ、なんでそんなことを知ってるんだ?』って。それからぼくの腕をつかんで——痛かったよ、とても——ぼくを雨の中へつきだして、戸をピシャッとしめちまったの」

「乱暴な無礼なやつだ!」

ジャネットは憤然《ふんぜん》として言った。

「ううん、そうじゃないよ。ナオミのしたことはあたりまえなんだ」と、フェリクスは落着きはらって言った。「あんなものを弾いたぼくが悪いんだ。ほらね、ぼくがそんなふうに弾かないわけにいかないってことを、ナオミは知らないんだもの。ぼくがわざとそうしたのだと、思ったらしいね」

「いったい、なにを弾きなすったのですか?」

「ぼく、知らない」フェリクスは身震いをした。「とっても恐ろしくて——とってもこわかった。胸も張り裂けるようなものだったの。でも、なにか弾くとすれば、ぼく、どうしてもそれを弾くよりしかたがなかったの」

「あんたの言うことはわからないね——さっぱりわかりませんよ」

ジャネットはまごついた顔で言った。

「話題を変えよう」

こう、レオナード氏が言った。

一カ月後のある晩、マギーが牧師館の戸口に立ち、牧師にきてくれと言った。

「牧師さんにすぐきてくれるように言いなすって、ナオミがマギーをよこしたの」

「いいとも、行ってあげるとも」レオナード氏はやさしく言った。「ナオミの加減はたいそう悪いのかね？」

「死にかかってるよ」と、マギーは歯をむきだして笑った。「そんで、地獄《じごく》をばおっそろしくこわがってんの。ナオミはきょう、死ぬんだってことがわかったんだよ。マギーが言ったんだ――ナオミは港の女どもの言うこたほんとにしねえけど、マギーの言うこた本気にしただよ。大きな声でわめいたっけよ」

このぞっとする光景を思いだして、マギーはくっくっ笑った。レオナード氏は憐《あわ》れみで胸がいっぱいになり、ジャネットを呼んでこのかわいそうな子供になにか食べものをやるようにと命じた。しかし、マギーは首をふった。「いらない、いらない、牧師さん。マギー、すぐにナオミんとこへ帰んなくちゃなんないの。牧師さんが地獄から助けだしにきてくれるって、マギー、聞かしてやるんだ」

マギーは怪《あや》しい叫《さけ》びをあげると、全速力で海岸のほうへとえぞ松の林をぬけて駆《か》けだした。

「おお、神様！」ジャネットは畏《おそ》れに打たれた声を出した。「かわいそうに、あの子がばかということは知っていたけれど、あれほどとは思わなかった。それじゃ、先生、行きなさるですか？」

「もちろん、行くとも。あの哀《あわ》れな魂《たましい》を救えるよう、神に祈るよ」

と、レオナード氏は心から言った。レオナード氏はいやしくも自分が義務であると信じることを避《さ》けたことは一度もない人間だが、しかし、義務とは言っても、このナオミ・クラークの臨終の床《とこ》へ呼ばれて行く場合よりももっと愉快《ゆかい》な形をとってくるものが多かった。

この女は一代を通じて下《しも》カーモディとカーモディ港の厄病神《やくびょうがみ》であった。レオナード氏がここの教会の牧師になった最初のころは、ナオミを改心させようと苦心したが、彼女はレオナード氏を面と向かってあざけり、侮辱《ぶじょく》した。そこで、ナオミの誘惑《ゆうわく》を受けたり、悲嘆《ひたん》の涙《なみだ》にくれる人々のために法律の適用を試みたが、ナオミは法律などをものともしなかった。ついに、レオナード氏はナオミをそのままにしておくほかなくなった。

けれども、ナオミも最初からぐれていたわけではなく、少女時代は無邪気《むじゃき》にすごしたのだが、美しく生まれついたのが彼女の禍《わざわ》いだった。母親は死んでおり、父親は薄情《はくじょう》とあらい気性《きしょう》で評判のわるい人間であった。ナオミが偽りの愛に一生を託《たく》すという致命《ちめい》的な失敗をおかし、裏切られ、捨て去られると、父親はありったけの悪口を浴びせてナオミを家から追い出してしまった。

ナオミはえぞ松林の中の小さい空家に住居を定めた。もしも、彼女の子供が生きていたなら、ナオミは救われたに相違《そうい》なかったが、子供は生まれるとすぐに死んでしまったので、その幼い生命とともに、ナオミを贖《あがな》う最後の機会がこの世から去ったのであり、そのとき以来ナオミの足は地獄へつづく道に踏《ふ》みこんだのだった。

けれども、最近五年はナオミはかなりきちんとした生活を送っていた。ジャネット・ピーターソンが死んだとき、その娘《むすめ》のマギーは世の中にただ一人の親類縁者《しんるいえんじゃ》としてなく残された。この子をどうしたらよいか、だれにもわからなかった。一人としてこの子にかかわりたくなかったからである。ナオミ・クラークは出かけて行き、この少女を引取った。人々はマギーの保護者としてナオミはふさわしくないと言いあったが、だれもみな、かかりあうのがいやさに、その役目を避けた。だが、レオナード氏はひるまず、ナオミを諫《いさ》めた結果、ジャネットの言うところによれば、ナオミはそのほねおりを鼻先であしらい、ぴったり戸をしめてしまったのであった。

しかし、マギー・ピーターソンといっしょに暮らすようになったその日から、ナオミは港町の売笑婦をやめてしまった。

レオナード氏がえぞ松の林にさしかかるころには日が沈《しず》み、港はすばらしく壮麗《そうれい》な薄暮《はくぼ》につつまれていた。はるか向こうには紫の海が鼓動し、砂州《さす》のうめきが絶望的な、果てしないあこがれと訴《うった》えをこめた歌とともに、甘《あま》い冷え冷えした春の空気の中を伝わってきた。夕映《ゆうば》えのあとの空には星が花の咲《さ》き出たようにちりばめられ、月は東にのぼろうとしており、その下の海は魔法《まほう》のような銀の色に光り輝《かがや》き、そこを横切る小さな港のボートは妖精国《ようせいこく》の岸辺からきた小舟《こぶね》と化した。

レオナード氏は吐息《といき》とともにこの汚《けが》れない美しい海と空に背をむけ、ナオミ・クラークの家の入口をくぐった。その家はごく小さく――階下に一部屋と上に屋根裏の寝室《しんしつ》があるだけだった。しかし、港を見晴らす階下の窓ぎわに病人のための寝台がしつらえられ、そこにナオミはまだ暗くないのに、頭のところと横のところにランプをともして横たわっていた。ふだんから暗闇《くらやみ》を非常に恐れる癖《くせ》がナオミにあった。

ナオミはいらいらと、みすぼらしい寝台の上で寝返りを打っており、マギーはそのすそのところの箱《はこ》の上にうずくまっていた。レオナード氏はこの五年というもの、ナオミに会わなかったが、その変わり方にぎくっと驚いた。ひどく憔悴《しょうすい》しており、輪郭《りんかく》の整った、鷲《わし》のような目鼻立ちは年をとると、言うに言われぬほど魔女めいてくるたちのもので、まだ六十になるかならずのナオミは百歳《さい》ぐらいに見えた。手入れのしてない髪《かみ》はぼうぼうと枕《まくら》の上に白く波打ち、夜具をつかむ手はしわのよったかぎ爪《つめ》のようであった。ただ目だけは変わらず、以前と同じく青く輝いていたが、いまや恐怖《きょうふ》の苦悶《くもん》と訴えにみちているので、レオナード氏の気弱な心は恐ろしさで鼓動が止ってしまうかと思われた。それは責苦で狂気《きょうき》のようになり、憤激《ふんげき》に追跡《ついせき》され、言語を絶した恐怖にとらわれた動物の目であった。

ナオミは、身をおこし、レオナード氏の腕《うで》を引っぱった。

「私を助けられて？　助けることができて？」あえぎながらナオミはすがりつかんばかりだった。「ああ、あんたがきてくれないのかと思ったわ！　あんたがここへこないうちに、わたしは死んじまうんじゃないかと——死んで地獄へ行くんじゃないかと、震えあがってたんですよ。きょうまで、わたしゃ死ぬなんて知らなかったんだよ。あの臆病《おくびょう》なやつらは一人として話しちゃくれないんだものね。わたしを助けてくれることができて?」

「わしにできんとしても、神にはおできになる」

レオナード氏はやさしく言った。このおそろしいほどの恐怖と逆上を前にして、ひどく心細くなり、自分の無力を感じたのであった。これまで、悲しい臨終——苦悩《くのう》にみちた臨終——そればかりか、自暴自棄《じぼうじき》の臨終を見てきたが、このようなのには一度も出会ったことがなかった。

「神ですって!」この名を言うナオミの声は恐ろしい悲鳴のようであった。「神には助けを求められないわ。おお、地獄が死ぬほどこわいけど、それよりもっと神のほうがこわいんだ。こんな一生を送ったあとで神の前に立つよりゃ、地獄へ落ちたほうが何千倍ましかしれやしない。まったく、わたしゃ悪の道を歩いたことを後悔《こうかい》してるんです——いつも悪い悪いと思ってたんです。悪いと思わないときは一刻《いっとき》だってなかったんですよ。だれも信じちゃくれまいけどね。わたしゃ地獄の鬼《おに》どもに駆りたてられたんだ。ああ、あんたにゃわかんない——あんたにゃわかってもらえない——けれど、わたしゃいつも悪い悪いと思ってたんだ!」

「悔《く》いさえするなら、それでけっこうなのだよ。お前が許しを乞《こ》えば神は許してくださろう」

「いいえ、許すこたできない！　わたしのような罪は許されないんだ。神は許せないし――許そうともなさらないよ」

「許すこともおできになるし、許すお気持もおありになるのだ。神は愛の神であらせられるのだよ、ナオミ」

「いいえ」ナオミは頑固《がんこ》に主張した。「ちっとも愛の神なんかじゃありゃしない。だからこそ、わたしゃこわがってるんだ。ちがう、ちがう、怒《いか》りと正義と罰《ばつ》の神だよ。愛だって？　愛なんてもなありゃしない！　この世じゃそんなものにお目にかかったこたないもん、神だって持ちあわせてるたあ思えないね」

「ナオミ、神はわたしたちを父のように愛していてくださるのだ」

「わたしの父のようにだって？」――物音一つしない部屋に響《ひび》きわたるナオミのかん高い笑い声は、耳にするさえものすごかった。

老いた牧師は身震いした。

「そうじゃない――そうじゃない！　親切な、やさしいなんでも知っている父としてだよ、ナオミ――ちょうど、生きていたらお前の小さな子供をお前がかわいがるようにな」

ナオミはすくみあがり、うめいた。

「ああ、それが信じられたらいいのだけれど。それさえ信じられたら、わたしゃこわがらないのだが。わたしに信じさせてください。あんたが自身そう信じていなさるなら、神が愛して許してくださることを、わたしにも信じられるようにしてくれるはずだ」

「イエス・キリストはマグダラのマリア（訳注　ルカ伝に出てくる淫売婦。罪を悔いてキリストの弟子になる）を許し、愛しておやりになったのだよ、ナオミ」

「イエス・キリストだって？　ああ、あの人ならこわかないよ。あの人ならわかってもくれるし、許してもくれるだろうさ。半分は人間なんだものね。わたしがこわいと言うのは神なんだよ」

「神もキリストもお一人なのだよ」

と、レオナード氏は途方《とほう》にくれて言った。ナオミにわからせることができないと悟《さと》ったからである。このもだえ苦しむ臨終の床《とこ》は、三位一体《さんみいったい》という人知をこえた教義を神学的に説明するにふさわしい場所ではなかった。

「キリストはお前の罪のためにお亡《な》くなりになったのだ、ナオミ。十字架《じゅうじか》上でお前の罪をご自身に負われたのだぞ」

「わたしたちは、めいめいの罪は自分でしょってきますよ」ナオミはかみつかんばかりに言った。「わたしゃ一生自分の罪をしょってきたし――永久にしょってることだろうさ。それよりほかのことは信じられないよ。神が許してくれるなんて、信じられるもんか。わたしゃ、人の身も心も滅《ほろ》ぼしてきた――人に胸の裂《さ》ける思いをさせ、家庭に毒を流した――わたしゃ、人殺しよりももっと悪い人間なんだ。だめだ――だめだ――だめだ、わたしにゃ救いはない」ふたたびナオミの声は高くなり、例のかん高い、聞くに耐《た》えないような悲鳴に変わった。「わたしゃ地獄へ落ちなきゃならないのだ。外の暗闇に比べたら地獄の火だってそんなにこわくはないくらいだ。わたしゃ、いつも暗闇がこわくてたまらなかった――おっかないものや恐ろしい思いでいっぱいなんだもの。ああ、だれもわたしを助けてくれる者はいないんだ！　人間は役にたたないし、神はわたしのほうでこわいし」

ナオミは手をもみしぼった。レオナード氏はいままでは感じたことのない強いあせりを覚えながら、部屋の中を行きつ戻りつした。どうしたらいいだろう？　なんと言ったらいいものか？　彼《かれ》のいだく信仰《しんこう》は他のすべての者にたいすると同様、この女を癒《いや》し、平和を与《あた》えるにはちがいないのだが、それをこの苦しんでいる魂《たましい》に理解できる言葉ではどうしてもあらわせなかった。レオナード氏は苦悶するナオミの顔を見た。寝台のすそのところで一人でくっくっ笑っている娘を見た。あいている戸口からかなたの星空に目を放った——すると、底知れぬ絶望感に襲《おそ》われた。自分にはなにも——なにもすることができないのだ！　これまでの生涯《しょうがい》において、この自覚がもたらしたほどの心の痛手を受けたことは一度もなかった。

「わたしを助けることができないなら、あんたはなんの役にたつというの？」瀕死《ひんし》の女はうめき、「祈《いの》ってください——祈ってください——祈ってください！」と、突然《とつぜん》、叫んだ。

レオナード氏は寝床のそばにひざまずいたが、なにを言ったらよいのかわからなかった。いままで唱えた祈りは一つとしてここでは役にたたないものだった。多くの魂をやすらかに死につかせるのに役だった古い美しいきまり文句も、ナオミ・クラークにとっては無益で空虚《くうきょ》な言葉にほかならなかった。あまりのせつなさにステファン・レオナードはいままでにいちばん短い、いちばん心のこもった祈りをささげた。この女にわかる言葉で語りた

「おお、われらの父なる神よ！　この女を助けたまえ。この女にわかる言葉で語りたまわんことを」

戸口から外の暗闇に流れる明りの中にちらっと美しい白い顔がうかんだ。だれもそれに気づいた者はなく、顔はすばやく闇の中に戻ってしまった。ナオミは急に枕の上

にのけぞり、唇《くちびる》は紫色に変わり、顔は恐ろしくゆがみ、目がつりあがってしまった。マギーははっととびあがり、レオナード氏をわきへ押《お》しのけると、驚《おどろ》くほど慣れた手ぎわのよさで手当を施《ほどこ》しはじめた。レオナード氏はナオミが死にかかっているのだと思い、胸はむかつき、心は傷つき、戸口へと行った。

やがて、人影《ひとかげ》が光の中にあらわれた。

「フェリクス、お前かい？」

と、レオナード氏がびっくりした声を出した。

「はい、お祖父《じい》さま」フェリクスは石段をあがってきた。「ジャネットが、暗くなったからあのわるい道でお祖父さまがころびでもしないかと心配して、ぼくに灯りを持ってあとから行きなさいって言ったんです。ぼく、岬《みさき》のうしろで待ってたんだけどしまいにいっそ行って、お祖父さまがまだずっとここにいるかどうか見てきたほうがいいと思ったの。そんなら、ぼくジャネットのところへ戻ることにして、灯りはお祖父さまに置いていきます」

「そうだね、それがよかろう。まだしばらくわしは帰れないかもしれんからね」

と言ったレオナード氏は、背後の罪ぶかい臨終のありさまは年のいかないフェリクスに見せるべきではないと考えたのであった。

「今話してるのはあんたのお孫さんなの?」と、ナオミははっきりした確かな声でたずねた。痙攣《けいれん》は去ったのだ。「もしそうなら、中へ入れてください。会いたいから」

レオナード氏はしぶしぶフェリクスに中へはいるよう合図した。少年はナオミの寝床のわきに立ち、思いやりをこめたまなざしで彼女《かのじょ》を見おろした。しかし、最初ナオミは少年に目をやらず——その向こうの牧師を見やった。

「わたしはさっきあんないやな思いをしたまま、死んでしまったかもしれないんですよ」と、声にふきげんそうな非難をこめて言った。「そして、死んだとすれば、地獄へ落ちてたろうよ。あんたにゃ、わたしを助けることができなかった——わたしゃ、あんたを見かぎったよ。わたしにゃ救いがないんだ。今それがわかったよ」

ナオミはフェリクスのほうを向いた。

「壁《かべ》にかかってるあのバイオリンをおろしてなにか弾《ひ》いておくれ」ナオミは横柄に命じた。「わたしは死にかかっている——そして地獄へ落ちようとしているのだ——だが、そんなことは考えたくない。なにかわたしの考えをそらすようなものを弾いておくれ——なんでもかまわないから。わたしゃいつも音楽が好きだった——音楽にはほかのどんなものにも見あたらないなにかがいつもあるもの」

フェリクスは祖父を見た。老人はうなずいてみせた。恥《は》ずかしさのあまり、ものが言えなかったのである。みごとな銀髪《ぎんぱつ》を両手でかかえこんですわっていた。一方、フェリクスは古いバイオリンを取りおろし、調子を合わせた。あまたの乱れたうかれ騒《さわ》ぎの席で、神を神と思わぬ歌がたくさんこのバイオリンでかなでられたのであった。レオナード氏は自分の信仰は失敗だったと感じた。その信仰の中にある助けをナオミに与えることができなかったのである。

フェリクスは当惑《とうわく》したようすで、静かに絃《げん》の上に弓を引いた。なにを弾いたらよいか見当がつかなかったのである。そのとき、フェリクスの目はしわくちゃの枕に横たわったナオミの燃えるような、催眠術《さいみんじゅつ》にかかったかのような、青い目と出会い、とらえられた。少年の顔にふしぎな霊感《れいかん》があらわれ、彼は弾きはじめたが、それはフェリクス自身ではなく、なにかより偉大《いだい》な力によるものであり、彼はただそれに服従するものにすぎないかのようであった。

美しい、静かな、驚くべき音楽が部屋に忍《しの》びこんできた。レオナード氏は心の痛みも忘れ、呆気《あっけ》にとられて聞きいった。今まで一度もこのようなものは聞いたことがなかった。この子はどうしてこんなふうに弾けるのだろう? ナオミの顔を見てレオナード氏はその変化に驚いた。恐怖と激情《げきじょう》が消えつつあり、ナオミはフェリクスから目も離《はな》さず、息をのんでじっと耳をかたむけていた。寝床のすそでは少女が頰《ほお》に涙をしたたらせながらすわっていた。

そのふしぎな楽の音には無邪気な、陽気な子供時代の喜びに、波の笑い声や、楽しい風の招きが織りなされていた。やがて、それは青春の奔放《ほんぽう》な、気ままな夢《ゆめ》へと移っていったが、奔放さ、気ままさがきわまって、美しく清らかな夢であった。それにつづき、若い者の愛の歓喜——柔順《じゅうじゅん》な、すべてをささげつくした愛があらわれた。

音楽が変わった。涙も出ないほどの苦悩、欺《あざむ》かれ見捨てられた心のもだえがこもっていた。その耐えられないほどのつらさに、レオナード氏は両手で耳をふさがんばかりであった。しかし、死にかけている女の顔には、なにか口に言われぬ、ながい間秘めていた苦痛がついにはけ口を見いだし、傷が癒《い》えたかのような、ふしぎな安堵《あんど》の表情があるのみだった。

ゆううつな絶望のはての無関心が次にあらわれ、胸にくすぶる反抗《はんこう》と悲哀《ひあい》の苦しさ、善なるものいっさいをかなぐり捨てた向こう見ずな気持がこもっていた。今や音楽には、ある言うに言われぬ邪悪《じゃあく》なものがこめられてきた——あまりの邪悪さに、——レオナード氏の清浄《せいじょう》な心はいとわしさにおののき、マギーはすくみあがって、おびえた動物のようにすすり泣いた。

ふたたび音楽は変化した。そしてそれには苦悩と恐《おそ》れ——後悔と許しを求める叫《さけ》びがみちてきた。レオナード氏にとってその中にはなにかふしぎに聞き慣れたものがあった。どこで聞いたか思いだそうとほねおった結果、ふいに悟った——フェリクスがくる前にナオミの恐ろしい言葉の中で聞いたのだった！　レオナード氏は畏《おそ》れに似た気持で孫をながめた。そこにはレオナード氏のあずかり知らぬ力——ふしぎな恐るべき力があった。それは神のものか？　それとも悪魔のものか？

音楽に最後の変化が訪《おとず》れた。そしていまやそれは全然、音楽ではなかった——偉大な無限の許し、すべてを包容する愛であった。それは病める心魂《しんこん》を癒した。それは光であり、希望であり、平和であった。この場には似合わないかのように思える聖句がレオナード氏の頭にうかんできた——「これは神の家である。これは天の門である」（訳注　旧約聖書創世記二八章一七節）

フェリクスはバイオリンをおろし、寝床《ねどこ》のそばの椅子《いす》にぐったりすわった。霊感の光はその顔からうすれ、ふたたび彼はただの疲《つか》れた少年に返っていた。だが、ステファン・レオナードは子供のようにすすり泣きながらひざまずき、ナオミ・クラークは両手を胸に組み合わせ、身動きもせずに横たわっていた。

「やっとわかりました」ナオミはいとも静かに言った。「今までわからなかったのが——今、とてもはっきりしました。感じでわかるのです。神様は愛の神様です。どんな者でも許してくださる——わたしでさえ——わたしでさえ。なにもかも、すっかり知ってなさるのだ。わたしはもうこわくない。わたしの赤ん坊《ぼう》が生きていたら、その子がどんなに悪い子であろうと、また、どんなことをしようと愛し、許してやるように、神様はわたしを愛し許してくださるのだ。牧師さんはそう話してくれたけど、わたしには信じられなかった。今じゃわかります。そして今夜、神様があんたをよこしてくださったのは、坊や、それをわたしにわかる話し方でお知らせくださるためだったのです」

ナオミ・クラークは海に夜明けが訪れたときに死んだ。寝床のそばで寝ずの番をしていたレオナード氏は立ち上がり、戸口のほうへ行った。彼の前には港がほのかな光の中で灰色にいかめしくひろがっていたが、はるか向こうでは太陽が海面を覆《おお》っている乳色の霧《きり》を裂きはなしており、その下では水がきらめきそめていた。岬《みさき》の樅《もみ》の木は静かにそよぎ、ささやきかわしていた。全世界は春と復活と生命の歌を歌っており、レオナード氏の背後では死せるナオミの顔がはかり知ることのできない平安をたたえていた。

老いた牧師と孫息子《まごむすこ》はどちらも破ることを欲《ほっ》しない無言のまま、家路についた。ジャネットは二人に手きびしい叱言《こごと》と、すばらしい朝食をあてがった。それがすむとジヤネットは二人とも寝床にはいるようにと命じたが、レオナード氏は彼女に微笑《びしょう》を向けてこう言った。

「すぐそうするよ、ジャネット、すぐにな。だが、今この鍵《かぎ》を持って屋根裏部屋の黒い箱《はこ》のところへ行って、その中にはいっているものを出してきておくれ」

ジャネットが去ると、レオナード氏はフェリクスのほうを向いた。

「フェリクス、お前、音楽を生涯の仕事として勉強したくないかね？」

フェリクスは青ざめた顔を見ちがえるほど紅潮させて、

「ああ、お祖父さま！　ああ、お祖父さま！」

「そうしてよいのだよ、坊や。夕べよくわかったのだ。これからはわしはお前のじゃまをすまい。わしの祝福を受けて進みなさい。神がお前を導き、守り、お前に定められた方法で人のために神の御業《みわざ》を行い、神の御言葉《みことば》を伝えられるだけの強い人間にしてくださいますように。これはわしがお前に望んでいた道ではない——だが、わしは自分がまちがっていたことがわかったよ。エイベル爺《じい》さんがお前のバイオリンには悪《あく》魔《ま》もさることながら、キリストがおられると言ったが、そのとおりだった。その意味が今ようやくわしにもわかった」

レオナード氏はバイオリンを持って書斎《しょさい》へはいってきたジャネットのほうへ向いた。

フェリクスの胸はおどった。それがなんであるかわかったからである。レオナード氏はそれをジャネットから受取り、少年にさしだした。

「これはお前のお父さんのバイオリンだよ、フェリクス。お前の音楽を悪の力の手下にしないよう――これにふさわしくない目的に使って卑《いや》しめないように気をつけなさい。お前の責任は才能と同じだけかかってくるもので、神はきちんきちんと計算を要求なさるからね。このバイオリンを通してお前自身の言葉で、真実と誠実をこめて世界に話しなさい。そうすれば、わしがお前に望むことは全部りっぱにかなえられるだろう」

四　小さなジョスリン

「そんなことは思いもよらないことですよ、ナン叔母《おば》さん」と、ウィリアム・モリソン夫人はきっぱり言いきった。ウィリアム・モリソン夫人はいつでもきっぱりした言い方をするたちの人だった。たとえ、昼食に使うじゃがいもの皮をむくだけの場合でも、聞く者にはじゃがいもがもはや逃《のが》れる術《すべ》のないことを感じさせるのである。さらに、こういう種類の人々はつねにだれからも正式の名前で呼ばれるものである。ウィリアム・モリソンはビリーと呼ばれるほうが普通《ふつう》だった。しかし、もしもだれかがビリー・モリソン夫人などとたずねたら、アヴォンリーでは一人として最初なにを言っているのかわかる者はないだろう。ウィリアム・モリソン氏夫人でなければ通じないのであった。

「自分だってわかりそうなもんですわ、叔母さん」とウィリアム夫人は話しながら、その大きな丈夫《じょうぶ》な白い指を器用に動かして、苺《いちご》のへたを取っていた。ウィリアム夫人は貴重な時間の刻一刻を有益に使っていた。「ケンジントンまで十マイルもあるんですから、帰りがどんなに遅《おそ》くなるか、考えてもごらんなさい。そんな遠出は叔母さんにはできませんよ。ひと月は回復しないでしょうからね。今年の夏は丈夫どころじゃなかったじゃありませんか」

ナン叔母さんは溜息《ためいき》をつき、震《ふる》える手で膝《ひざ》の上の小さな毛のむくむくした灰色の子猫《こねこ》をなでた。その夏、体《からだ》の具合が丈夫でなかったことは、ほかのだれよりも叔母さん自身承知していた。やさしい、涙《なみだ》もろい、七十歳《さい》という、年波のため気の弱くなっているナン叔母さんは、心ひそかにその夏が、かもめ岬《みさき》農場における自分の最後の夏となるという、不可思議な狂《くる》いのない予感をいだいていた。しかし、それだからなおさら小さなジョスリンが歌うのを聞きに行かずにいられないのだった。叔母さんにはまたの機会はないのだから。ああ、ただ一度でいいから小さなジョスリンの歌が聞けたら――ジョスリン、何年も前の黄金にもたとえるべき夏の間じゅう、朝な夕な、この古い屋敷内《やしきない》で楽しい歌を歌い、ナン叔母さんをはじめ、かもめ岬農場の住人たちを喜ばせたと同じように、ジョスリンの声は広い世界で何千人もの人々を喜ばせているのである！

「ああ、わたしもごく丈夫ではないのはわかっているけれどね、マリア」と、ナン叔母さんは哀願《あいがん》した。「でもそれくらいは大丈夫だよ。ほんとうに大丈夫だとも。ほら、ケンジントンのジョージの親戚《しんせき》のところに泊《と》めてもらえば、そう疲《つか》れることもないしね。わたしはジョスリンの歌が聞きたくてしかたがないんだよ。ああ、どんなに小さなジョスリンがかわいいかしれない」

「あの子にばかりこがれる気がわたしには知れないね」と、ウィリアム夫人はいらいらして叫《さけ》んだ。「だって、あの子がここへきたときにゃ、まったく見ず知らずの他人で、しかもここにたったひと夏いたきりじゃありませんか！」

「でもああ、なんという夏だったろう！」ナン叔母さんは静かに言った。「わたしたちはみんな、小さなジョスリンが大好きだったよ。まるで、うちの者のようだったね。あの子は行くところいたるところへ愛情を持ってまわるように、神のおつくりになった子供の一人でしたよ。クスバートの衆がグリン・ゲイブルスで育てたアン・シャーリーを見ると、どこかあの子を思いだださせるものがあるのだよ。ほかはどこも一つも似てないけれどね。ジョスリンは美人だったし」

「そう、たしかにあのシャーリーとかいう小娘《こむすめ》は美人じゃないわね」と、ウィリアム夫人は皮肉な口調で言った。「で、ジョスリンの舌がアン・シャーリーの三分の一もあるとすれば、しゃべってしゃべってしゃべりまくって、その場で叔母さんたちみんなを殺しちまわなかったのがふしぎですね」

「小さなジョスリンはあまり口数の多い子ではなかったよ」ナン叔母さんは夢見《ゆめみ》るように言った。「静かな性質の子供だったね。それでいて、人が忘れられないようなことを言った子でね。だから、わたしは小さなジョスリンを忘れたことがないのだよ」

ウィリアム夫人はむっくりした形のよい肩《かた》をすくめた。

「でも、もう十五年も昔のことですからね、ナン叔母さん、ジョスリンだってもう今じゃ、そう小さいわけでもないでしょうが。有名な歌手になってるから叔母さんのことなんかすっかり忘れちまってるにきまってますよ」

「ジョスリンは忘れるような子じゃなかったよ」と、ナン叔母さんは変わらぬ信頼《しんらい》のほどを示した。「それにとにかく、かんじんなことは、わたしのほうであの子を忘れていないことだよ。おお、マリア、わたしは何年も何年も前から、一度でいいからあの子の歌を聞きたいと、それぱかり願ってきたのだよ。死ぬ前にもう一度、小さなジョスリンの歌を、なんとしても聞かずにはいられないのだよ。今まで一度もそのおりがなかったし、今後はまたとないのだから。わたしをケンジントンに連れてってくれるよう、どうかウィリアムに頼《たの》んでおくれ」

「おやまあ、ナン叔母さん、まったく子供に返ったものね」ウィリアム夫人はさっさと鉢《はち》いっぱいの苺を台所へ運んで行った。「今のあなたがどうしたらいいか、ほかの人たちに判断してもらわなくちゃね。ケンジントンまで馬車で行くだけの体力はないし、たとえ、あったにしろ、明日の晩はウィリアムがケンジントンに行かれないことはよくわかっているでしょうに。ニューブリッジのあの政治の集まりに出なくちゃなりませんからね。うちの人がいなくちゃ、ことが運ばないんですよ」

「ジョーダンにケンジントンへ連れて行ってもらうよ」

と、ナン叔母さんはめったになく頑《がん》としてせがんだ。

「とんでもない！　雇人《やといにん》なんかとケンジントンへ行けますか。さあ、ナン叔母さん、無理を言うもんじゃありません。ウィリアムとわたしがあなたによくしていないとでも言うんですか？　いたれりつくせりのことをしてないとでも言うんですか？」

「しているとも、ああ、しているとも」

と、ナン叔母さんはわびるように言った。

「それなら、わたしたちの考えに従わなくちゃいけませんよ。だから、ケンジントンの音楽会のことなんぞ考えるのはやめて、叔母さん、そんなことで自分をもわたしをもわずらわせるのはよさなくちゃね。浜《はま》の畑へ行って、ウィリアムをお茶に呼んできますからね、赤ん坊《ぼう》が目をさまさないか、よく見ていてくださいな。それからティーポットが吹《ふ》きこぼれないように気をつけてね」

ウィリアム夫人は、ナン叔母さんのしわの寄ったばら色の頰《ほお》に涙がこぼれたのを見ないふりをして、さっさと台所から出て行った。ナン叔母さんもまったく子供に返ったものだねと考えながら、ウィリアム夫人は元気よく浜の畑へと歩いて行った。いまじゃ、ちょっとしたことにもすぐ泣くんだものね！　しかもその考えることと言ったら——ケンジントンの「昔をしのぶ音楽会」に行きたいと言って、あんなに思いつめてるんだから！　実際、叔母さんの気まぐれにはやりきれない、とウィリアム夫人は殊勝気《しゅしょうげ》に溜息をついた。

ナン叔母さんのほうは一人台所にすわったまま心寂《こころさび》しい老人のみの知るつらい気持で泣いていた。とてもしんぼうできない、どうしてもケンジントンへ行かなくてはならないと思った。しかし、そうできないこともわかっていた。ウィリアム夫人が反対の断をくだしたからである。かもめ岬農場ではウィリアム夫人の言葉は法律であった。

「ナン叔母さん、どうしなすっただかね？」

と、戸口から若々しい威勢《いせい》のよい声がして、ジョーダン・スローンがその丸い、そばかすだらけの顔に精いっぱいの心配と同情をあらわして立っていた。ジョーダンはその夏モリソン家に雇われている少年で、ナン叔母さんを崇拝《すうはい》しきっていた。

「おお、ジョーダン」ナン叔母さんはすすり泣いた。ナン叔母さんは手伝い人に自分の苦労を打明けるのが恥《は》ずかしいとは思わなかった。ウィリアム夫人のほうは恥ずべきだと考えていたが。「明日の晩、小さなジョスリンが『昔をしのぶ音楽会』で歌うのを聞きに、ケンジントンへ行けないものでね。マリアが行ってはいけないと言うのだよ」

「そいつは、ひでえなあ、意地悪ばばあめ」と、ジョーダンはなんにも知らずにゆうゆうと遠ざかって行くウィリアム夫人のうしろ姿につぶやいた。それからうちへはいり、ナン叔母さんとならんでソファに腰《こし》かけた。

「さあさあ、泣きなさんな」ジョーダンは日焼けした大きな手で、叔母さんの小さなやせた肩をなでた。

「いつまでも泣いてると、病気になっちまいますぜ。しかも、かもめ岬農場じゃ、叔母さんなしじゃ、やっていかれねえんですからね」

ナン叔母さんは弱々しくほほえんだ。

「じきに、わたしなしでやっていくようになるのではないかと思うよ、ジョーダン。もう、わたしもながくはここにおるまいから。そう、おるまいよ。ジョーダン、わたしにはわかっているよ。なにかがはっきり、わたしにそう告げているからね。でも、わたしはあの世に行くのがうれしいよ――うれしいんだよ、とてもくたびれてしまったから、ジョーダン――ただ、もう一度、小さなジョスリンの歌が聞けたらねえ」

「どうしてそんなに、その人の歌を聞きたいんですかね？　叔母さんの血筋じゃねえんだろうにね？」

「そうじゃないけれど、わたしにとってはそれ以上にかわいいのだよ――血筋の者もたくさんあるけれど、それよりもっとかわいいのだよ。マリアはばかげたことだと考えているけれど、あんただってあの子を知ってたらそうは考えまいよ、ジョーダン。マリアだってあの子を知っていたら、ああは思うまいに。いつかの夏、あの子がここに宿を借りにきてから、もう十五年になるけれど、そのころはあの子も十三の子供でね。年とった伯父《おじ》さんが一人いるほか、だれも親類がなくて、その伯父さんというのがあの子を冬は学校へやり、夏はどこかに宿をとらせるといった具合で、すこしもあの子のことをかまっちゃくれないのだよ。あの子は情愛に飢《う》えきっていたよ、ジョーダン。それがここでみたされたわけだ。そのころはウィリアムも弟たちもほんの子供で、それに女きょうだいがなかったからね、みんなであの子を大事にしたものだよ。たいそう、やさしい子でね、ジョーダン。そのうえきれいだったよ、まったく！　絵の中の女の子のようで、大きな長い巻毛は黒くて、紫がかって、絹糸のようにつやつやしていたし、目は大きくて黒いし、頰の赤いこと――ほんとうの野ばらのような頰だったよ。それに歌といったら！　ああ！　たいしたものだった！　いつも歌を歌っていて、一日じゅうあの声がこの古い屋敷内に響《ひび》いていたものだ。それをいつもかたずをのんで聞いていたものだよ。あの子はいつかは有名な歌手になるつもりだと言っていたっけが、わたしもちっともそれを疑わなかったね。あの子にはそれがそなわっていたもの。日曜日の夕方にはいつもわたしらに讃美歌《さんびか》を歌ってくれたっけが、思いだしただけでも、この年寄りが若がえりますよ。気立てのいい子だったね、わたしの小さなジョスリンは！　行ってしまったあとも三年か四年、たよりをよこしてくれたけれど、もうながいこと音沙汰《おとさた》ないんだよ。マリアの言うとおり、きっとわたしを忘れてしまったのだろうね。でも、わたしのほうではあの子のことは忘れちゃいないし、ああ、あの子に会ったり、歌を聞いたりしたくてたまらないのだよ。あの子は明日の晩、ケンジントンの『昔をしのぶ音楽会』で歌うことになっているのだよ。音楽会をもよおす衆の子の友達でね、さもなけりゃ、あの子は小さな田舎《いなか》の村へなんぞくるものかね。たった十マイルしか離《はな》れてないのに――それだのに行かれないのだからねえ」

ジョーダンはなんと言ってよいか考えつかなかった。自分の馬が一頭あったら、ウイリアム夫人だろうがなかろうが、ナン叔母さんをケンジントンへ連れて行かれるのになあと、矢もたてもたまらない気持だった。しかし、たしかにナン叔母さんには遠い道のりだった。それにこの夏は叔母さんはたいへん弱そうだった。

「ながくはもたねえぞ」ウィリアム夫人が別の入口から息をきらしてはいってきたので、玄関《げんかん》の戸口から逃《に》げだしながら、ジョーダンはつぶやいた。「ナン叔母さんがあの世へ行っちまうとなると、今までにない、いいおばあさんが行っちまうわけだ。ヤイ、このばばあめっ、できたら、ぴしっとやっつけてやりてえもんだな！」

このあとの文句はウィリアム夫人に向かってだったが、用心ぶかく小声で言った。ジョーダンはウィリアム夫人が大きらいだったが、それでもやはり、その権力は考慮《こうりよ》にいれる必要があった。おとなしくてのんきなビリー・モリソンは自分の家内の命令どおりに動いているのだった。

そういうわけで、ナン叔母さんは小さなジョスリンの歌を聞きにケンジントンへは行かれなかった。それ以上、叔母さんはそのことについてなにも言わなかったが、その晩以来、目に見えて衰弱《すいじゃく》していった。ウィリアム夫人はそれは暑さのせいだ、ナン叔母さんはすぐに参ってしまうのだから、と言った。しかし今のナン叔母さんは参らないわけにいかなかった。ひどく疲れてしまったからである。編物さえ大儀《たいぎ》になり、台所のゆり椅子《いす》に灰色の子猫を膝《ひざ》にして、何時間も夢見るような目で、なにも見えないかのようにすわっていた。ナン叔母さんは自分相手にいろいろ話していた。おもに小さなジョスリンのことだった。ウィリアム夫人はアヴォンリーの人々に向かい、ナン叔母さんもひどく子供に返っちまいましてねえ、と語ったあとにかならず溜息を一つついてみせ、自分、ウィリアム夫人がいかにそれで苦労しているかというところを示した。

しかし、ウィリアム夫人をも公平な目で見てやらねばならない。彼女《かのじょ》はナン叔母さんに不親切なふるまいはしなかった。それどころか、このうえなく親切にしてやった。身のまわりのことには細心の注意をはらい、老婦人に聞こえるところでは一口もぐちをこぼさないようにするという心くばりまでしていた。気持がこもっていないことは感じたにしても、ナン叔母さんはけっして不平を言わなかった。

アヴォンリーの斜面《しやめん》が、実った収穫物《しゆうかくぶつ》で黄金色《こがねいろ》に染まったある日、ナン叔母さんは起き上がらなかった。ただひどくだるいというほかどこも苦痛を訴《うつた》えなかった。ウィリアム夫人は夫に向かい、もしこのわたしが疲れたと言っては毎日寝床《ねどこ》にもぐりこんでいたら、かもめ岬農場では仕事がろくにはかどるまい、と言った。しかし、ウィリアム夫人は上等の朝食をととのえ、がまんしてナン叔母さんのところへ運んで行った。それを叔母さんはわずか口にしただけだった。

昼食のあとでジョーダンは裏階段を伝ってそっと見舞《みま》いに上がってきた。ナン叔母さんは窓辺で首をふっている淡紅色《たんこうしょく》のつるばらにじっと目を向けながら横たわっていたが、ジョーダンを見ると、にっこりほほえんだ。

「あのばらを見ると小さなジョスリンのことが思いだされてね」叔母さんはやさしく言った。「あの子はあれが大好きだったからね。あの子に会えたらねえ！　おお、ジョーダン、あの子に会えさえしたらねえ！　マリアはいつもそんなことばかり繰《く》り返しているのは、ひどくばかげたことだと言うし、たぶんそうかもしれないけれど、でもねえ――おお、ジョーダン、あの子が恋《こい》しくて恋しくてどうしようもないのだよ！」

ジョーダンは胸が詰《つ》まってきたので、ボロボロの麦藁帽子《むぎわらぼうし》を大きな両手でひねりまわした。ちょうどそのとき、一日じゅう、頭をもやもや離れなかった、ある漠然《ばくぜん》とした考えが、はっきり決定的な形にまとまった。しかし口に出しては、

「早くなおんなさりゃいいがね、ナン叔母《おば》さん」と、言っただけだった。

「ああ、なおりますともね、ジョーダンや、じきによくなりますよ」と、ナン叔母さんは彼女独特のやさしい笑顔《えがお》を見せた。「『そこに住む者のうちには〝わたしは病気だ〟と言う者はない』（訳注　旧約聖書イザヤ書三三章二四節）とあるからね。けれど、その前にかわいいジ

ヨスリンに会えたらねえ！」

ジョーダンは部屋を出て急いで階下へおりた。ビリー・モリソンが厩《うまや》にいると、腰戸の上からひょっこりジョーダンが頭を突《つ》き出した。

「おれ、きょういっぱいひまをもらえますかね？　ケンジントンへ行ってきてえと思って」

「いいとも。かまわないよ」と、ビリー・モリソンは気持よく承知した。

「収穫がはじまる前に遊山《ゆさん》でもなんでもやっちまうがいいからな。それからほれ、ジョード、この二十五セント銀貨を持ってってな、ナン叔母さんにみかんでも買ってきておくれ。本部の司令官にゃ言わなくていいんだよ」

ビリー・モリソンはまじめくさった顔をしていたが、ジョーダンはポケットに金をしまいながら、目くばせしてみせた。

「もしも運がよけりゃ、みかんよりかもっと叔母さんにきき目のあるもんを持ってこられるんだがな」

ジョーダンは牧場へと急ぎながらつぶやいた。ジョーダンは今では自分の馬を持っていた。それはダンというその名にふさわしく、どちらかといえば骨だらけの小馬であった。ビリー・モリソンはジョーダンがこの馬を野良《のら》仕事に使うんなら、馬に草を食べさせてやると言った。この取決めはウィリアム夫人から遠慮のない文句で嘲笑《ちょうしょう》された。

ジョーダンはダンを二番めによい馬車につけ、自分はいちばんの晴着を着こんで出かけた。途中《とちゅう》、前の日の『シャーロットタウン日報』から切りぬいた記事を読み返してみた。

「有名なコントラルト歌手、ジョスリン・バーネットは沿海州演奏旅行の帰途、ケンジントンに数日滞在中《たいざいちゅう》。ぶなの木通りのブロムリー夫妻の客となっている」

「まにあえばいいがなあ」

とジョーダンは力をこめて言った。

ケンジントンへ着くと、ダンを貸厩に入れ、ぶなの木通りへ行く道をたずねた。捜《さが》しあてたとき、ジョーダンはすこし胸がどきどきしだした。それはいかにもいかめしい堂々とした邸宅《ていたく》で、往来からひっこんだ、芝生《しばふ》が青々とした、美しい閑静《かんせい》な地所に立っていた。

「考えてもみろ、このおれがあの玄関とこへずんずん歩いてって、ジョスリン・バーネットさんにお会いしたいと言うんだからな」ジョーダンは恥ずかしそうに、にやっと笑った。「きっと、邸《やしき》の衆はおれに裏へまわって、料理番に会えなんて言うかしれねえ。だが、どうでも行くだ。ジョーダン・スローン、こそこそするねえ。さっさと行くだ。ナン叔母さんのことを考えたら、邸の構えなんぞにおじけちゃいられねえぞ」

ジョーダンの呼鈴《よびりん》に応じたのは生意気そうな手伝い女で、バーネットさんに会いたいと言うと、彼《かれ》をじろじろ見た。

「お会いできないでしょうよ」ジョーダンの田舎《いなか》じみた髪《かみ》の刈《か》り方や服を横柄にながめながら、彼女はぶっきらぼうな口をきいた。「お前さん、あのかたにどんな用があるの？」

そのばかにした態度が、ジョーダンの言葉にしたがえば「ぐっ」と胸にきた。

「それは会ってからおれが言うです」ジョーダンは冷然とやり返した。「ただ、おれがアヴォンリーのかもめ岬《みさき》農場のナン・モリソン叔母さんからの伝言を持ってきたと言ってくれればいいです。忘れていなけりゃ、出てくるはずだ。急いでもれえてえんだ、時間があまりねえから」

生意気な手伝い女は扱《あつか》いだけでも丁寧《ていねい》にしておこうと考え、ジョーダンにはいりなさいと言った。しかし彼を広間に立たせたなり、バーネット嬢《じょう》を捜しに行ってしまった。ジョーダンは呆然《ぼうぜん》としてまわりをながめていた。これまで一度もこんなところへきたことがなかった。広間もすばらしいものだったが、両側のあいた戸口から、ジョーダンの目には宮殿《きゅうでん》のそれのように思われた美しい部屋部屋が、はるか向こうまでずらっとならんでいた。

「ひゃあ！　ものにぶつからずに動きまわるにゃ、どんなふうにするんだろう？」

そこへジョスリン・バーネットがあらわれ、ジョーダンは他のいっさいのことを忘れてしまった。絹の服を着て、ジョーダンが見たこともなければ夢《ゆめ》に描《えが》いたことさえないような顔をした、この背の高い美しい女の人が——この人がナン叔母さんの小さなジョスリンなのだろうか？　ジョーダンの丸い、そばかすだらけの顔が真《ま》っ赤《か》になり、ひどく舌がこわばり、どぎまぎした。この人になんて言ったらいいものか？　どんなふうに言うもんだろう？

ジョスリン・バーネットは大きな黒い瞳《ひとみ》でジョーダンをじっと見た——それは多くの苦しみをなめ、多くのことを学び、奮闘《ふんとう》のすえ、勝利をおさめた婦人の目であった。

「あなたはナン叔母さんのところからいらしったのですって？　ああ、叔母さんのおたよりがうかがえてうれしいわ。お元気ですの？　こちらにはいってすっかり叔母さんのことを話してくださいね」

ジョスリンはおとぎ話に出てくるような部屋の一つへ行こうとしたが、ジョーダンは必死になってそれをとめた。

「おお、あそこじゃいけねえです。おれ、とても言いだせなくなっちめえますから。どうかこうか、ここで言わせてくだせえ。そうです、ナン叔母《おば》さんは、叔母さんはあまり元気じゃねえんです。そのう――そのう、死にかかってるんじゃねえかと思うんです。そして、叔母さんは夜昼あんたを恋しがってなさるんで。まるで、あんたに会えなきゃあ、楽々死なれねえようすです。あんたの歌を聞きにケンジントンへ行きたがっただけんど、あのウィリアムのおかみさんという意地悪ばばあが――あ、失礼――行かせなかったです。叔母さんはしょっちゅうあんたのことばかし言ってるです。もし、かもめ岬農場へ叔母さんに会いにきてくだされるなら、おれ、どえらくありがたいですが」

ジョスリンは当惑《とうわく》した表情をうかべた。かもめ岬農場もナン叔母さんも、けっして忘れたわけではないが、そういう思い出は多忙《たぼう》な彼女の生活の、よりはなやかなできごとのため、意識の奥《おく》へ押《お》しこまれてしまい、何年もの間、ぼんやりしたものになっていたのだった。それが今、どっと一度によみがえってきた。ジョスリンはそれをみな、いとおしそうに思いだした――あの平和な、美しい、愛情にみちた昔《むかし》の夏。素朴《そぼく》な、善良な、誠実な事がらならすべて知っていた、やさしいナン叔母さん。その瞬間《しゅんかん》、ジョスリンはふたたび孤独《こどく》な心飢えた少女に返っていた。愛情を求めても見いだせなかったのを、ナン叔母さんが広い母親の胸に抱《だ》きとり、はじめて愛情というものを教えられたのであった。

「ああ、どうしていいかわからないわ」ジョスリンは困惑した。「もっと早くにきてくださったらよかったのにね――わたしは今夜十一時半の汽車でたつんですの。その時刻までにはどうしてもたたなくてはならないのよ。そうでないと、たいそう大事な約束《やくそく》にまにあうよう、モントリオールに着けないのよ。それだけれど、ナン叔母さんにもぜひお会いしなければならないし。うっかりしていて、薄情《はくじょう》でしたわ。もっと以前に叔母さんをお訪《たず》ねすればよかった。どうしたらよいでしょうね?」

「おれが汽車にまにあうように、あんたをケンジントンへ連れ戻《もど》しますよ」と、ジョーダンは熱心に言った。「おれ、ナン叔母さんのことなら、どんなことでもするですよ――おれとダンはね。大丈夫、時間内に戻れるですよ。まあ、あんたを見たときのナン叔母さんの顔を考えてくだせえ」

「まいりましょう」

と、大歌手はやさしく言った。

二人がかもめ岬農場に着いたときは日暮《ひぐ》れで、暖かそうな金色の夕日が家のうしろのえぞ松《まつ》にかかっていた。ウィリアム夫人は裏庭に出て乳しぼりをしており、階下の部屋はからで、台所で眠《ねむ》っている赤ん坊《ぼう》と、二階で注意ぶかい目をあけている小さな老婆《ろうば》だけであった。

「こっちへどうぞ。まっすぐ、叔母さんの部屋へ案内します」

ジョーダンは心の中で、じゃま者がいないのを喜んだ。

二階で、ジョスリンは半開きの戸をかるくたたいてから中へはいって行った。戸をしめるよりはやく、ナン叔母さんが「ジョスリン！　かわいいジョスリン！」と、言っているのが聞こえ、その声にジョーダンはまたもや胸が迫《せま》ってきた。助かった思いで、ころぶように階下へおりてくると、台所でウィリアム夫人がつかみかかってきた。

「ジョーダン、お前が馬車で庭に連れてきたあの当世風のなりをした女はだれなの？あの人をお前どうしたの？」

「あれがジョスリン・バーネットさんです」ジョーダンはぐっと身をそらせた。今こそ、ウィリアム夫人にたいする彼の勝利の瞬間であった。「おれ、ケンジントンへ行って、あの人をナン叔母さんに会わせに連れてきただ。いま、叔母さんとこにいるですよ」

「あらまあ」ウィリアム夫人は途方にくれた。

「それだのに、わたしときたらこんな乳しぼりのかっこうをして！　ジョーダン、後生だからわたしが黒絹の服に着がえてくるまで、赤ん坊を抱いていておくれ。ちょっと前にそう言ってくれればいいものを。まったく、お前とナン叔母さんと、どちらが大ばかか、わたしにゃ見当がつかないよ！」

ウィリアム夫人があたふた台所から出て行くのを、ジョーダンは満足そうに小声で笑った。

二階の小さな部屋には、夕日の光と人間の心の喜びが輝《かがや》きあふれていた。ジョスリンは寝台《しんだい》のそばにひざまずいて、ナン叔母さんを抱き、ナン叔母さんは顔を輝かせていとしげにジョスリンの黒い髪をなでていた。

「おお、小さなジョスリン、あまりうれしくてほんとうのこととは思えませんよ。まるで美しい夢のようだ。あんたが戸をあけたとたんにわたしにはあんただってことがわかりましたよ。ジョスリン、ちっとも変わってなさんないね。それだけど今では有名な歌手なんだものね、小さなジョスリン！　あんたがこうなるということは前からわたしにはわかってましたよ。ああ、わたしに一つ歌ってくださいよ——たった一つだけね、ジョスリン。あんたの歌でみんながいちばん好きなあの歌をね。名前は忘れたけれど、新聞で読みましたよ。それを歌っておくれ、ジョスリン」

そこでジョスリンはナン叔母さんの寝台のそばに夕日を浴びて立ち、数多くの名高い音楽会場で、はなやかな多くの聴衆《ちようしゆう》に歌ってきた歌を歌った――これまでにも見られなかったような歌いぶりであった。一方、ナン叔母さんは幸福にみちて横たわったまま聞きいり、階下ではウィリアム夫人までも、この古い農家に流れる妙《たえ》なる調べに恍惚《こうこつ》となり息を殺していた。

「おお、ジョスリン!」

と、歌がおわると、ナン叔母さんはうっとりささやいた。

ジョスリンはふたたび寝台のわきにひざまずき、それから二人はながい間、昔のことを話しあった。一つ一つ二人はあの消え去った夏の記憶《きおく》を呼び戻した。過去はそこに秘められた涙《なみだ》と笑いをあますところなく繰りひろげた。心も思いも遠い昔の道をさまよって行った。ナン叔母さんはこのうえなく幸福だった。今度はジョスリンが二人が別れてからの苦闘や勝利の身の上話をすっかり語った。

低い窓から月光がさしそめると、ナン叔母さんは手をさしのべて、うなだれているジョスリンの頭にふれた。

「小さなジョスリン」叔母さんはささやいた。「あまりあつかましいけれど、もう一つだけほかの歌を歌ってくださいよ。あんたがここにいたころ、日曜日の晩になるとみんな客間で讃美歌《さんびか》を歌ったね。わたしがいつも大好きなのは『やみよのとばり、ややにひらけ』だったのを覚えてなさるかね？ わたしはいつもあんたがあれを歌ってくれたのが忘れられなくてね、もう一度だけ聞きたいのですよ、ジョスリン。わたしに歌っておくれ、かわいいジョスリン」

ジョスリンは立ち上がり、窓辺へ行ってカーテンをひらき、美しい月光の中に立ってかの壮麗《そうれい》な古い讃美歌を歌った。最初、ナン叔母さんは弱々しく掛布団の上で拍子《ひょうし》をとっていたが、ジョスリンが『愛の光にまばゆく照る』の最後の節にきたとき、ナン叔母さんは両手を胸の上に組み、ほほえんだ。

讃美歌がおわると、ジョスリンは寝台のそばにきて言った。

「もう、おいとましなくてはなりませんわ、ナン叔母さん」

そのときジョスリンはナン叔母さんが眠ってしまっているのを見て、目をさますまいと思った。しかし、自分の胸につけていた一輪の真紅《しんく》のばらを取って、働き疲《つか》れた指の間にそっとさしいれ、

「なつかしい、やさしいお母さん、さようなら」

と、ジョスリンはささやいた。

階下におりてくると、ウィリアム夫人がさらさらいう黒絹の衣裳《いしょう》も晴れがましく、

下卑《げび》た赤ら顔をにこにこさせて、言い訳やら歓迎《かんげい》やらをとうとうと述べたてるのを、ジョスリンは冷やかにさえぎった。

「ありがとうございます、奥さん。でも、わたしどうしてもこれ以上おじゃましていられませんの。いえ、けっこうです、お茶もお菓子《かし》もほしくございません。ジョーダンにすぐケンジントンへ連れて行ってもらうことになってますの。わたし、ナン叔母さんにお目にかかりにまいったのですから」

「叔母もさぞかし喜んだことでございましょう。何週間もあなた様のお噂話《うわさばなし》ばかりいたしておりましたからねえ」と、ウィリアム夫人はまくしたてた。

「ええ、たいへんお喜びになりましたわ」と、ジョスリンはまじめな声で言った。「わたしもうれしゅうございましたわ。ナン叔母さんはわたしにとって大事なかたですのよ、奥さん、それに、とてもご恩になってますの。あれほど清く、わたくしごころのない、善良な、気高い、誠実な婦人にわたしはこれまで一度も会ったことがありません」

「驚《おどろ》いたね」

と、ウィリアム夫人はこの偉《えら》い歌手がおとなしい、内気なナン叔母さんをこのようにほめたたえるのを聞いて、やや圧倒《あっとう》されてしまった。

ジョーダンはケンジントンへジョスリンを送って行き、二階ではナン叔母さんが自分の部屋であのうっとりとした微笑《びしょう》をうかべたまま、ジョスリンの紅ばらを手にして眠っていた。次の朝、ウィリアム夫人が朝食を持ってはいって行ったときも、そのままの姿だった。日光が枕《まくら》に当り、やさしい老いた顔と銀髪《ぎんぱつ》を照らし、下のほうへも光はのびて、胸の上の色あせた紅ばらに照っていた。微笑をたたえ、やすらかに、幸福そうにナン叔母さんは横たわっていた。小さなジョスリンが歌っている間に、この世では目ざめぬ眠りに落ちたのであった。

五　ルシンダついに語る

ペンハロー一族の婚礼《こんれい》はいつでも、一族を招集する合図であり、生まれながらのペンハロー家の者、縁組《えんぐみ》によりペンハロー家の一員となった者、先祖がペンハロー家から出ている者など——地の果てからでも集まってくるのだった。東グラフトンはこの一族の昔《むかし》からの生地であり、ジョン・ペンハロー老人の住んでいるペンハロー農場は一族にとってのメッカ（訳注　モハメッドの生地で全世界のモハメッド教信徒の参詣したがるところ）であった。

この一族では、分家やそのまた分家全部の親戚《しんせき》関係を正確に述べるのは容易なわざでなく、年とったジュリアス・ペンハロー伯父《おじ》さんがさながら奇蹟《きせき》的人物のように見なされているのも、伯父さんがそういうことをいっさい覚えていて、このペンハローはあのペンハローのなんにあたるということをその場で言えるからで、他の者はたいていいいかげんな当て推量でいくほかなく、若いペンハローたちは大ざっぱにいとこ同士ということですませていた。

こんど結婚するのは、「若旦那《わかだんな》」のジョン・ペンハローの娘《むすめ》、アリスだった。アリスはよい娘だが、この物語では彼女《かのじょ》もその婚礼もただルシンダの背景として引合いに出すにすぎないのである。それだから、アリスのことはこれ以上、述べる必要はない。

アリスの結婚式が行われる日の午後――ペンハロー家では夕方、式を挙げ、その後、盛《さか》んな舞踏会《ぶとうかい》をもよおすという、なつかしい古風な習慣をかたく守っていた――ペンハロー農場は、「若旦那」のジョンの家へ繰《く》り出す前のひととき、そこでかるい食事をとり、ひと休みするために集まった客であふれるばかりだった。多くは五十マイルも馬車を走らせてきた者たちであった。大きな秋の果樹園には若い連中が集まり、しゃべったりふざけたりしていた。二階の老ジョン夫人の寝室《しんしつ》では、老夫人と嫁いだ娘たちが秘密会議に熱中していた。ジョン老人は客間で息子《むすこ》や婿《むこ》たちにとりかこまれているし、青い居間では三人の嫁《よめ》がうちくつろいで、罪のない、一族の噂話《うわさばなし》に花を咲《さ》かせていた。ルシンダとロムニー・ペンハローもそこにいた。

やせたナサニエル夫人はゆり椅子《いす》にすわり、炉格子《ろごうし》に爪先《つまさき》をかざしていた。秋の午後は晴れわたりやや肌寒《はださむ》いうえに、ルシンダがいつものように窓をあけ放っていたからである。話はおおかた、ナサニエル夫人と肥えたフレデリック夫人の間に交《か》わされ、ジョージ夫人は新米のため、いくらか取残されがちだった。彼女はジョージ・ペンハローの後妻で、結婚してからまだ一年にしかならなかった。そのため、話に加わるにしてもぽつりぽつり、おぼつかない知識を頼《たよ》りに、その場に適したことも言えば、厳《げん》密《みっ》に言ってペンハロー家にふさわしからぬ意見をも投げいれたりした。

ロムニーはすみのほうにすわり、フレデリック夫人をいらいらさせる例のはかり知れない微笑《びしょう》をうかべながら、淑女《しゅくじょ》たちのおしゃべりに耳をかたむけていた。ジョージ夫人は心の中で、ロムニーは女の仲間入りをしてあそこでなにをしているのかしらと思い、また、一族のなんにあたる人だろうかと考えた。伯父のひとりではないが、年はジョージよりさして若いはずはなかった。

「四十そこそこというところだろう」というのがジョージ夫人の推測だった。「でも、たいした好男子で魅力《みりょく》的だわ。あんなすてきなあごとえくぼは見たことがない」

髪《かみ》は青銅色、皮膚《ひふ》がかくべつ白いルシンダは容赦《ようしゃ》ない日光をも恐《おそ》れず、さわやかな空気を楽しみながら、真紅《しんく》の蔦《つた》の葉のしげみの奥《おく》にひらいた窓敷居《まどじきい》に腰《こし》かけて庭をながめていた。庭にはダリヤが燃え輝《かがや》き、しおんが紫《むらさき》と雪白の波をなして咲き乱れていた。秋の午後の赤い日光はルシンダの波うつ髪に光の輪を描《えが》き、またとなく清純なギリシャ式の輪郭《りんかく》をくっきりときわだたせていた。

ジョージ夫人はルシンダがだれかということを——二代めのいとこであり、三十五歳《さい》という年齢《ねんれい》にもかかわらず、ペンハロー一族きっての美人であることを知っていた。

年を重ねても愛らしさをそこねない淑女がまれにいるものだが、ルシンダもその一人で、成熟はしても老《ふ》けはしなかった。ペンハローの老人たちは単に習慣からルシンダを少女と見なすし、若いペンハロー連中は自分たちの仲間としてルシンダを迎《むか》えていた。しかしルシンダはわざと少女らしくしているわけではなく、趣味《しゅみ》のよさと、ユーモアを感じとる鋭《するど》い感覚が多くの誘惑《ゆうわく》から彼女を守っていた。年齢にかかわりない成熟した若さをもつ豊艶《ほうえん》な美人で、彼女には「年月」でさえ休戦を宣言していた。

ジョージ夫人はルシンダに好意をいだき、讃美《さんび》の眼《め》を向けていた。ところで、ジョージ夫人はだれかに好意をいだき讃美の眼を向けるときにはいちぼん手近な人にその意見を発表しなければいられず、この場合、ジョージ夫人があいそよく話しかけた相手は、ロムニー・ペンハローであった。

「まったく、わたくしどものルシンダはこの秋は特別に美しい、とお思いになりませんか？」

それはごく罪のない、とるにたりぬ、善意の質問に思われた。それだから、ロムニーが長い足を引きよせて立ち上がり、運のわるい話手におそろしく四角ばったペンハロー式の会釈《えしやく》をしたときには、ジョージ夫人はびっくりしてしまった。

「ご婦人のご意見に反対申す気持はさらにございません——とりわけ、他のご婦人に関します場合は」

こう言うと、ロムニーは青い部屋から出て行ってしまった。

この辛辣《しんらつ》な皮肉に圧倒《あっとう》されたジョージ夫人は、唖然《あぜん》としてルシンダのほうに目をやった。見よ、ルシンダは一同にくるっと背を向け、庭をながめているではないか。雪のような首筋から頰《ほお》にかけてのなめらかな線はありあり朱《しゅ》に染まっていた。そこで嫂《あによめ》たちのほうを見ると、嫂たちはへまをした子供でもながめるように、おおらかな、おかしそうな目つきでこちらを見ていた。ジョージ夫人は失敗したときの微妙《びみょう》な予感を経験し、具合わるく顔が赤煉瓦《あかれんが》色《いろ》になるのを感じた。知らずにペンハロー家のどんな秘密にふれたというのだろう？ ルシンダをほめたのがどうして、おお、どうしてそんな明らかな無作法になるのだろうか？

食事に集まるようにと呼ばれたため、どうしようもないまのわるさから救われたジョージ夫人は心から感謝した。しかし、彼女にとって食事は台無しだった。わけのわからない失敗が思いだされてしゃくにさわるところへもってきて、好奇心《こうきしん》が加わり、食欲を追いやってしまった。食事がすむと、さっそく、機会をねらってフレデリック夫人を庭へと誘《さそ》い出し、わけをすっかり聞かせてほしいと、ダリヤにふちどられた散歩道でジョージ夫人は真剣《しんけん》に頼《たの》んだ。

フレデリック夫人は茶色の絹の晴着の縫《ぬ》い目がはちきれそうになるほど笑い、「ねえ、セシリア、とてもおもしろかったわ」と、いくぶん優越感《ゆうえつかん》をおびた口調で言った。

「でも、なぜですの?」と、ジョージ夫人はその優越ぶりと、秘密めかした言い方に腹を立てて叫《さけ》んだ。「わたしの言ったことで、なにがそんなにひどいとおっしゃるんですの? なにがそんなに滑稽《こっけい》だとおっしゃるのですか? ロムニー・ペンハローという人間には、いったいどういうわけで、話しかけてはいけないんですの?」

「おお、ロムニーはシャーロットタウンのペンハロー家の者なんですよ。あそこで弁護士をしてますがね。ルシンダにはいとこにあたるし、ジョージには、またいとこになるのよ——ええと、そうだったかしら? ああ、めんどうくさい! 系図のことが知りたかったら、ジュリアス伯父さんのところへ行かなくてはだめよ。ペンハロー家の続き合いについちゃ、わたしは慢性《まんせい》の混乱病なのだから。それでロムニーのことだけれど、もちろん、どんなことを話してもさしつかえないのよ。ただ、ルシンダのことだけは別なの。ああ、知らないってものはしかたがない! ルシンダがきれいだと思わないかなんて、ロムニーに向かって言うとはねえ! しかも、ルシンダのいる前で! むろん、ロムニーはあなたがわざと自分をからかったのだと思ったのですよ。

だから、あんなにおこって皮肉なふるまいをしたわけなのよ」

「でも、なぜですの？」

ジョージ夫人はあくまで自分の疑問にしがみついた。

「ジョージが話さなかったこと？」

「ええ」ジョージの妻はかるい怒《いか》りを覚えた。「わたしたちが結婚してからほとんどいつも、ジョージはペンハロー家の風変わりな事情をいろいろ話してくれていますけれど、まだ、そこまできていないらしいですわ」

「あのね、セシリア、これは内輪同士でのロマンスなのよ。ルシンダとロムニーは恋《こい》仲《なか》でね、十五年も愛し合っているくせに、その間、一度もおたがいに口をきいたことがないのよ！」

「まあ！」とつぶやいたジョージ夫人は言語に絶した思いがした。それがペンハロー家の求婚のしかたなのだろうか？　「でも、どうしてでしょうか？」

「あの人たちは十五年前にけんかをしたんです」フレデリック夫人はしんぼうづよく説明した。「原因がどんなことか、なんについてか、だれも知らないのだけれど、ただ、わかっていることは、ルシンダのほうがわるかったということだけなのです。どうしてわかったかというと、あとでルシンダが自分からわたしたちにそう言ったからですよ。けれど、はじめに腹だちまぎれにロムニーに向かって、もう一生、口をきかないと言ってしまったし、ロムニーもルシンダのほうから口をきかなければ自分も二度とルシンダに話しかけないと言ったのよ——なぜって、そら、わるいのはルシンダのほうですから、ルシンダからまず歩みよるのが当然ですものね。そういうわけで、二人はけっしてものを言わないんです。親戚じゅうの者がみな、かわるがわる二人の仲をとりなそうとしたらしいけど、だれもうまくいかないのよ。ロムニーはいまだかつてほかの女のことなど考えもしないようだし、ルシンダのほうでもほかの男など、思いもよらないにちがいないんですよ。気をつけてごらんなさい、ルシンダは今でもロムニーの指輪をはめているから。もちろん、事実上、二人はまだ婚約の間がらですよ。で、ロムニーのほうでは、もしルシンダがどんなことでもいいから、たとえ失礼なことでもいいから、たったひと言、口をきいてくれたら僕《ぼく》も口をきくし、自分としてもけんかの詫《わ》びも入れるのだがと、いつか言ったことがあるのよ——なぜって、これを見てもロムニーが婚約を破るつもりのないことがわかるでしょう。ロムニーはこのことについては何年も口にしないけれど、でも、今でも変わらぬ気持でいると思うの。そして二人とももとにおとらずおたがいに深く愛し合っているのよ。ロムニーはいつもルシンダのいるところをうろついているし——もちろん、ほかの人たちもいあわせる場合だけですがね。ルシンダがひとりのときには、まるでルシンダが厄病神《やくびょうがみ》かなんぞのように避《さ》けるのよ。それだから、きょうもわたしたちといっしょに青い部屋にねばっていたわけなんですよ。二人の間には恨《うら》みなど、これっぱかしもないらしいの。ルシンダさえ口をきいてくれたらねえ！　でも、ルシンダはそれはしませんよ」

「この先、口をきくことはないでしょうかしら？」

フレデリック夫人はちぢらせた髪をさかしげにふった。

「今となってはだめですよ。事態があまりにながく硬化《こうか》しすぎましたからね。ルシンダの自尊心が口をあかせませんよ。うっかり忘れるとか、ひょっとしたはずみで、うまく口がほぐれはしないかしらと、わたしたちはいつも罠《わな》をしかけておいたものだけれどね——でも、なにをしてもむだだったのよ。こんなばかばかしいこともないわね。あの二人はおたがいのために作られているようなものですもの。こんなばかげたことをなにもかも話しはじめると、わたしは気持がわるくなっちまうのよ。まるで、小学生同士のけんかの話でもしているみたいじゃありませんか？　ロムニーの前でルシンダのことを言っちゃいけないということが、近年になって、わたしたちにもわかってきたのですよ。ごく、あたりまえのことでもね。あの人はそれをいやがるらしいんですよ」

「あの人のほうでこそ口をきくのがあたりまえじゃありませんか」と、ジョージ夫人は憤慨《ふんがい》した。「たとえ、ルシンダが今の十倍もわるいとしても、それでもあの人はそれを大目に見て、先に口をきくべきですわ」

「でも、そうはしませんよ。ルシンダもそうですしね。あんな頑固《がんこ》な人たちは見たことがないわ。それはあの人たちの母方のお祖父《じい》さんから受けついでいるんです――アブサロム・ゴードンからね。ペンハローの側にはあんな片意地なところはありませんからね。アブサロムお祖父さんの頑固なことといったら、語りぐさになっているほどよ――まったく、一つ話ね。自分の言ったことは、たとえ天が落ちてきても、貫《つらぬ》き通すのですからね。それにまた、おそろしくたんかをきる年寄りでね」フレデリック夫人の話は本筋をそれた思い出へと走って行った。「若いころ、ながい間、鉱山で暮《く》らしたもんで、そのくせがどうしてもぬけなかったのね――たんかをきるくせがね。ときどき、お祖父さんのどなっているのを聞いたら、あなたなんか血も凍《こお》る思いがしたでしょうよ、セシリア。それでいて、ほかの点では申し分のないよいお祖父さんなんですけどね。どうしたものか、それだけはなんともならなかったのね。自分でもなおそうとするんだけれど、口ぎたない言葉が呼吸と同じように、ごく自然に出てきてしまうのだって、言い言いしていましたよ。そのため、家族の者はいつもひどく恥《は》ずかしい思いをしてね。いいあんばいに家族にはだれもその点、お祖父さんに似ている者がいないのよ。でも、お祖父さんも死んだんですし――死んだ人のわるくちを言ってはいけないわね。さあ、行って、マティに髪を結《ゆ》ってもらわなくちゃ。自分でしようものなら、この袖《そで》がすっかりほころびてしまいますものね。それに、もう一度、着がえるのもやっかいですもの。もう二度と、ルシンダのことはロムニーに言わないでしょうね、セシリア？」

「十五年とは！」ジョージ夫人はダリヤの花に向かい、呆然《ぼうぜん》としてつぶやいた。「十五年も婚約していながら、おたがいに口一つきかないなんて！　なんとまあ、考えてもごらんなさい！　このペンハローの人たちといったら！」

一方、自分のロマンスがダリヤの花かげでフレデリック夫人の口から語られているとは露知《つゆし》らず、ルシンダは結婚式に列席するしたくにかかっていた。ルシンダには今でもまだ、晴れの日の装《よそお》いを楽しむ気があった。鏡がいまだにやさしい待遇《たいぐう》をしてくれるからである。そのうえ、衣裳《いしょう》が新調のものだった。ところで、新調の衣裳は――ルシンダにとってめったにないことだった。彼女はペンハロー一族の中でもしじゅう、困っているので有名な一家の者だった。実際、ルシンダと未亡人の母はたいそう貧しかったので、新しい衣裳はルシンダの生活にとって大事件であった。これは叔父《おじ》のひとりからもらったもので――ルシンダは自分だったらとても思いきって選ぶ気になれないと思われる、美しい、きゃしゃな服であったが、それだけに、ルシンダは女らしく、夢中《むちゆう》で喜んだ。

薄緑《うすみどり》のボイルで――その色はルシンダの赤い髪の光沢《こうたく》と、冴《さ》えた皮膚のつやをみごとにひきたてていた。着つけが終わると、ルシンダは鏡の中の自分をながめて、無邪気《むじやき》な喜びを覚えた。虚栄心《きよえいしん》が強いわけではなかったが、自分の美しさはよく承知しており、あたかも巨匠《きよしよう》の手になるすばらしい絵画を目にするごとく、自己を超越《ちようえつ》した喜びを味わった。

鏡にうつる姿も顔もルシンダを満足させた。緑のボイルのふくらみやすそはほどよい豊満さを持った体《からだ》の線を完全なまでにひきたてていた。ルシンダは腕《うで》をもたげ、ロムニーのダイヤモンドが燦然《さんぜん》と光っている手で、一輪の紅ばらを唇《くちびる》にあて、なだらかな肩《かた》の傾斜《けいしや》や、あごからのどにかけての優雅《ゆうが》な線を批評家のような満足をもってうちながめた。

また、このガウンが自分の目にいかにもよく調和し、平生よりも深い色を十分に引出していることにも、気がついていた。いつか、ロムニーが彼女の目について十四行詩《ソネット》を書き、その色を熟れたこけもも《ブルーベリー》にたとえたことがあった。これは、熟れたこけももがどんな色をしているのか知らない人や、あるいは、思いだせない人には詩的に聞こえないかもしれない――光の具合で、暗い紫色になるかと思うと、また、澄《す》んだ灰色になり、しかも光線によっては、夜明けの牧場に咲くすみれのような、おぼろな色にもなるのである。

「お前はまったくきれいに見えるよ」と、本物のルシンダは鏡の中のルシンダに話しかけた。「だれもお前をオールドミスとは思うまい。けれど、そうにはちがいないのだよ。今夜、式を挙げるアリスは、お前が結婚《けっこん》しようと考えていた十五年前には、五つの子供だったじゃないの。それだもの、お前もオールドミスのはずだわ。まあ、いい。自分がわるいのだから。この先も、わるいままでいくわ。この頑固な種族の頑固な子孫め！」

ルシンダは裳裾《もすそ》をぱっとまっすぐにひろげ、手袋《てぶくろ》をはめた。

「今夜、この服にしみがつかなければいいけど。とにかくこの先一年は晴着にしとかなくてはならないもの――だけど、なんだかおそろしくしみがつきやすい気がするわ。マーク叔父さんもなんてやさしい、勘定《かんじょう》知らずの人なんだろう！　これがもし、なにかまじめな、実用的な、みっともないものをくだすったのならどんなにその服を嫌《きら》ったかしれやしない――エミリア叔母《おば》さんならやりそうなことだけど」

月がのぼりはじめたころ、一同は「若い」ジョンの家へ出かけた。丘《おか》あり、谷ありの二マイルの道をルシンダはケリー・ペンハローという、年若いまたいとこともに馬車を駆った。婚礼はじつに盛大《せいだい》にとりおこなわれた。ルシンダは社交的な雰囲気《ふんいき》を支配しているかに見え、そのおもむくところいたるところ賞讃《しょうさん》のさざめきが波のように追った。たしかにルシンダは花形であった。しかし、それでいながら、ルシンダはかるい退屈《たいくつ》を覚え、客がぽつぽつ去りはじめたときには、むしろほっとした。

「わたしにはものを楽しむ力がなくなってきたのじゃないかしら」と考えて、ルシンダはすこし味気なさを覚えた。「そうだわ、年のせいにちがいない。社交的な儀礼《ぎれい》を退屈に感じだしたのはそのためだ」

またもや失敗をおかしたのは、例の運のわるいジョージ夫人であった。夫人がベランダに立っていると、ケリー・ペンハローが駆けつけてきた。

「ルシンダに、僕が農場へ連れて帰れないと、おっしゃってください。僕はマーク叔父さんとシシー叔母さんを二時の急行にまにあうように、ブライト・リバーへ乗せて行かなくちゃならないんです。ルシンダにはいくらでも送りたがってる人がおりましょうから」

ちょうどこのとき、棹立《さおだ》ちになる馬をやっとの思いでおさえていたジョージが妻を大声で呼んだ。ジョージ夫人はあわてふためき、まだごったがえしている広間へ駆け戻《もど》った。彼女が言伝《ことづ》てを伝えた相手がだれなのか、ペンハロー一族では一人として心当りがなかった。しかし、薄緑色のオーガンディの服を着た背の高い、赤毛の娘《むすめ》が――アヴォンリーのアン・シャーリーであった――次の朝、マリラ・クスバートとレイチェル・リンドに向かって冗談《じょうだん》まじりに話したところでは、あざやかなピンクの頭《ず》巾《きん》用ショールをまとった、ふとりぎみの小がらな婦人が、彼女の腕をつかみ、

「ケリーがあなたをお連れできないそうです――どなたかほかのかたを捜《さが》してくださいと言ってましたよ」

と、息をきらして言うと、返事をするひまも、ふりむく間もないうちに行ってしまった、ということであった。

こういうわけで、ルシンダがベランダの階段へきてみると、奇妙《きみょう》にも、自分だけ取残されているのに気がついた。しばらくまごまご探してからようやく、農場のペンハローたちは全部、帰ってしまったことを知り、もしその晩のうちに農場へ帰り着こうとするなら、歩いて行かなくてはならないことを悟《さと》った。連れ帰ってくれる者がいないのは明らかだった。

ルシンダはおこった。自分が忘れ去られ、省《かえり》みられないということは愉快《ゆかい》なことで

はない。それよりもいっそう愉快ではないのは、午前一時に薄緑色のボイルを着て田舎道《いなかみち》をひとりで歩いて帰ることである。ルシンダはこんなふうに歩く用意はしてこなかった。足には底の薄い靴《くつ》をはいているだけだし、まとうものといえば、薄い頭巾用ショールと短いコートだけだった。

「こんな身なりでひとりで歩いて帰るとは、なんて変な人間に見えることか！」

と、ルシンダはふきげんに考えた。

だれか、よそからの客に急場を打明けて、家まで乗せて行ってくださいと頼むのでなかったら、そうするほかなかった。そんなふうに頭をさげたり、そうすることにより、自分がなおざりにされたことを認めるのは、ルシンダの自尊心が承知しなかった。いや、歩いて行こう。それよりほかしかたがない。だが、街道《かいどう》づたいに行って、行き会う者みんなから、じろじろ見られるのはいやだ。畑を横切る細い近道があり、ここ何年も通ったことがないにもかかわらず、ルシンダはこの道をくまなく知っていた。

彼女は緑色のボイルをできるだけきりりとたくしあげ、陰《かげ》の道を縫って家の周囲をまわり、横手の芝生《しばふ》を渡《わた》って行くと、木戸に出た。木戸の向こうは両側に樺《かば》がたちならぶ小径《こみち》で、霜《しも》のおりた木々が月光をうけて銀色金色に輝《かがや》いている。ルシンダは小径を身軽く伝って行くうちに、いかにひどい扱《あつか》いを受けたかが、ひしひしと感じられてきて、ひと足ごとに怒りはつのるばかりだった。自分のことを考えてくれる者はだれもなかったのだと思われた。それは計画的に無視されるより、十倍もつらかった。小径の下手《しもて》のはしの木戸にきたとき、木戸にもたれていた男がぎょっとして息をのんだ。もしこれがロムニー以外の男だったら、あるいはルシンダ以外の女であったら、驚《おどろ》きの叫びをあげたことだろう。

ロムニーとわかったルシンダは、はなはだ当惑《とうわく》すると同時に、すこしばかりほっとした。ひとりで歩いて帰らずにすむのだ。しかし、ロムニーといっしょでは！　わたしがわざとたくらんだと、ロムニーに思われないかしら？　それではやりきれない。

ロムニーは無言のまま、ルシンダに木戸をあけてやり、無言のまま、そのあとから錠《じょう》をかけ、無言のまま、ルシンダとならんで歩きだした。ビロードのような、なだらかな畑を二人は横切って行った。空気は冷たく、風もなく、しんと静まっていた。世界の上にはおぼろにかすむ月光ともやがたちこめ、趣《おもむき》のない東グラフトンの丘や野を、かすかに光る妖精国《ようせいこく》に変えていた。

はじめのうち、ルシンダは前にもまして怒りを覚えた。なんてばかなはめになったことだろう！　一族はこのことをどんなに笑うことか！

ロムニーはといえば、これまた、いたずら好きの偶然《ぐうぜん》が仕組んだたくらみに腹をたてていた。ロムニーとて他の男と同様、まのわるい立場の主役を演じるのは好まなかった。しかも、月光に照らされた畑を、愛していながら十五年も口をきかない女性といっしょに、午前一時に歩いて帰らねばならぬとは、たしかに徹底《てってい》した運命の皮肉だった。こちらで計画的に企《くわだ》てたとルシンダに思われないだろうか？　それにしても、いったい、なんでルシンダは結婚式の招待から歩いて帰ることになどなったのだろう？

二人が畑を突《つ》っきり、その先の、野生の桜並木《さくらなみき》にかかったころには、ルシンダの怒りはうちにたくわえられていたおかしさに負けてしまい、頭巾の下でやや意地の悪い微笑《びしょう》さえうかべていた。

小径はさながら魔法《まほう》にかけられているようだった。——月光を浴びた、長い並木の下で森の精たちがかろやかにおどっているかと思われた。さしかわす枝の間をもれる月光が、銀色の光とくっきりした影《かげ》とで織りなすモザイク模様の中へ、仲のわるい恋人たちは進んで行った。両側ともうっそうとした森で、二人の周囲には深い静けさがたちこめ、風一つ、さざめき一つ、起こらなかった。

小径の中途《ちゅうと》で、ふいにルシンダの胸に感傷的な記憶《きおく》がよみがえってきた。「若い」ジョンの家でのパーティから、ロムニーといっしょにこの同じ小径を通って帰った、あの最後のときのことを思いだしたのである。あのときも月のよい晩で――ルシンダは溜息《ためいき》をおしとどめた――二人は手を取りあって歩いたのだ。ちょうどこの灰色のぶなの古木のところでロムニーは彼女を立ち止まらせ、接吻《せっぷん》した。ルシンダはロムニーもそのことを考えているのではないかと、頭巾のレースのふちの下からそっと盗《ぬす》み見た。

しかし、ロムニーは両手をポケットに突っこみ、帽子《ぼうし》を目深《まぶか》にかぶったまま、うつうつとしたようすで足を運び、ぶなの古木には目もくれずに通りすぎた。ルシンダはまたもや出かかる溜息をこらえ、ひらひらとこぼれたボイルのすそをつまみあげて、さっさと歩きつづけた。

小径を出はずれると、銀色に輝く収穫畑《しゅうかくばたけ》が三ならび、ピーター・ペンハローの小川へとなだらかに傾斜していた――幅《はば》の広い、浅い流れで、苔《こけ》むした古い倒《たお》れ木を昔《むかし》かけわたしたままになっていた。小川に出たロムニーとルシンダはさらさらとせせらぐ水を呆然《ぼうぜん》とながめた。ルシンダはがっかりして思わず声をあげそうになったが、ロムニーに口をきいてはならないことを思いだし、あやうくがまんした。木は一本もなく、小川には橋と名のつくものは一つもなかった！

さあ、困ったことになった！　しかし、ルシンダがさて、どうしたものかと途方にくれているうちに、ロムニーが解決案を出した——言葉にではなく実行によってだった。彼《かれ》は落着きはらってルシンダを、少なからぬ体重の成熟しきった婦人ではなく、子供ででもあるかのように抱《だ》きあげ、流れを渡りはじめたのである。ルシンダは眼《め》を白黒するばかりでどうしようもなかった。ロムニーをおしとどめるわけにはいかなかったし、このあつかましいふるまいに怒《いか》りでのどがつまってしまったので、どちらにしても口がきけなかった。そのとき、災難が起こった。つるつるした丸石の上でロムニーが足をすべらせたのだ——すさまじい水しぶきがあがった——そして、ロムニーとルシンダはピーター・ペンハローの小川の真ん中にすわりこんでしまったのである。

ルシンダがまず立ち上がった。そのまわりに台無しになったボイルが見るも無残に、べったり、はりついていた。その夜のいたでがどっと胸に押《お》しよせ、ルシンダの目は月光をうけてらんらんと燃えた。これほどおこったことはルシンダの生涯《しょうがい》にかつてないほどだった。

「こ、こ、このおばかさんめっ！」

その声は文字どおり憤怒《ふんぬ》で震《ふる》えていた。

ロムニーはおとなしくルシンダのあとから岸にはいあがった。

「ルシンダ、まことに申しわけない」

という声が笑いをこらえているかのごとく、震えているのを、ロムニーはかくそうとつとめたが、成功しなかった。

「まったく、僕《ぼく》としたことが、とんだへまをやってしまった。だが、足のちょうど下であの石がくるっと引っくりかえっちまったんですよ。どうか許してください——そのこともそうだけれど——あのことも」

ルシンダは返事をしようともしなかった。平石の上に立ち、みじめな緑のボイルから水をしぼっていた。その姿をロムニーは気づかわしげにながめた。

「急いでください、ルシンダ、ひどいかぜをひきこみますよ」

と、彼は懇願《こんがん》した。

「わたしはかぜなんかひいたことはなくてよ」ルシンダは歯をガチガチいわせながら答えた。「わたしの考えているのは——考えていたのは、わたしの服のことよ。あなたこそ急ぐ必要があるわ。ご自分だって、ずぶぬれになっているのだし、かぜをひきやすいことを知っているでしょうに。さあ——いらっしゃい」

ルシンダはまつわりつく裳裾をつまみあげた。それは五分前まであれほど美しく、かろやかだったのに。そして、足速に畑を歩きはじめた。ロムニーはそばへきて昔のように彼女の腕に自分の腕をとおした。しばらくの間、二人は黙々《もくもく》として歩いて行った。そのうちに、ルシンダは心の中で笑いがこみあげてきた。畑のはずれにくるまでずっと、ルシンダは声なく笑っていた——そして、ピーター・ペンハローの地所と農場の地所の間にある柵《さく》にきたとき、頭巾を顔からおしやって、いどむようにロムニーを見た。

「あなたは——あのことを考えているのね」ルシンダは叫《さけ》んだ。「わたしもそうよ。この先も一生、わたしたちはときどきあのことを思いだすでしょうよ。でも、口に出して言ったら、わたし、二度とあなたを許さないわよ、ロムニー」

「けっして口に出しませんよ」

今度はその声にありありと笑いがこもっていたが、ルシンダは腹をたてる気になれなかった。二人が農場の門に着くまで、ルシンダは口をひらかなかったが、門にくると彼女はおごそかにロムニーに面と向かった。

「あれは隔世遺伝《かくせいいでん》のせいだったのよ。強情《ごうじょ》っぱりのゴードンお祖父《じい》さんの責任よ」

農場ではみな、寝《ね》てしまっていた。客は三々五々、まちまちに帰ってきて、急いでめいめいの部屋にさがってしまったので、だれもルシンダのいないことに気をとめず、おたがいに彼女がどれか別の組といっしょだと思っていた。起きているのはフレデリック夫人、ナサニエル夫人、ジョージ夫人だけで、年じゅう寒がっているナサニエル夫人はやすむ前に足をあたためようと、青い部屋の炉《ろ》で木っぱを燃やし、三人で声をひそめて婚礼の話をしているところへ、ドアがひらき、ルシンダの堂々たる姿が――ひきずって、よごれたボイルをまとっていても、なお、堂々としていた――背後にびしょぬれのロムニーを従えてあらわれた。

「ルシンダ！」

三人はいっせいに叫んだ。

「わたしは置いてきぼりにされたので、歩いて帰ってきたのよ」と、ルシンダは冷然と言った。「それで、ロムニーと畑を突っきってきたの。川に橋がかかってなかったので、ロムニーがわたしをかかえて渡ろうとしたら、足をすべらして、わたしたち、ころんでしまったのよ。それだけのことなの。いえ、セシリア、わたし、かぜはひかないから、ご心配なく。ええ、服はだめになったけれど、そんなことはどうでもいいの。ありがとう、けっこうですわ、セシリア、熱い飲物はほしくありませんから。ロムニー、すぐに行って、そのぬれた服をおぬぎなさい。けっこうよ、セシリア、熱い足湯なんかたくさんですから。すぐやすみますわ、おやすみなさい」

二人の背後にドアがしまると、三人の嫁《よめ》はまじまじと顔を見合わせた。もともと、感情の表現が苦手のフレデリック夫人は、詩の引用に逃《に》げ道を見いだした。

「わたしは眠《ねむ》っているのだろうか、
夢見《ゆめみ》ているのだろうか？
怪《あや》しみ、疑っているのであろうか？
ものごとはその姿のままのものであろうか、
それとも、幻《まぼろし》にすぎないのだろうか？」

「じきにまた、ペンハロー家では婚礼があるわね」と、ナサニエル夫人はほっとひと息ついた。

「ルシンダがとうとうロムニーに口をききましたからね」

「おお、ルシンダはロムニーになんて言ったのでしょうね？」

と、ジョージ夫人が叫んだ。

「ねえ、セシリア、わたしたちには永久にわからないでしょうよ」

と、フレデリック夫人が言った。

三人には永久にわからなかった。

六　ショウ老人の娘

「あさってだ——あさってだ」と言いながら、ショウ老人はうれしそうに長い細い両手をこすりあわせた。「何度も何度も言ってなくちゃ、本気になれやしない。ブロッソムをもう一度、手もとにおけることになろうとは、あまりよすぎてほんとうだとは思われないわい。もうなにもかも用意はできたしと。そうだ、ちょっと料理をすればいいだけで、あとは全部用意がすんでいる。それにこの果樹園にはびっくりすることだろうな。ひと言も言わずにできるだけ早いとこ、あの子をここへ連れ出さなくちゃ。えぞ松《まつ》の道づたいに連れて行って、道のはずれに着いたら、わしは何気なくひきさがって、なにも知らないあの子をひとりで木の下から出て行かせるのだ。あの子があの大きな鳶色《とびいろ》の目を丸くして、『おお、父さん！　まあ、父さん！』と言うのが見られるものなら、この十倍もほねをおったって、かいがあるわい」

老人はふたたび手をこすりあわせ、ひとり静かに笑った。彼《かれ》は丈高《たけたか》く、背はかがみ、髪《かみ》は雪のように白かったが、顔は若々しく血色がよかった。大きな青い目は少年の目のように楽しげで、きっかけさえあれば——また、全然、きっかけのないときでもたびたびそうだったが——口もとに微笑《びしょう》をうかべる若々しい癖《くせ》がなおっていなかった。たしかに、ホワイト・サンドの人々はショウ老人を最上級にはほめなかったことであろう。まず第一に、老人は「かいしょうなし」で、わずかばかりの畑を草がはびこるがままにしておき、花や虫けらにかまけてむだな時を過ごしたり、あてどもなく森の中をぶらぶら歩きしたり、または海岸で本を読んだりしている、と人々は言《い》うことだろう。おそらくそれは事実かもしれない。しかし、昔《むかし》からの畑は老人が暮らすだけのものは生み出してくれたし、それ以上望む気持は老人になかった。彼は西の国へのぼる途上《とじょう》の巡礼《じゅんれい》のように快活であり、幸福というものは見つけたときに取らねばならぬということ——その場所に印をつけておいて、もっとつごうのよいときに取りにもどってもむだだ、そのときにはもうないのだから、という貴重な秘密を心得ていた。ショウ老人のように、小さな事がらの中に喜びを見いだす方法をよくよく知りつくしてさえいれば、わけなく幸福になれるものである。老人は今も昔も人生を楽しんできたし、他の人たちも楽しむように力を尽《つく》してきた。だから、ホワイト・サンドの人々がそれをどう考えようと、老人の生涯《しょうがい》は成功したわけである。自分の農場をすこしも「改善」しなかったからとて、それがなんであろう？　人生を裏庭に等しく考える者もあるし、またその人生をつねに虹《にじ》のような空想の円屋根や尖塔《せんとう》のそびえる宮殿《きゅうでん》のごとく考える人もある。

老人がたいそう自慢《じまん》していた果樹園は、今のところまだ希望がもてるという程度をあまり出ていない——元気に育っている若木の栽培《さいばい》で、先ゆきものになるというくらいのものだった。ショウ老人の家は日当りのよい禿山《はげやま》の頂にあり、裏手にがっしりした樅《もみ》の古木とえぞ松が二、三本立っているだけだった——ときどき、海から激《はげ》しく吹《ふ》きあげる風のまっこうからの襲撃《しゅうげき》に抵抗《ていこう》できるのはそれだけだった。その近くで果樹がどうしても育たないことが、セーラの大きな悲しみであった。

「ああ、父さん、果樹園があったらねえ！」と、セーラはほかの農家が息苦しいほどりんごの白い花でつつまれるころ、いつも言っていたものだった。セーラが行ってしまい、老人には娘の帰宅を待ちわびるほか、なにも張合いがなくなってしまってからは、その娘が帰ってきたとき果樹園が目にはいるようにしてやろうと決心した。

南の丘《おか》の向こうの、えぞ松の林であたたかくまもられた日当りのよい斜面《しゃめん》に小さな畑があり、そこは一生おろそかな手入れしかしなくても消耗《しょうもう》しつくせないほど肥えていた。ここでショウ老人は彼の果樹園に着手し、木の一本一本を子供のようによく知り愛するまでに見守って世話し、すくすくと育つのを見た。近所の者たちはみな老人を笑い、家からそんなはなれたところの果樹園では実をみんな盗《ぬす》まれてしまうと言った。しかし、まだ実はついていなかったし、いよいよ実がなったときにはありあまるほどだろうから、

「ブロッソムとわしでほしいだけ取って、あとは男の子たちが良心のとがめを押《お》しつぶすほどほしいというなら残りはそっくりくれてやる」

と、世間ばなれのした、商売気のないショウ老人は言った。

愛する果樹園からの帰りみち、老人は森の中でめずらしいしだを見つけたのでセーラにやろうと掘《ほ》り取った——セーラはしだが大好きだった。それを家の日陰《ひかげ》の、風をよける側に植え、さて庭木戸のそばの古いベンチに腰《こし》をおろして、老人はセーラからいちばん最近にきた手紙を読んでみた——それはほんの走り書きにすぎなかった。セーラはまもなく帰ってくるからである。老人はその一言一句《いちごんいっく》にいたるまで暗記していたが、しかし、それは三十分とおかず読み返す楽しさをすこしも減らさなかった。

ショウ老人は晩年になってから結婚《けっこん》したのだが、あいかわらずの分別で妻を選んだと、ホワイト・サンドの人々は言ったものだった——という意味は分別など全然ないということである。そうでなければセーラ・グロバーなどとは結婚しなかったであろう。セーラはまだ子供のような女で、大きな鳶色の目はおびえた森の動物のようであ

り、春のさんざしのようなきゃしゃな、はかない美しさをもっていた。「百姓《ひやくしよう》の女房《にようぼう》としてあれくらい不向きの女はありゃしない——力もなきゃかいしょうもない」ホワイト・サンドの人々には、またセーラがいったいなんでショウ老人と結婚したのかわからなかった。

ショウ老人と——その当時でさえ彼はショウ老人だった、まだ四十歳《さい》にすぎなかったが——若い花嫁《はなよめ》はいっこうにホワイト・サンドの評判などにわずらわされず、二人は申し分のない幸福な一年を送った。たとえ生涯の残りをわびしい一人旅に過ごそうとも、それだけの価値ある一年である。そしてショウ老人はふたたび孤独《こどく》になったが、小さなブロッソムがいた。ブロッソムは亡《な》くなった母親の名をとってセーラと命名されたが、父親にとっていつもブロッソム(花)の役をしていた——それをつむために母親が生命を犠牲《ぎせい》にした貴重な小さな花だった。

セーラ・グロバーの身内の者たちは、ことにモントリオールの金持の伯母《おば》は子供を引取りたがったが、この申し出にショウ老人は猛《たけ》り狂《くる》わんばかりになって、赤ん坊《ぼう》をだれにも渡《わた》そうとしなかった。家の面倒をみてもらうのに手伝いの者を雇《やと》ったが、しかし、赤ん坊の世話をするのは主として父親で、彼はやさしく忠実で、女のように手ぎわがよかった。セーラは母親の愛情をほしいと思ったことは一度もなく、いきいきとした、快活な、美しい少女に成長し、セーラを知る者すべてにとって絶えざる喜びとなった。彼女《かのじょ》は人生に星を縫《ぬ》いちりばめる術《すべ》を知っており、両親の美しい性質を残らず授《さず》かっているうえに、どちらの親にもないはつらつとした元気と活力をもそなえていた。十歳になるとセーラは、雇人《やといにん》に全部ひまを出し、六年の間、父のために家を楽しくとりしきった——二人が父と娘であり、兄と妹であり、「親友」である年月であった。セーラは学校には一度も通わなかったが、父が自分なりのやり方で教育をほどこした。二人は仕事がすむと、森や野や、風をよける側につくった庭や、あるいは海岸で過ごした。海岸では日光も嵐《あらし》もともに二人にとって美しく大好きなものだった。これほど完全な、これほど申し分のない仲間同士はまたとなかった。

「おたがいに夢中《むちゅう》になってるんだからね」

と、ホワイト・サンドの人々はねたみと非難を相半ばして言った。

セーラが十六のとき、前に述べた金持の伯母であるアデア夫人が、流行と教養と広い世間の空気をたずさえ心をまどわす美しさでホワイト・サンドを急襲し、ショウ老人にまくしたてたので、老人も降参するはめになった。セーラのような娘が「なんの機会にも教育にも恵《めぐ》まれず」、ホワイト・サンドのような場所で大きくなるのはみっともないことだと言うアデア夫人には、叡知《えいち》と知識は全然相異《あいこと》なるものだということがわからないのであった。

「せめて、わたしのかわいい妹の子供のために、わたしに自分の娘があったらしてやったと思うことをやらせてくださいな」と、夫人は涙《なみだ》ながらに懇願《こんがん》した。「この娘をいっしょに連れて行き二、三年よい学校に入れさせてくださいよ。それからこの娘が望むなら、もちろん、あなたのところへ帰していいんですからね」

内心、アデア夫人は自分が考えているような三年間を過ごしたあと、セーラがホワイト・サンドや変わり者の父親のもとへ帰りたがるとは、一瞬《いっしゅん》たりとも信じていなかった。

ショウ老人は承諾《しょうだく》したが、アデア夫人のたやすく流れ出る涙に動かされたためではなく、セーラにそうしてやるべきだという親心によるものだった。セーラ自身は行きたくなかったので、文句を言ったり懇願したりしたが、いったん行ったほうがよいと信じた父はそれに耳をかたむけようとしなかった。なにもかも、セーラ自身の感情さえも、その決心の前に屈《くっ》しねばならなかった。しかし、セーラの「学問」がすめばなんのさまたげもなしに父のところへ帰ってくることになった。このことがはっきりわかってからはじめてセーラは行くことを承知した。伯母とともに小径《こみち》を馬車で走り去るとき、セーラはふり向いて涙の中から父に呼びかけた。

「あたし帰ってくるわよ、父さん。三年したら帰ってきますからね。泣かないで待っていてちょうだい」

老人はそのあとのながい寂《さび》しい三年間、その日を待ちのぞんで過ごした。その間一度も娘を見なかった。父と娘の間を大陸の半ばがへだてていたし、休暇《きゆうか》にもどることはアデア夫人がなにかともっともらしい口実をもうけて許さなかった。しかし、毎週セーラから手紙がきた。ショウ老人はそれを一つ残らずセーラの古い青い髪リボンでゆわえ、客間に置いてあるセーラの母の紫檀《したん》の針箱《はりばこ》にしまっておいた。日曜日の午後には、いつもセーラの写真を自分の前に置き、手紙を読み返すのがならわしだった。老人は親切な手助けでわずらわされるのを拒《こば》み、ひとりで暮らしていたにもかかわらず、家を美しく整頓《せいとん》していた。

「百姓よりも、おかみさん向きにできてるね」

と、ホワイト・サンドの人々は話しあった。老人はなに一つ変えようとしなかった。セーラが帰ってきたときに、変わっているさまを見てがっかりさせてはならないからだった。セーラ自身が変わってこようとは老人には思いもうかばなかった。

それが今、果てしなく思われた三年が去り、セーラは帰ってくるのである。セーラは伯母の哀願《あいがん》ぶりや非難、その場でふんだんにあふれ流れる涙の模様などはいっさい手紙に書かず、ただ六月に卒業するから一週間後に帰るとだけ知らせてきた。それ以来、ショウ老人は幸福に酔《よ》ったありさまで、セーラの帰宅にそなえる準備にとりかかった。青々とした傾斜《けいしゃ》の下に青い海がキラキラ輝《かがや》いてうねりよせる日向《ひなた》のベンチにすわり、老人はなにもかも申し分なく片づいたことを思って満足した。すばらしい、待ちあぐねた明後日がくるまで、あとは時間を指折り数えるほか、なにもすることがなかった。老人はお化けの谷で夢想するように楽しい瞑想《めいそう》にふけりはじめた。

紅ばらはまっさかりだった。セーラはもとからこの紅ばらが好きだった——ばら自身、セーラと同じく、はつらつとした生命の喜びでいきいきとしていた。しかもこのばらのほかに、ショウ老人の庭には奇蹟《きせき》が起こったのである。片すみにどんなにきげんをとっても一度も花の咲《さ》かないばらの茂《しげ》みがあり、セーラはそれを「気むずかしやのばら」といつも呼んでいたのが、見よ！　この夏には何年もの間秘められていた美しさがあまたの白い花となり、そこはかとなくかぐわしい香《かお》りをたたえた浅い象牙《ぞうげ》の杯《さかずき》を思わせた。これはセーラの帰郷を祝ってのことだ——ショウ老人はこんなふうに考えたかった。すべてのものが、気むずかしやのばらまでがセーラが帰ってくることを知って、それで喜んでいるのだ——ショウ老人がセーラからの手紙をうれしそうにじっと見ているところへ、ピーター・ブリュエット夫人がやってきた。夫人は老人がどんなふうにやっているか、セーラが帰ってくる前になにか面倒をみてほしいものはないかと思って、ひとっ走りしてきたのだと言った。

ショウ老人は首をふった。

「いや、ありませんな、ご親切にどうも。なにもかもととのってますで。ブロッソムを迎《むか》えるしたくにゃ、どなたの手も借りるわけにいきませんでな。思ってもごらんなさい、あんた。あの子があさってかえってくるんですがな。またブロッソムを家に置いとけるかと思うと、わしは身も心もうれしさでいっぱいですわい」

ブリュエット夫人は苦々しげなあざ笑いをうかべた。ブリュエット夫人がほほえむのは、やっかいなことの前兆《ぜんちょう》であり、りこうな人々はその微笑が言葉とならぬ先に、急にどこかに用事があったことを思いだすのだった。しかし、ショウ老人はブリュエット夫人のいちばん近い、長年の隣人《りんじん》であり、忠告やら「近所づきあい」やらで悩《なや》まされつづけなのにもかかわらず、ことブリュエット夫人に関するかぎり、老人はいつまでたってもりこうにならなかった。

ブリュエット夫人は人生の失敗者の一人であった。その結果、他の人々の幸福は自分への侮辱《ぶじょく》と認めるようになった。今もショウ老人が娘が帰ってくるといってにこにこ喜んでいるのがしゃくにさわり、さっそく、いい気になっている目をさましてやるのが「わたしの義務だ」と考えた。

「今となってセーラがホワイト・サンドに満足するとでも思いなさるのですかね」と、夫人はたずねた。

ショウ老人はいくらか面くらったようすだった。

「むろん満足するでしょうて」と、彼はゆっくり言った。「自分の故郷じゃありませんかね？　それに、わしもいるではありませんか？」

ブリュエット夫人はなんて単純な、と前に倍した軽蔑《けいべつ》をこめてふたたび微笑した。

「あなたがそれほどまでに安心をもっていなさるのはけっこうなことですよ。金持の当世風な人たちやモダンな学校で三年間もはなやかな生活を送って帰ってくるのが、自分の娘だとしたら、わたしは一分間だって安心しちゃいられませんがね。ここのものはなにもかも見くだし、不満でみじめな気持になるってことが、わたしにはわかりきっていますからね」

「あんたの娘さんならそんなこともありましょうて」と、ショウ老人はどこにもちあわせていたかと思われるほどの皮肉をこめて言った。「だが、ブロッソムはそうじゃありませんぞ」

ブリュエット夫人はとがった肩《かた》をすくめた。

「そうかもしれませんよね。そうでないことをあなたがたお二人のために望みますよ。けれど、わたしだったら心配しますね。セーラは豪勢《ごうせい》な人たちの中で暮らし、おもしろおかしく過ごしてきたのですから、ホワイト・サンドがおそろしく寂しくてつまらなく思えるのがあたりまえですわ。ロレッタ・ブラドレイを見てごらんなさい。あの娘はこの冬ボストンにわずか一カ月いただけなのに、それ以来ホワイト・サンドにしんぼうできなくているじゃありませんか」

「ロレッタ・ブラドレイとセーラじゃ、人間がちがいますよ」

と、セーラの父は無理に微笑しようとした。

「それにこの家だって」と、ブリュエット夫人は容赦《ようしゃ》なく追撃した。「まったく変な、小さい、古ぼけた家ですわ。伯母さんの邸《やしき》と比べてこの家をセーラはなんと思うでしょうね？　話に聞けばアデア夫人の家はほんとうにお城のようだというじゃありませんか。親切心からあなたに言っときますけど、おそらくセーラはあなたを見くだすでしょうから、あなたもその心構えでいなさるがいいですよ。もちろん、セーラにすれば、あんなにかたい約束《やくそく》をした手前、帰らなくちゃわるいとでも考えてるんでしょうがね。だけど、帰りたくないにきまってますし、それも無理ないと思いますね」

さすがのブリュエット夫人も、息がきれて口をつぐまねばならなかったので、ようやくショウ老人に機会がめぐってきた。彼はじっと耳をかたむけ、呆然《ぼうぜん》となり、夫人になぐられでもしたかのようにひるんだ。しかし今や急激《きゅうげき》な変化が老人にあらわれた。彼《かれ》の青い目はブリュエット夫人の間のびのした、いたちのような灰色の目をギロッと不気味《ぶきみ》ににらみつけた。

「言うことを言ってしまったなら帰ってくれ、マーサ・ブリュエット」老人はえらいけんまくでどなった。「そんな文句は二度と聞きたくない。さっさと消えてうせろ。そんな悪口はわしの聞こえんところでやってくれっ!」

温厚《おんこう》なショウ老人からいまだかつて聞いたこともない激しい怒《いか》りの爆発に、ブリュエット夫人は呆気《あっけ》にとられてしまい、言い訳するにも、やりこめるにも、ひと言も言葉も出ないまま帰って行った。夫人が去ってしまうと、ショウ老人の目から憤怒《ふんぬ》の色は消え、くずれるようにベンチに腰をおろした。喜びは去り、胸は苦痛と悲しさでいっぱいだった。マーサ・ブリュエットは心のねじれた、わるい性質の女ではあるが、言うことはまったくほんとうなのではなかろうかと思った。どうして前にこのことを考えつかなかったのだろう? もちろん、ブロッソムにとってホワイト・サンドは寂しく、つまらなく思われることだろう。伯母のすばらしい邸で過ごしてきたあとでは、むろん、自分の生まれたこの小さい灰色の家などみすぼらしい住居に見えることだろう。ショウ老人は庭を歩き、新しい目でいっさいのものをながめた。どれもこれもなんと貧弱《ひんじゃく》でそまつなことか！　なんとガタガタの、風雨にさらされた、古ぼけた家だろう！　老人は家の中にはいり、二階のセーラの部屋へ上がって行った。部屋は三年前にセーラが去ったときのまま、さっぱりとしてかたづいていた。しかし、せまいし暗かった。天井《てんじょう》は色が変わっているし、家具は旧式でみすぼらしかった。貧弱なけちな部屋だと思うことだろう。丘の向こうの果樹園でさえ今は老人にとってなんの慰《なぐさ》めにもならなかった。果樹園などブロッソムはほしがるまい。愚《おろ》かな、老いぼれた父や、ろくにものもとれない畑を恥《は》ずかしく思うことだろう。ホワイト・サンドを嫌《きら》い、退《たい》屈《くつ》な暮らしにいらいらし、平穏な父の生活を形づくっているものをすべて軽蔑するだろう。

その夜のショウ老人はさすがのブリュエット夫人でさえ満足したにちがいないほど、みじめだった。老人はホワイト・サンドの人々が彼を見なしているに相違《そうい》ないと思われる目で、自分を見た――貧乏《びんぼう》な、かいしょうなしの、愚かな年寄り、彼の唯一《ゆいいつ》のたいせつなもの、かわいいわが子すら養う資格のない自分。

「ああ、ブロッソムよ、ブロッソムよ」

その言い方はまるで死んだ者の名を呼ぶかのようだった。

しばらくすると苦痛の峠《とうげ》は越《こ》えた。老人は娘が自分のことを恥ずかしく思うだろうなどと、いつまでも信じる気になれなかった。あの子にかぎってそんなことがないのを知っていた。三年たってもブロッソムの誠実な性質は変わるはずがない――いや、その十倍の年月だって変わるまい。だが、やっぱり変わったことだろう――この忙《いそが》しい、はなやかな三年でブロッソムはわしなどの及《およ》ばぬ大人《おとな》になったかもしれない。わしのような話し相手じゃ、もう満足できないだろう。それを期待するとはわしはなんてばかで子供じみていたことか！　あの子のことだからやさしく親切にしてくれるだろう――それ以外でありえない。不平不満をあからさまにはあらわすまい。ロレッタ・ブラドレイとはちがうのだから。だが、その気持はあるだろうし、それを察してわしは胸もはり裂《さ》ける思いを味わうことだろう。ブリュエットさんの言うとおりだった。ブロッソムをやっちまうとき、わしは自分の犠牲を中途半端《ちゅうとはんぱ》なものにするんじゃなかった――わしのところへ帰ってくるようにと、あの子を縛《しば》ってはいけなかったのだ。

老人はその夜おそくまで星空の下で小さな庭を歩きまわった。坂の下では海が低い声で歌い、彼に呼びかけていた。ようやく、床《とこ》についても眠《ねむ》れず、目は涙でぬれ、心は絶望にとざされたまま、朝までまんじりともしなかった。午前中、老人はいつもの日課の仕事に上《うわ》の空でかかっていたが、たびたび、いきあたりばったりにじっと立ちつくしては、ながい間思いにふけり、自分の前を暗い面持《おももち》で見つめていた。たった一度だけ老人は活気を見せた。ブリュエット夫人が小径をくるのを見た老人は、家の中に駆《か》けこみ、ドアに錠《じょう》をおろし、夫人がたたくのを黙《だま》りこくって聞いていた。夫人が行ってしまったので外へ出てみると、ドアのそばのベンチに、ナプキンをかぶせたできたてのドーナツの皿《さら》が置いてあった。ブリュエット夫人はこうして、老人からあのようにぶっきら棒に追いはらわれても恨《うら》みをいだいていないことを示すつもりだったのだ。いくらか気がとがめたせいもあったのかもしれない。しかし、ドーナツは夫人が老人の中にひきおこした心の病にはいっこうにききめはなかった。ショウ老人はドーナツを取りあげると、豚小舎《ぶたごや》へ持って行き、豚どもに食べさせてしまったからである。こんな悪意あるふるまいをしたのは生まれてはじめてで、老人ははなはだふとどきな満足を覚えた。

正午ごろ、この小さな家にたいして新たに感じだした不満足に耐《た》えかね、老人は庭に出た。古いベンチは日をうけてぬくもっていた。ショウ老人は深い溜息《ためいき》をつきながら腰《こし》をおろし、倦《う》みはてたようすで白髪頭《しらがあたま》をうなだれた。自分のすべきことはもう決心がついていた。ブロッソムに、伯母のもとへお帰り、わしのことなどどうでもいいから——わしだけでけっこうやっていけるし、すこしもお前をわるくは思わないよ、と話すつもりだった。

老人がなおもうつうつと考えこみながらそこにすわっていると、一人の少女が小径を近づいてきた。背はすらっと高く、まるで飛ぶようにうきうきした歩き方だった。色は浅黒かった。それは紫《むらさき》すもの花かまたは青銅色の葉の間からのぞく真紅《しんく》のりんごの光沢《こうたく》を思わせる、ゆたかな浅黒さであった。大きな鳶色《とびいろ》の目は見えるかぎりのものすべての上にたゆたい、ひらたい唇《くちびる》からときおりもれる小さな声は、言葉を知らぬ歓喜がおのずからほとばしり出るかのようだった。

庭木戸へきたとき、古いベンチにかけた、かがんだ姿が少女の目に映った。次の瞬間、少女はばらにふちどられた散歩道をとんで行った。

「父さん！　父さん！」

ショウ老人はあわてふためいて立ち上がった。すると、若々しい腕《うで》が二本、老人の首にまきつき、あたたかな赤い唇が老人の唇にふれた。愛情にみちた少女の目は彼の目を見つめ、忘れることのできない声が笑いと涙のいりまじった快い和音をなして叫《さけ》んだ。

「おお、父さん、ほんとうに父さんなの？　ああ、また父さんに会えてどんなにうれしいか、口じゃ言えないわ」

ショウ老人は仰天《ぎょうてん》してしまったのと、あまりに喜びが深かったために、驚《おどろ》き怪《あや》しむことも忘れ、無言のまま、ひしと少女を抱《だ》きしめた。これはまあ、わしのブロッソムではないか――三年前、去ったあのブロッソムではないか！　前よりいくらか背が高く、いくらか女らしくなってはいるが、わしのかわいい花だ。見も知らぬ者ではない。こうわかると老人は新天地に出た心地《ここち》がした。

「ああ、ブロッソム！　ブロッソムや」

セーラは色のさめた上着の袖《そで》に頬《ほお》をすりつけた。

「父さん、これでなにもかも埋合《うめあ》わせがついたわね？」

「だが――だが――お前はどこからきたのかい？」老人の意識は驚きの混乱からようやく平静に返りはじめた。「お前があすにならなきゃ帰らんものと思っていたのだよ。停車場から歩かずにすんだんだろうね？　父さんが迎えにも行ってやらなくてなあ！」

セーラは笑い、指先だけつないだまま、うしろにとびさがり、昔《むかし》、子供のころにしたように、父の周囲をおどりまわった。

「カナダ太平洋連絡船がきのうのうちに出るのがあって、島へゆうべ着けることがわかったのでね、あたしは家へ帰りたくてたまらなかったので、さっそくそのチャンスにとびついたわけなの。もちろん、停車場から歩いてきたわ——たった二マイルですし、ひと足、ひと足がうれしいことばかり。トランクはあちらに預けてきたのよ。あした取りに行きましょうね、父さん。きょうはなつかしい場所をすみずみまですぐに見たいの」

「まずなにか食べなくちゃいけないよ」と、老人はいとしげにすすめた。「家にゃたいしたものはないかしれないがね。あすの朝、パンやなんか焼くつもりだったもんでな。だが、なにかかき集められるだろうよ」

老人はブリュエット夫人のドーナツを豚にやってしまったことを、心から悔《くや》んだが、しかし、セーラは手をふり、そのような心配を一掃《いっそう》してしまった。

「今のところ、なんにも食べたくないの。もうしばらくしたらおやつをいただきましょうよ。もうせんにお腹《なか》がすくと、二人でおやつを作ったようにね。このうちの時間が不規則なのをホワイト・サンドの人たちがいつもけしからんと言っていたのを覚えていて? あたしはひもじいのよ。でもそれは心のひもじさなの。なつかしいもとの部屋や、いろいろなところが見たくてたまらないの。さあ、行きましょう——日が暮れるまでにまだ四時間あるから、この三年間、恋《こい》しくてたまらなかったものを全部詰《つ》めこみたいの。まず、この庭からはじめるわ。まあ、父さん、いったい、どんな魔法《まほう》を使って、『気むずかしやのばら』を咲かせなすったの？」

「魔法なんぞ使うものかね——お前が帰ってくるというんで咲いたのだよ、ブロッソムや」

彼らは、この二人の子供は——幸福に輝く午後を過ごした。庭をくまなく見てまわってから、家にはいった。セーラは小おどりしながら部屋から部屋へとぬけ、父の手にしっかりつかまりながら自分の部屋へ上がって行った。

「ああ、あたしの小さな部屋にまためぐり会えて、なんてうれしいかしれないわ、父さん。あたしの昔の望みや夢《ゆめ》がみんな、ここであたしを待っていてくれるにちがいないわ」

セーラは窓に駆けより、さっとひらいて身をのりだした。

「父さん、あの岬《みさき》の間の海の曲線のように美しい景色は、世界じゅうにないことよ。あたしはすばらしい景色を見てきたの——それから目をとじてあの景色を思いうかべてみました。おお、木をヒューヒュー渡《わた》る風を聞いてごらんなさい！　あの音楽をどんなに恋しく思ったかしれないわ！」

老人は娘《むすめ》を果樹園に連れて行き、彼女《かのじょ》を驚かせるためにたてておいた巧妙《こうみょう》な計画を

一つ一つ運んでいった。セーラは老人の空想どおりにしてそれを受けた。手を打ち合わせ、

「ああ、父さん！　まあ、父さん」

と、セーラは叫んだ。

二人は最後に海岸へ行き、それから日の入りどきに帰ってきて庭の古いベンチにすわった。目の前には輝《かがや》く海が巨大《きょだい》な宝石のように燃え、西の門へとひろがっていた。両側に長くのびた岬は黒ずんだ紫色で、太陽の沈《しず》んだあとは、広大な、雲ひとつない弧《こ》が描《えが》かれ、火のような水仙《すいせん》と淡《あわ》いばらの花の色となっていた。うしろの果樹園の上には水晶《すいしょう》のような星が冷えびえとした緑色の空に輝き、二人の上に大気の杯から透明《とうめい》な酒のような夜露《よつゆ》がそそがれた。えぞ松《まつ》は楽しげに風に吹《ふ》かれ、雨風とたたかってきた樅《もみ》でさえ、海の歌を歌っていた。以前の思い出が輝く聖霊《せいれい》のように二人の心に群れ集まってきた。

「ブロッソム」と言うショウ老人の声は震《ふる》えていた。「お前ほんとうにここで満足していられるかい？　あっちのほうにゃ」――ホワイト・サンドから遠く離《はな》れた世界をしきっている水平線の方へ、漠然《ばくぜん》と手をふって――「愉快《ゆかい》なことやおもしろいことがいろいろある。そういうものが恋しくならないかい？　年とった父さんやホワイト・

サンドに飽《あ》き飽きしちまわないかね？」

セーラはやさしく父の手をなでた。

「あちらの世界はよいところだったわ」と、セーラは考えぶかそうに言った。「すばらしい三年間でしたし、それがあたしの一生を豊かなものにしてくれたらいいと思っています。あちらではすてきなものを見たり学んだりできるし、りっぱな気高い人たちには会えるし、美しい行為《こうい》に感心することもできます。でも」セーラは父の首に腕をかけ、その顔に自分の頬をすりつけた――「あそこには父さんがいないんですもの！」

ショウ老人は無言のまま夕映《ゆうば》えを見つめていた――いや、むしろ、夕映えを通してその向こうの、いっそう、壮麗《そうれい》な、いっそうけんらんたる輝きを見つめていた。肉眼で見えるものはその輝きの青白い反映にすぎず、それ以上のものを見通す力のある人々にとっては注意をはらう価値のないものであった。

七　オリビア叔母《おば》さんの求婚者《きゅうこんしゃ》

オリビア叔母さんはペギーとわたしがポプリ（訳注　いろいろの花の花びらを集めて香料と混ぜ壺に入れたもの。室内を薫らすために使う）にするため、おそ咲《ざ》きのばらをつむ手伝いに行っているとき、その人のことを話してくれた。わたしたちは叔母さんが妙《みょう》に静かで、なにか上《うわ》の空でいるのに気がついた。いつもなら、かるい冗談《じょうだん》が好きで、東グラフトンの噂話《うわさばなし》をとびつくようにして聞きたがり、いきなり少女のような声で笑いだす癖《くせ》があった。その笑い声のおかげで、着物のようにいつも叔母さんのまわりにまとわりついている、穏《おだ》やかな独身女の雰囲気《ふんいき》がしばらくははらいのけられてしまうのである。そのようなときにはわたしたちは——ほかのときはそうはいかないが——オリビア叔母さんも昔《むかし》は少女だったのだと容易に信じられるのであった。

この日の叔母さんはぼんやりとばらをつみ、思いをはるかかなたへ馳《は》せているようすで美しい花びらを小さな甘い草《スウィート・グラス》のかごにふるいこんでいた。わたしたちはなにも言わなかった。オリビア叔母さんの秘密はいつでもしまいにはわかることを知っていたからである。ばらの花びらをつみおわると、家の中へ持ちこみ、わたしたちは一列にならんで二階へ運んで行った。わたしたちがひょっと花びらでも落としたら拾うために、叔母さんは殿《しんがり》をつとめた。じゅうたんがないので色がさめる心配のない西南の部屋の床《ゆか》に新聞紙をしき、その上に花びらをひろげた。それがすむと、わたしたちは甘い草《スウィート・グラス》のかごを一定の部屋の、一定の押入《おしい》れの、一定の置き場所にしまった。こうしなかった場合、わたしたちは、あるいは、甘い草《スウィート・グラス》のかごにどんなことがおこるというのか、わたしにはわからないのだが、オリビア叔母さんの家ではなにひとつとして、一瞬《いっしゅん》たりとも、あるべき場所でないところに置かれることは許されなかった。

私たちが階下へおりて行くと、オリビア叔母さんは話があるから客間へくるようにと言った。ドアをひらくとき、叔母さんの顔に美しい紅がひろがるのを見て、わたしはびっくりしたが、心当りは全然なかった。――なぜなら、このしかつめらしい、小さな独身女のオリビア・スターリングを、恋《こい》とか、結婚などということがらと結びつけて考える者はいないからである。

オリビア叔母さんの客間は、叔母さんとそっくりで――苦しくなるほど清潔だった。家具はみな、いつも同じ場所におさまっており、かつて、なにひとつ乱れたことがなかった。ブラブラするクッションのふさは、ソファの肘《ひじ》にかかっているし、かぎ針編の椅子覆《いすおお》いは馬の毛織のゆり椅子にきっちりとかわらぬ角度でかぶせてあった。ちりひとつ目についたためしがなく、この神域には蠅一匹侵入《はえぴきしんにゅう》しなかった。オリビア叔母さんはよろい戸をあげ、蔦《つた》の葉ごしにさしこむ日光を入れて、曾祖母《そうそぼ》のものだった背もたれの高い古い椅子に腰《こし》かけた。叔母さんは膝《ひざ》の上で手を組みあわせ、青みがかった灰色の目に内気な、訴《うった》えるような表情をうかべてわたしたちをながめた。明らかに秘密を打明けにくいらしかったが、それでいながら、誇らしげな、喜びにあふれたようすがうかがえ、なにか新たな威厳《いげん》も加わっていた。オリビア叔母さんはけっして自分を主張することができる人でなかったが、そうできるとすれば、今こそ、そのときであった。

「あんたたち、わたしがマルカム・マクファーソンさんのことを話すのを聞いたことがありますか?」

と、オリビア叔母さんはたずねた。

わたしたちは叔母さんにしろ、他のだれにしろ、マルカム・マクファーソンさんのことを話しているのを聞いたことがなかった。けれども数万言の説明よりも、この名前を口にしたときの叔母さんの声のほうが、はるかによくその間の事情を語った。ラッパを吹《ふ》き鳴らした伝令使の宣伝にもまさってマルカム・マクファーソンさんはオリビア叔母さんの崇拝者《すうはいしゃ》であることが明らかになり、二人とも息が止まるかと思った。あんまりびっくりしたので、好奇心《こうきしん》さえ呼びさまされなかった。

そして、オリビア叔母さんはといえば、誇らしさと、はにかみと、歓喜とをいっしょにしてすわっていた！

「そのかたは橋向こうのジョン・シーマンさんの奥《おく》さんには弟さんにあたるのです」と、オリビア叔母さんはちょっと作り笑いをして説明した。「もちろん、あんたちには覚えがないでしょうよ。二十年前にブリティッシュ・コロンビアへ行ってしまったのですからね。でも、今、帰ってくるところなんです。それで――あの――あんたたちのお父さんに話してちょうだい――わたしは――わたしが、お父さんに言うのはいやですからね――マルカム・マクファーソンさんと結婚することになりましたからってね」

「結婚ですって？」

と、ペギーが目を丸くし、

「結婚ですって？」

と、私もまぬけた言葉を繰《く》り返した。

オリビア叔母さんはすこし反身《そりみ》になり、

「べつにふつごうはないでしょうに」

と、いくらかきびきびした語調でなじった。

「ええ、ありませんとも、ありませんとも」わたしはあわててうけあい、ペギーが笑いださないよう、こっそり足をけとばして気をそらした。「ただね、オリビア叔母さん、これはあたしたちにとって非常な驚《おどろ》きだってことはわかってくださらなくちゃいけませんわ」

「そうだろうと思いましたよ」オリビア叔母さんは落着きはらっていた。「だけど、あんたたちのお父さんは知ってなさるよ――覚えていなさるだろうからね。わたしのことをばかなまねをすると思いなさらなければいいがね。お父さんはもと、マルカム・マクファーソンさんはわたしの結婚相手にはふさわしくないと考えていなすったんですよ。でも、それはずっと昔のことで、マルカム・マクファーソンさんがひどく貧乏《びんぼう》だったころのことだからね。今じゃたいへん安楽な暮《く》らしをしていなさるんですよ」

「そのことをすっかり、あたしたちに話してちょうだいな、オリビア叔母さん」

と、ペギーが頼んだ。ペギーがわたしのほうを見ないので大助かりだった。オリビア叔母さんがその調子で「マルカム・マクファーソンさんが」と言っているときに、オリビペギーと目が合ったら、否《いや》も応《おう》もなく、わたしは笑いだしたことだろうから。

「わたしが娘《むすめ》のころ、マクファーソンさんの家ではここから道路をへだてた向こう側に住んでいたのです。そのころ、マルカム・マクファーソンさんはわたしの崇拝者でした。でも、わたしの家の人たちは――ことに、あんたたちのお父さんが――ああ、あのかたがひどく気をわるくしていないといいんだけど――あのかたの愛情に反対で、たいへん、あのかたを冷淡《れいたん》に扱《あつか》ったのです。それだから、当時、あのかたは結婚についてひと言もわたしにおっしゃらなかったのだと思うんですよ。しばらくすると、さっきも言ったようにあのかたはここを去ってしまい、直接には何年もの間音沙汰《おとさた》がなかったのです。むろん、あのかたのお姉さんがときどき消息を聞かせてくださったけれどね。ところが、この六月、あのかたから手紙がきて、なつかしい島に帰ってずっと落着くつもりだが、ついては、わたしに結婚してくれないかと、言ってきたのですよ。わたしは承知したと返事を出しました。たぶん、あんたたちのお父さんに相談するのがほんとうだったかもしれないけれど、マルカム・マクファーソンさんの申し出を断わらなくちゃいけないと、言いなさりはしないかと思ったものでね」

「あら、お父さんは異存ないと思うわ」

と、ペギーが保証した。

「そうだといいけれどね。なぜなら、むろん、どちらにしてもわたしはマルカム・マクファーソンさんとの約束《やくそく》を果たすのが、自分の義務だと思いますからね。あのかたは来週、グラフトンに着いて、あのかたのお姉さんである橋向こうの、ジョン・シーマンさんの奥さんのところに宿をとることになっているのです」

オリビア叔母さんの口調はまるで『毎日新報』の人事消息欄《しょうそくらん》の記事でも読みあげるかのようだった。

「式はいつですの？」

と、わたしはきいた。

「あら！」オリビア叔母さんは顔を赤くして困ったようすだった。「はっきりした日にちはわかりませんよ。マルカム・マクファーソンさんがみえるまでは、なにごともはっきりきめられませんからね。でもいくら早くても、九月前ということはないでしょうよ。しなくちゃならないことがたくさんありますからね。お父さんに話してくださるわね？」

わたしたちがそうすると言うと、オリビア叔母さんはほっとしたようすで立ち上がった。ペギーとわたしは急いで家を出て聞こえる心配のないところまでくると、立ち止まって大声で笑った。中年のロマンスは当人同士にとっては、若い者の場合と同様、純情な、甘《あま》いものかもしれないが、傍観者《ぼうかんしゃ》からみると、多分に滑稽味《こっけいみ》をふくんでいるものである。若い者のみが笑いを誘《さそ》うことなしに、センチメンタルになれるのである。わたしたちはオリビア叔母さんを愛していたし、叔母さんの新しい、おそ咲きの幸福を喜びはしたが、そのことをおかしくも感じた。叔母さんの「マルカム・マクファーソンさんが」を思いだすたびに、わたしたちは吹きださずにいられなかった。

父は最初、信じられないらしく、鼻であしらっていたが、わたしたちが納得《なっとく》させると、大笑いに笑った。オリビア叔母さんはもう、残酷《ざんこく》な家族の反対を心配する必要はなかった。

「マクファーソンはたしかにいい人間だが、おそろしく貧乏だったのだよ」と、父は言った。「西部でたいそう、うまくいっているという話は聞いているが、もし、オリビアとおたがいに気持があるというなら、わしとしては二人の結婚に大賛成だ。オリビアに言いなさい、ときどきマクファーソンが家に泥《どろ》の跡《あと》をつけたからといって、ひきつけをおこしちゃいかんとな」

こうしていっさいはきまり、わたしたちにまだのみこめないうちに、オリビア叔母さんは結婚のしたくに没頭《ぼっとう》し、ペギーとわたしはなくてはならない人物になっていた。叔母さんはなにからなにまでわたしたちに相談するので、マルカム・マクファーソンさんが到着《とうちゃく》するまで、わたしたちはほとんど叔母さんの家で暮らした。

オリビア叔母さんがたいそう幸福で、真剣《しんけん》な気分になっていることは明らかであった。叔母さんはもとから結婚を望んでいた。女丈夫型《じょじょうふがた》ではまったくなく、自分が独身なことがいつも叔母さんの頭痛の種で、いくらか恥《はじ》と見なしていたように思う。しかもそれでいながら、叔母さんは生まれながらの独身女だった。叔母さんをつくづくと見て、そのしかつめらしさ、型にはまったやり方を考えると、マルカム・マクファーソンさんであれ、他のなんぴとであれ、その妻としての叔母さんを想像することはとてもできなかった。

わたしたちはまもなく、オリビア叔母さんにとって、マルカム・マクファーソンさんは単に抽象《ちゅうしょう》的な命題にすぎないこと——ながい間彼女に拒《こば》まれていた主婦としての威厳を授《さず》けてくれる男にすぎなかったことを発見した。叔母さんのロマンスはその点に始まり、その点で終わっていたが、叔母さん自身はそうとは全然、気がつかず、自分はマルカム・マクファーソンさんを深く愛しているものと信じていた。

「その人が人間の姿で到着して、叔母さんは『マルカム・マクファーソンさん』をただ結婚式においての漠然《ばくぜん》とした『相手がた』としてではなく、現実の生きた人として扱わなくちゃならなくなったら、どんなことになるでしょうね、メアリー?」

と、ペギーは疑念をいだいた。ペギーは磨《みが》きぬかれた砂岩の踏《ふ》み段にすわってオリビア叔母さんのナプキンのふちどりをしていた。糸屑《いとくず》やぬき糸は全部、オリビア叔母さんがそのために用意した小さなかごに注意ぶかく入れていた。

「叔母さんは自己中心の独身女から一変して、結婚がそんなに不適当じゃない女に変わることでしょうよ」

と、わたしは答えた。

マルカム・マクファーソンさんがくるという日、ペギーとわたしは叔母さんの家へ出かけた。わたしたちは恋人同士がはじめて再会するときには、だれにもそばにいてもらいたくないだろうと思ったので、行かないつもりだったが、叔母さんからどうしてもいてくれと頼《たの》まれたのである。叔母さんは目に見えて不安そうだった。抽象的なものが形をそなえたものになろうとしているのだから。叔母さんの小さな家は上から下までしみひとつなく、きちんとかたづけられた。その日の朝、叔母さんみずから屋根裏部屋の床を磨き、地下室の階段を掃《は》いたが、その念入りなこと、まるでマルカム・マクファーソンさんが到着するやいなやすぐさま、各部屋の点検を行い、その意見いかんによって叔母さんの当落が決するかのようだった。

ペギーとわたしで叔母さんの着つけを手伝った。叔母さんはいちばんの晴着である黒絹の服にすると言いはったが、それを着た叔母さんは、不自然にりっぱだった。やわらかなモスリンのほうが似合うのだが、わたしたちがいくらすすめても叔母さんはそれにしようとしなかった。したくが終わったときのオリビア叔母さんほどとりすました固苦しい人物は見たことがなかった。ペギーとわたしは叔母さんがすそを床に引きずらないようにゴワゴワ音をさせて持ちあげながら階下へおりて行くのを見まもった。

「『マルカム・マクファーソンさん』は恐《おそ》れをなして、ただ、すわったなり、まじまじと叔母さんを見ているきりでしょうよ」と、ペギーがささやいた。「マルカム・マクファーソンさんがさっさときて、最初の会見をすましちまえばいいのに。このままじゃ、気がいらいらしちまうもの」

オリビア叔母さんは客間にはいり、彫《ほ》りのある古い椅子に腰をおろして、両手を組み合わせた。ペギーとわたしは階段にすわり神経を針のようにしてマルカム・マクファーソンさんを待ちうけた。オリビア叔母さんの子猫《こねこ》で、肥えて、ひげをはやし、黒ビロードの布から切り取ったような猫が、わたしたちといっしょに見張りにつき、のんきそうにゴロゴロいうのでしゃくにさわってならなかった。

広間の窓ごしに庭の小径《こみち》や木戸が見えるので、マルカム・マクファーソンさんのくるのが十分、前もってわかるものと思っていた。それだから、玄関《げんかん》のドアを雷《かみなり》のようにたたく音が家じゅうに響《ひび》きわたったときには、文字どおり、わたしたちはとびあがってしまった。マルカム・マクファーソンさんは空から落ちてきたのかしら？

彼《かれ》が敷地《しきち》内《ない》を横切り、裏手から家のまわりをぐるっとまわってきたことは、あとでわかったが、しかし、そのときは、彼の突然《とつぜん》の出現がこの世ならぬものに思われた。わたしは階下に駆《か》けおり、ドアをあけた。階段に立っていたのは丈《たけ》は六フィート二インチを越《こ》え、それにつりあったがっしりと筋骨たくましい体格の男であった。すばらしい肩《かた》をしており、黒い、ちぢれた髪《かみ》はふさふさとしていて、大きな青い目には笑いがひそみ、ちぢれた、ものすごい黒いあごひげがつやつやと波打って胸までたれていた。一口に言えば、マルカム・マクファーソンさんは、ありふれた言い方ではあるが、「堂々たる偉《い》丈夫《じょうふ》」であった。

片手に彼は早咲きのあきのきりん草と煙《けむり》のように青いしおんの花束《はなたば》を持っていた。

「こんにちは」と、彼は夏の午後の眠《ねむ》けもはらってしまうような響きわたる声で言った。「オリビア・スターリングさんはおいでですか？　マルカム・マクファーソンが参上したとおっしゃっていただきたいんですが」

わたしは彼を客間に招じ入れ、それからペギーと二人でドアのすきまからのぞいてみた。だれでもそうしたにちがいない。わたしたちは言い訳をするような卑怯者《ひきょうもの》ではない。また、じっさい、わたしたちの見たものは、たとえ良心の呵責《かしゃく》を五つや六つ感じようとも、それだけの値打ちはあったであろう。

オリビア叔母《おば》さんは立ち上がり、片手をさしだしながら、しかつめらしく進み出て、

「マクファーソンさん、お目にかかれましてたいへんうれしく存じます」

と、四角ばって言った。

「そのまんまだ、ニリー！」

マルカム・マクファーソンさんは大股《おおまた》に二歩進んだ。

彼は花を床《ゆか》にとり落とし、小テーブルにぶつかり、長椅子を壁《かべ》のほうへけとばした。それから、オリビア叔母さんを両手に抱《だ》いた。そして——チュッ、チュッ、チュッ！ペギーは口にハンケチを丸めこみ、へたへたと階段にすわりこんだ。オリビア叔母さんが接吻《せっぷん》されるなんて！

やがて、マルカム・マクファーソンさんは大きな手で叔母さんをつかんだ腕《うで》をのばし、つくづくと叔母さんをながめた。わたしは叔母さんの目がマクファーソンさんの腕ごしに、引っくりかえったテーブルやちらばったしおんだのあきのきりん草のほうへとさまよって行くのを見た。叔母さんのなめらかなカールはすっかり乱れ、レース

の三角肩掛《かたかけ》けは首を半分もまわってひんまがっているし、叔母さんはせつなそうだった。

「君はちっとも変わっていないね、ニリー」と、マルカム・マクファーソンさんは感嘆《かんたん》した。「また、こうして君に会えると思うとうれしいですよ。わたしに会ってうれしいかい、ニリー？」

「ええ、もちろん」

と、オリビア叔母さんは言った。

叔母さんは身をもぎはなし、テーブルをおこしにかかった。それから花に向かおうとしたが、すでにマルカム・マクファーソンさんが拾いあげてしまい、あとに葉や茎《くき》がじゅうたんの上にたくさんちらばっていた。

「これを君にと思って川っぷちの畑でつんだのですよ、ニリー。これをさすものはどこにあるかな？　ああ、これがいい」

彼は炉棚《ろだな》にのせてあった、彩色《さいしき》のほどこしてある、きゃしゃな花びんをつかみ、それに花をぎゅうぎゅう押《お》しこんでテーブルの上に置いた。オリビア叔母さんの顔つきにはとうとうわたしもがまんができなくなり、ぐるっと向きをかえると、ペギーの肩をつかみ、ペギーを引きずるようにして家の外に連れだした。

「あの人がこんなことをつづけるなら、オリビア叔母さんは震えあがって魂が体からぬけ出してしまうわよ」と、わたしは息をはずませて言った。「でも、すばらしい人だわ——それに、叔母さんのことを一心に思っているじゃないの——おお、ペギー、あんた、あんなキスの音って聞いたことがあって？　オリビア叔母さんを想像してごらんなさい！」

さほどたたぬうちに、わたしたちはマルカム・マクファーソンさんと親しく知り合うようになった。マクファーソンさんはオリビア叔母さんの家にほとんど入りびたりに訪《おとず》れた。たいていのときは叔母さんはわたしたちにいっしょにいるようにと言った。叔母さんはマルカム・マクファーソンさんと二人だけでいるのがひどくきまりわるいらしかった。マクファーソンさんは一時間のうちに十二回も叔母さんをぎょっとさせたが、それにもかかわらず、叔母さんはマクファーソンさんを非常に誇《ほこ》らしく思っており、マクファーソンさんのことでからかわれるのをも好んだ。わたしたちがマクファーソンさんを尊敬していることは叔母さんを喜ばせた。

「たしかに、あの人はもともとはようすがすっかりちがってしまいはしたけれどね」と、叔母さんが言った。「あの人はあんまり、おそろしいくらい大きいからね！　それに、わたしはあごひげは好きじゃないけれど、そりおとしてくださいと言う勇気はないんですよ。気をわるくするかもしれないからね。あの人はアヴォンリーのリンドさんの屋敷を買ったんですよ。そしてひと月後に結婚《けっこん》したいと言うのだけれど、でもねえ、それでは、あんまり早すぎるからね。それじゃあ——それじゃあ、聞こえもよくありませんよ」

　ペギーもわたしもマルカム・マクファーソンさんが大好きだった。父もそうだった。マクファーソンさんがオリビア叔母さんのことを完全無欠と思っているようすなのを、わたしは喜んでいた。マクファーソンさんはこのうえなく幸福だった。しかし、哀《あわ》れなオリビア叔母さんは表面いかにも誇らしげに、重々しくふるまっているにもかかわらず、幸福ではなかった。滑稽な事態のさなかにありながら、ペギーとわたしはその滑稽味に悲劇がまじっているのをかぎつけた。

　マルカム・マクファーソンさんはとうてい独身女ふうにしつけられる気質ではなく、そのことはオリビア叔母さんにさえ、わかったようだった。叔母さんがマクファーソンさんのために、どの入口にもこれみよがしに真新しい泥落しをそなえつけたにもかかわらず、マクファーソンさんははいってくるとき、立ち止まって靴《くつ》をぬぐったためしがなく、家の中を動きまわれば必ずといってよいくらい、なにかしらオリビア叔母さんのたいせつな品物を引っくりかえした。客間で葉巻をふかし、床に灰をちらかした。毎日、叔母さんに花を持ってきては手あたりしだいの入れ物に突《つ》っこんだ。クッションの上にどっかとすわり、椅子覆《いすおお》いを団子に丸めてしまうし、足は椅子の横木にのせるし——しかも、場はずれのことをしていることを、すこしも意識していないので、こちらでは気が狂《くる》うほどだった。オリビア叔母さんが心配で気もそぞろでいるのを、マクファーソンさんは全然気がつかなかった。そのころのペギーとわたしは度をこして笑ってばかりいた。オリビア叔母さんが不安そうに、うろうろして、花の茎をひろいあげたり、椅子の背覆いのしわをのばしたり、ほとんどいつも、マクファーソンさんのうしろをついてまわり、ものをかたづけているさまは、たまらなくおかしかった。あるときなどは、叔母さんははね箒《ぼうき》とちりとりを持ちだして、マクファーソンさんの鼻先で、葉巻の灰を掃きとりさえした。

「そんなことで気を使っちゃいけませんよ、ニリー。ちらかったって、わたしは気にしはしないんだから、さあ、さあ！」

なんと善良な愉快《ゆかい》な人なのだろう、このマルカム・マクファーソンという人は！彼の歌うその歌、彼の語るその物語、長年、よどんだ重苦しさがたれこめていたこの固苦しい、小さな家にもたらした朗《ほが》らかな、屈託《くったく》のない雰囲気《ふんいき》！マクファーソンさんはオリビア叔母さんを崇拝《すうはい》し、その崇拝の気持はおびただしい贈物《おくりもの》の形をとってあらわれた。ほとんど訪問のたびに叔母さんに贈物をたずさえてきた――たいてい、なにか宝石である。腕輪、指輪、ネックレス、耳飾《みみかざ》り、ロケット、アンクレットなどが、わがしかつめらしい小さな叔母さんに降るように与《あた》えられた。叔母さんはそれを恨《うら》めしそうに受取ることは受取ったが、けっして身につけようとしなかった。このことはすこしばかりマクファーソンさんの感情を害したが、叔母さんはいつか、これをみな、つけますからと、マクファーソンさんに約束《やくそく》はした。

「わたしは宝石類に慣れていないものですからね、マクファーソンさん」

と、叔母さんはいつも言っていた。

エンゲージ・リングだけは叔母さんもはめていた――それは彫りのしてある金とオパールの、どちらかと言えば「はでな」組み合わせのものであった。ときどき、わたしは叔母さんが困惑《こんわく》しきった顔で、はめた指輪をぐるぐるまわしているのを見た。

「もしもマルカム・マクファーソンさんがあんなに深く叔母さんを愛しているんでなかったら、あたし、マクファーソンさんを気の毒に思うでしょうけど」と、ペギーが言った。「でも、あの人は叔母さんを完全このうえなしと思ってなさるんだから、同情などしてあげる必要はないわけだわ」

「あたしはオリビア叔母さんを気の毒だと思うわ」と、わたしは言った。「そうよ、ペギー、あたし、そう思うのよ。マクファーソンさんはりっぱなかただわ。でも、オリビア叔母さんは生まれながらの独身女なのよ。だから、それ以外の者になることは、叔母さんの本性《ほんしょう》を虐《しいた》げることになるの。それがどんなに叔母さんを苦しめているか、あんたわからない？　マクファーソンさんの大きな、堂々とした、男らしい態度は叔母さんの心まで切りさいなむのよ——叔母さんは自分の小さな、せまい軌道からぬけ出ることができず、引っぱり出されれば死んじまうのよ」

「ばかばかしい！」

こう言ってからペギーは笑いながらつけ加えた。

「メアリー、オリビア叔母さんが『マルカム・マクファーソンさん』の膝《ひざ》にすわっているところくらい、滑稽なもの見たことがあって？」

実際、それは滑稽だった。オリビア叔母さんはわたしたちの見ている前でそんなところにすわるのは、たいへん体裁《ていさい》がわるいと考えたが、マクファーソンさんがそうさせるのだった。彼は例の大きな愉快そうな声で笑い、

「小さな子供など気にすることはありませんよ」

と言って、叔母さんを膝にひきよせ、そこにとどめておくのだった。わたしにはいまわのきわまで、この哀れな小さな叔母の表情が忘れられないだろう。

しかし、日がたっていき、マルカム・マクファーソンさんが結婚式の日どりをぜひきめようと言いはじめると、オリビア叔母さんはえたいの知れない当惑の面持《おももち》を見せるようになった。叔母さんはひどく静かになり、不承不承にしか笑わなくなった。また、わたしたちのだれかが、ことに父が叔母さんの崇拝者のことをからかうと、おこったそぶりを示した。わたしは叔母さんをかわいそうに思った。わたしには他のだれよりも、叔母さんのほんとうの気持がわかったからだと思う。しかし、そのわたしでさえ、このようなことが起ころうとは思ってもみなかった。まさか、オリビア叔母さんにそんなことができようとは信じられなかった。抽象的に描《えが》いていた結婚への望みのほうが、現実の不利な点に打勝つものと、わたしは思ったのである。しかし、正真《しょうしん》正銘《しょうめい》の、生まれながらの独身女かたぎがどんなものか、他人にはとうてい、はかり知れないのだ。

ある朝、マルカム・マクファーソンさんはわたしたち一同に向かい、きょうの夕方、オリビア叔母さんになにがなんでも日をきめてもらいにくると告げた。ペギーとわたしは笑いながらそれに賛成し、もうご自分の権威を示さなくちゃならない時機ですよ、とマクファーソンさんに言い、マクファーソンさんは上きげんで、スコットランド高地の快活な舞踏曲《ぶとうきょく》を口笛《くちぶえ》で吹《ふ》きながら、川べりの野を横切って帰って行った。しかし、オリビア叔母さんのほうは殉教者《じゅんきょうしゃ》さながらの面持であった。その日、叔母さんは猛烈《もうれつ》な勢いで大掃除《おおそうじ》をはじめ、なにもかも、すみずみにいたるまで非の打ちどころなく、きちんとかたづけた。

「まるで、この家にお葬式《そうしき》でもあるみたいじゃないの」

と、ペギーが軽蔑《けいべつ》した。

その日の夕暮れ、ペギーとわたしが西南の部屋で掛布団のはぎあわせをしていると、階下の広間でマルカム・マクファーソンさんが、「だれかいませんか!」と、大声でどなっているのが聞こえた。わたしが階段の取っつきへと走り出たところ、オリビア叔母さんは自分の部屋から出てきて、わたしをすりぬけ、階下へと駆けおりて行った。

「マクファーソンさん」叔母さんがつねにもましてしかつめらしく言う声が聞こえた。「客間におはいりくださいませんか。お話し申したいことがございますから」

二人が中にはいったので、わたしも西南の部屋へと引き返した。

「ペギー、困ったことがもちあがるらしいわよ。オリビア叔母さんの顔から判断してきっとそうだと思うの——真《ま》っ青《さお》だったわよ。それに、叔母さん、きょうはひとりで下りて行ったんですもの——そして、ドアをしめちまったのよ」

「叔母さんがマクファーソンさんになんて言うか、あたし、聞くわ」ペギーはきっぱり言った。「叔母さんがわるいのよ――二人で会うときいつもあたしたちにもその場にいさせるもんで、あたしたちをわがままにしちまったのよ。かわいそうに、あの人はあたしたちの目の前で求婚しなければならなかったんですものね。さあ、いらっしゃい、メアリー」

西南の部屋は客間の真上にあたり、客間からストーブの煙突《えんとつ》を通す孔《あな》がぬけていた。ペギーはその上に置いてあった帽子《ぼうし》箱《ばこ》をどかせ、わたしたちはわざわざ、しかも恥《は》ずかしげもなくかがみこみ一心に聞き耳をたてた。

マルカム・マクファーソンさんの言っていることはぞうさなく聞こえた。

「さっき話したとおり、日をきめにきましたよ、ニリー。さあ、いらっしゃい、ニリー、いい日を言ってください」

チュッ！

「いけません、マクファーソンさん」

叔母さんの言い方は、なにか非常に不愉快な仕事を果たすべく心を励《はげ》まし、できるだけ早くすませてしまいたいと思っている女の口調であった。「あなたにお話しいたさねばならないことがございます。わたくしはあなたと結婚できません、マクファーソンさん」

しばらく沈黙《ちんもく》がつづいた。わたしはどんなにしてでも、二人の顔が見たいと思った。マルカム・マクファーソンさんが口をひらいたとき、その声は呆然《ぼうぜん》とした、了解《りょうかい》に苦しむ、といったような声だった。

「ニリー、なんのことを言ってるのですか?」

「わたくしはあなたと結婚できません、マクファーソンさん」

と、オリビア叔母さんは繰《く》り返した。

「どうしてですか」

驚《おどろ》きにかわって落胆《らくたん》がこもっていた。

「あなたにはおわかりいただけないと存じますが、マクファーソンさん」と、オリビア叔母さんは弱々しく言った。「女にとって、いっさいのものを捨て去るということが——自分の家や友や、いわばこれまでの生活をすべて捨てて、見知らぬ人と遠くはなれたところへ行ってしまうということが、どんなものだか、おわかりになりますまい」

「ああ、そりゃ、たいそうつらいことだと思いますよ。しかし、ニリー、アヴォンリーはそんなに遠いわけじゃありませんよ——十二マイルぐらいのもんじゃないですか」

「十二マイルですって？　あらゆる点で、世界の向こう側にも等しいではございませんか」オリビア叔母さんは頑固《がんこ》に言いはった。「あそこで、わたくしの知っている人といえば、レイチェル・リンドのほか、だれひとりありませんもの」

「それなら、なぜ、あの家を買うまえにそう言ってくれなかったのですか？　だが、まだ手おくれじゃない。あそこを売って、君さえよかったら、この東グラフトンで買えばいいんだから——もっとも、あの半分もいい屋敷《やしき》は手にはいるまいけれどね。しかし、なんとか、うまい具合にはからいましょう！」

「いいえ、マクファーソンさん」オリビア叔母《おば》さんは断乎《だんこ》として言った。「それで、困難が解決したわけではございません。おわかりくださるまいということが、わたくしにはわかっておりました。わたくしの暮《く》らし方はあなたの暮らし方とちがいますし、いまさら、変えられるものではございません。と申しますのは——あなたは泥《どろ》の跡《あと》を家の中におつけになりますし——それに——それに——あなたは物がきちんとなっていようがいまいが、おかまいになりませんもの」

かわいそうに、オリビア叔母さんはどこまでもオリビア叔母さんであった。たとえ、火あぶりにされている最中でも、その悲劇的な瞬間《しゅんかん》になにかしら滑稽味を持ちこんだにちがいないと、わたしは信じている。

「ちきしょう！」マルカム・マクファーソンさんは言った——下品な、あるいはおこった言い方ではなく、当惑しきった言い方だった。それから彼《かれ》はつけ加えた。「ニリー、君は冗談《じょうだん》を言っているにちがいない。まったく、わたしはぞんざいな人間だ——西部はしちめんどくさいことを覚えるには、かっこうな場所がらじゃないですからね——しかし、わたしに教えてくれればいい。わたしが泥の跡をつけるからといって、わたしを見捨てるんじゃなかろうから！」

「わたくしはあなたとは結婚できません、マクファーソンさん」

またもや、オリビア叔母さんは繰り返した。

「まさか、本気じゃあるまいね！」

と、マクファーソンさんは叫《さけ》んだ。男性の頭ではこの難問題についていろいろと入り組んだ事情は理解できなかったとはいえ、とにかく叔母さんが本気であることはようやくわかりはじめたのであった。「ニリー、君はわたしの胸を引き裂《さ》いてしまう！どんなことでもするから——どこへでも行くから——君の望むどんな人間にでもなるから——こんなふうにして約束を取消すことだけはやめてください」

「わたくしはあなたと結婚できません」オリビア叔母さんのこの言葉はこれで四度めだった。

「ニリー！」

マルカム・マクファーソンさんは絶叫《ぜっきょう》した。それにはあまりにもまざまざと苦悶《くもん》がみなぎっていたので、ペギーとわたしは急に後悔《こうかい》の念にかられた。わたしたちはなにをしていたのだろう？　こんな哀れな会見の模様を聞く権利はわたしたちにないのだ。マクファーソンさんの声にこもる苦痛と訴《うった》えが、にわかに事件の滑稽味をすっかり追いはらってしまい、あとにはただ、むきだしの、まったくの悲劇が残っていた。わたしたちは心から恥ずかしくなり、立ち上がると、爪先立《つまさきだ》って部屋を出た。

一時間にわたり、甲斐《かい》ない哀願《あいがん》をつづけたのちに、マルカム・マクファーソンさんが行ってしまうと、オリビア叔母さんは青い顔につんとした決然たる表情をたたえてわたしたちのところへ上がってきて、婚礼はとりやめになったと報告した。わたしたちは驚いたふりを装《よそお》うことができなかったが、しかし、ペギーはかすかながら思いきって異議を申したてた。

「まあ、オリビア叔母さん、それ、正しいことだとお思いになって？」

「そうするよりほか、わたしにはどうしようもありませんからね」オリビア叔母さんは石のように冷やかだった。「わたしにはマルカム・マクファーソンさんとは結婚できませんから、あの人にそう言ったのです。お父さんにそう話してください――そしてお願いだから、あとはもう、このことについてわたしになにも言わないでくださいよ」

そう言うと、オリビア叔母さんは階下に行き、箒《ほうき》を持ちだして、マルカム・マクファーソンさんがつけた階段の泥を掃《は》きだした。

ペギーと私は家に帰り、父に話した。わたしたちはすっかり拍子《ひょうし》ぬけがしてしまったが、しかし、どうすることも、何を言うこともできなかった。父は事の次第《しだい》を笑ったが、わたしには笑えなかった。わたしはマルカム・マクファーソンさんを気の毒に思い、オリビア叔母さんに腹をたてた。けれども、叔母さんがかわいそうにも思われた。消えうせた希望や計画を思い、みじめな気持をかみしめているにちがいなかったが、しかし、叔母さんはなにものの介入《かいにゅう》をも許さぬ妙《みょう》な不可解な沈黙を守るようになった。

「独身女かたぎの慢性病患者《まんせいびょうかんじゃ》にすぎないさ」

と父は腹だたしげに言った。

一週間はしごく退屈《たいくつ》に過ぎていった。マルカム・マクファーソンさんがふっつり姿をあらわさないので、わたしたちはたいそう寂《さび》しかった。はかり知れないのはオリビア叔母さんの気持で、しなくてもいい仕事に猛然《もうぜん》といどんでいった。

ある晩、父はニュースを持って帰ってきた。

「マルカム・マクファーソンが七時半の汽車で西部へ出発するよ。アヴォンリーの屋敷を貸して行ってしまうのだ。なんでも、オリビアに裏切られたことを、ひどくおこっているそうだよ」

夕食のあと、ペギーとわたしはオリビア叔母さんの家へ行った。化粧着《けしょうぎ》のことでわたしたちの意見をききたいからと叔母さんに頼《たの》まれていたからである。叔母さんは命がけで化粧着を縫《ぬ》っており、その顔はこれまで以上に、しかつめらしく、冷やかだった。マルカム・マクファーソンさんが出発するのを叔母さんは知っているのかしら、とわたしは思ったが、思いやりの気持からそれを口にするのをひかえた。けれども、ペギーはそんな遠慮《えんりょ》などしていなかった。

「ねえ、オリビア叔母さん、叔母さんの崇拝者は行ってしまうのよ」と、ペギーは朗らかに報告した。「あの人には二度ともうわずらわされないことよ。郵便列車で西部へたつんですもの」

オリビア叔母さんは縫い物をとり落とし、立ち上がった。この叔母さんにこれほどの変化が起こったのをわたしは見たことがない。あまりにも徹底《てってい》的で、突然《とつぜん》なので、不気味《ぶきみ》なくらいだった。独身女は完全に消え去り、そのかわり、なまなましい感情と苦痛が口まであふれ出ている女となっていた。

「どうしたらいいだろう！」と、叔母さんはすさまじい声で叫んだ。「メアリーとペギー、わたしはどうしたらいいのかしら？」

それは悲鳴といってもいいほどだった。ペギーは真《ま》っ青《さお》になり、

「叔母さん、愛していなさるの？」

と、まぬけたことをたずねた。

「愛してるかですって？　あんたたち、もしもマルカム・マクファーソンが行ってしまうなら、わたしは死んでしまうよ！　あたしはどうかしていたのです——どうかしていたに相違《そうい》ない。あの人を追いやってからというもの、寂しくて死にそうだったのだよ。だけど、あの人が戻《もど》ってくるものと思っていたのに！　あの人に会わなくちゃならない——牧場から行けば、汽車が出るまえに停車場に着くだけの時間がある」

叔母さんは狂気《きょうき》のように戸口にひと足ふみだしたが、帽子もかぶらず、狂乱の体《てい》で牧場をとんで行く叔母さんの姿を心にうかべたわたしは、叔母さんを引き戻した。

「ちょっと、お待ちになってね、オリビア叔母さん。ペギー、急いで家へ行って、お父さんにできるだけ早く、ディックに馬車をつけてもらってちょうだい。わたしたちが叔母さんを駅に乗せて行くから。まにあうように着きますからね、叔母さん」

ペギーはとんで行き、叔母さんは二階へ駆《か》けのぼった。わたしはあとに残り、叔母さんの縫い物をかたづけてから、叔母さんの部屋へ上がって行ってみると、叔母さんは帽子をかぶり、肩《かた》マントを着ていた。寝台《しんだい》の上にはマルカム・マクファーソンさんが持ってきた贈物《おくりもの》の箱が全部ばらまかれ、その中身を叔母さんはものに憑《つ》かれたように、体《からだ》にかけつらねていた。指輪類、ブローチ三個、ロケット、ネックレスが三本に時計が一つ、みな、めちゃくちゃに体裁などかまわずにつけられていった。そんな具合に飾《かざ》りたてられたオリビア叔母さんの姿はまったく見物《みもの》だった！

「これまで一度もつけようとしなかったけれど――わるかったという気持をあの人に示すのに、こうして全部つけるのですよ」

と叔母さんは唇《くちびる》を震《ふる》わせながら、あえぐように言った。

わたしたち三人が折り重なるようにして馬車に乗りこむと、おさえるひまもあらばこそ、叔母さんは鞭《むち》を引っつかみ、哀《あわ》れなディックが生まれてこのかた一度も味わったことのないような一打をくれた。そのため、ディックは急坂で石だらけの、暮れゆく街道《かいどう》をものすごい勢いで駆けだしたので、ペギーとわたしは驚いて悲鳴をあげた。平生のオリビア叔母さんはこのうえなしの臆病《おくびょう》な女であったが、今は、恐《おそ》れを知らぬかのようだった。停車場までの道をずっと、哀れなディックに鞭をくれて、せきたて、時間はたっぷりありますよとわたしたちが保証したことなど、すっかり忘れてしまっていた。その夜、わたしたちと出会った人々はわたしたちが狂《くる》ったと思ったにちがいない。わたしは手綱《たづな》にしがみつき、ペギーは揺《ゆ》れる馬車の片側につかまり、オリビア叔母さんは前にのりだし、しきりに鞭をふっていた。歯をくいしばり、頬《ほお》は異様に紅潮し、帽子も髪《かみ》もうしろに吹きなびいていた。このようなかっこうで、わたしたちは風のように村を通りぬけ、停車場までの二マイルの道を走った。

わたしたちが停車場に乗りつけてみると、汽車は陰《かげ》のほうに待避《たいひ》していた。オリビア叔母さんは馬車からぱっととびおりると、肩マントをひるがえし、ブローチやネックレス全部を灯《あか》りにきらめかせながらプラットホームを走って行った。わたしは近くに立っていた少年に手綱を投げて、ペギーとそのあとにつづいた。

駅のランプの光の下に、マルカム・マクファーソンさんが手さげかばんを手に立っているのが見えた。幸い、すぐそばにはだれもいなかったが、たとえ、群衆のただ中にいたとしても、同じことであったろう。オリビア叔母さんは彼に身を投げかけた。

「マルカム」叔母さんは叫んだ。「行かないでください――行かないでください――あなたと結婚《けっこん》しますから――どこにだって行きますから――それから、いくらあなたが泥を持ちこんでもかまいませんから!」

このまぎれもないオリビア叔母さんらしい文句がその場の緊張《きんちょう》をやや、ほぐした。マクファーソンさんは叔母さんをかかえて、陰のほうへ連れて行き、

「さあ、さあ」と、なだめた。「もちろん、行かないとも。泣くんじゃない、ニリー」

「では、今すぐ、わたしといっしょに戻ってくださるわね？」

と、オリビア叔母さんはちょっとでも手をはなしたら、マクファーソンさんに去られてしまうかのように、彼にしがみつきながら嘆願《たんがん》した。

「もちろんですとも、もちろんですとも」

ペギーは偶然《ぐうぜん》、友達といっしょに帰ることになり、オリビア叔母さんとマクファーソンさんとわたしは馬車で戻った。場所がないからというので、マクファーソンさんは叔母さんを膝《ひざ》にのせたが、たとえ、席が一ダースあったとしても、やはり叔母さんは膝にのったこととわたしは思う。恥ずかしげもなく彼にしがみついた叔母さんからはこれまでのしかつめらしさや遠慮ぶかさは完全に消えうせていた。マクファーソンさんに十二回かもっと接吻《せっぷん》し、彼を愛していると言った――わたしは微笑《びしょう》すらうかべなかったし、また、笑う気にもなれなかった。なんだか、そのときのわたしは、今でもそうだが、すこしもおかしく感じなかったのである。他の人たちならさだめし、滑稽に思うことであろうが、あまりにも真情が強くあふれていたので、嘲笑《ちょうしょう》のはいりこ

む余地がなかったのである。二人がおたがいに夢中《むちゅう》になっているので、わたしは自分がよけいな者だという感じすらもたなかった。

わたしは無事に二人をオリビア叔母さんの家の庭でおろし、家路についたが、二人はわたしのことなどまったく念頭になかった。しかし、家の正面を照らしている月の光で、オリビア叔母さんの変わり方を雄弁《ゆうべん》に示すあることを見た。その日の午後は雨が降ったので、庭はぬかるんでいた。それだのに叔母さんは、マルカム・マクファーソンさんといっしょに玄関《げんかん》からはいり、泥落しには目もくれなかったのである！

八　隔離《かくり》された家

最初、頼《たの》まれたとき、わたしは日曜学校のそのクラスを引き受けることを断わったのである。日曜学校を教えることに反対だったからではない。それどころか、むしろ好きなくらいである。ところが、わたしに頼んだのがアラン牧師であり、できることなら、男性から依頼《いらい》されたことはいっさい受けつけないというのがわたしの主義だったからである。そのことでわたしは有名だった。そのおかげで、ずいぶん、やっかいをのがれ、万事《ばんじ》が気持よく単純にいくのである。わたしはもとから男が嫌《きら》いだった。そう生まれついているに相違《そうい》ない。なぜなら、覚えているかぎりでは、男ぎらいと犬ぎらいはわたしのもっとも強い特徴《とくちょう》の一つであったからである。そのことでわたしは有名だった。わたしの人生の経験はいっそうそれを深めるのに役だつだけで、男性が嫌いになればなるほど、ますますわたしは猫《ねこ》を好きになっていった。

それだからもちろん、アラン牧師から日曜学校の一クラスを引き受けてくれないかと頼まれたとき、わたしは牧師をこりごりさせるに適した態度で拒絶《きょぜつ》した。アラン牧師が二度めにしたように、最初から夫人をよこしたなら、そのほうが賢明《けんめい》だったのである。人々はたいていアラン夫人の頼むことなら引き受ける。そのほうが時間の節約になるからである。

アラン夫人は日曜学校のことを言いだす前に、三十分ばかり、穏《おだ》やかな話をし、わたしにいくつかのお世辞をならべた。アラン夫人は気転がきくので有名である。気転がきくということは一直線に進まず、その目的へまがりくねってたどりつく才能である。反対にわたしは気転がきかない。それで有名である。アラン夫人の話が日曜学校に近づいてくるがはやいか、話の方向がどちらに向こうとしているのか、よく承知していたわたしは単刀直入にきりだした。

「どのクラスを教えてほしいとおっしゃるのですか？」

アラン夫人はびっくりしたあまり、気転をきかすことも忘れ、生まれてはじめて率《そっ》直《ちょく》に答えた。

「二クラスありますの——一つは男の子で、一つは女の子のが——先生をほしいのです。あたくしは女の子のクラスを教えていたのですけれど、赤ん坊《ぼう》の健康のつごうでしばらく休まなくてはなりませんの。どちらでもよろしいほうをお選びくださってけっこうですわ、マクファーソンさん」

「それでは、男の子のほうにいたしましょう」わたしはきっぱり言った。わたしは決断力があるので有名である。「その子たちもいずれは一人前の男になるのですから、はやいとこ適当なしつけをしといたほうがよろしいですからね。男の子というものはどんなにしても、かならずやっかいなものになるのです。しかし、年のいかないうちに処理しておけば、大きくなってから、それほどのやっかい者にならないでしょうし、だれかしら不幸な女性を一人助けることになります」

アラン夫人は心もとなげな面持《おももち》だった。わたしが女の子のほうを選ぶものと期待していたことをわたしは知っていた。

「ひどく乱暴な男の子たちですのよ」

と、アラン夫人は言った。

「乱暴でない男の子なんてわたしは知りませんね」

と、やりかえした。

「あたくし――あたくし――たぶん、女の子のほうがお気にいるかもしれないと思いますのよ」

と、アラン夫人はためらいながら言った。ある一つのことさえなければ――そのことは絶対、アラン夫人には打明けないが――わたしは自分でも女の子のクラスのほうが好ましかったのである。しかし、じつを言えば、そのクラスにアン・シャーリーがいたのである。そして、アン・シャーリーこそ、わたしの恐《おそ》れる唯一《ゆいいつ》の人間であった。嫌いだというのではない。だが、アンはフィラデルフィアの弁護士（訳注　世界一の鋭い人という意味）でさえ答えられないような、奇妙《きみよう》な、思いもかけない質問を出す癖《くせ》があり、以前、そのクラスを受持っていたミス・ロジャソンを徹底《てってい》的に敗北させたことがあるが、そんな生きた疑問符《ぎもんふ》のいるクラスなど、わたしは引き受ける気持はなかった。それに、アラン夫人をちょっとへこませる必要があるとも考えたのである。牧師の家内というものはときおりこらしめてやらないと、自分はどんなものでも、どんな人間でも思いのままに動かせるものと、えてして考えがちであるから。

「考慮《こうりよ》すべきことは、なにがわたしの気にいるか、ということじゃありませんよ、奥《おく》さん」と、わたしは非難をこめて言った。「その男の子たちにとって、なにが最善のものか、ということです。その子たちにはこのわたしこそ最善のものだと思いますよ」

「ええ、そうにちがいございませんとも、マクファーソンさん」と、アラン夫人はあいそよく言った。牧師の妻ではあるが、夫人は罪のない嘘《うそ》をついたのである。ほんとうはあやぶんでいたのだ。男の子のクラスの教師として、わたしが惨憺《さんたん》たる失敗に終わるものと考えていたのである。

しかし、そうでなかった。わたしはいったん決心したとなると、やたらに惨憺たる失敗などしない。この点でわたしは有名なのだ。

「あなたがあのクラスにほどこしてくださった改革は驚《おどろ》くべきものですよ、マクファーソンさん――じつにすばらしい」

と、数週間後、アラン牧師が感心した。彼《かれ》は男ぎらいでとおっている独身女にそんなことができるとは、たまげたことだ、と思う気持をあらわすつもりはなかったが、しかし、顔の表情にそれが出ていた。

「ジミー・スペンサーの家はどこですの？」わたしはきびきびとたずねた。「三週間も前の日曜日にきたきり、あとはこないんです。その理由をつきとめようと思うんです」

アラン氏は咳《せき》ばらいをした。

「あの子はたしか、ホワイト・サンド街道《かいどう》の、アレキサンダー・エイブラハム・ベネットのところに、使い小僧《こぞう》に雇《やと》われているはずです」

「それなら、ホワイト・サンド街道のアレキサンダー・エイブラハム・ベネットのところへ行って、なぜ、ジミー・スペンサーが日曜学校へこないか調べてきます」

わたしはきっぱり言った。

アラン氏の眼《め》がかすかにおどった。わたしはいつも主張しているのだが、これで牧師でなかったら、この人はユーモアを解する人にちがいない。

「おそらく、ベネット氏はあなたのご親切をありがたく思わないでしょうよ！　あの人は――そのう――あなたがた女性を妙《みょう》に嫌うらしいんでしてね。二十年前に、あの人の妹が亡《な》くなって以来、いまだかつて、ベネット氏の家の中へはいった婦人はひとりもいないのですからね」

「ああ、その人ですか」わたしは思いだした。「自分の庭に女がはいってこようものなら、熊手《くまで》で追っぱらうぞとおどかしている女ぎらいは。なに、このわたしを追いはらうことはできませんよ！」

アラン氏はクスクス笑った――牧師らしいクスクス笑いではあるが、クスクス笑いには相違なかった。わたしはやや憤《いきどお》りを覚えた。なぜなら、その笑いからは、アレキサンダー・エイブラハム・ベネット氏がわたしの手にはおえなかろうという気持がくみとられたからである。しかし、わたしはおこった気ぶりをアラン氏に見せなかった。男にこちらをいらつかせることができると悟《さと》らせるのは、どんな場合においても、たいへんな誤りである。

次の日の午後、わたしは栗毛《くりげ》の馬に馬車をつけ、アレキサンダー・エイブラハム・ベネットの家へ駆《か》って行った。いつものように、お相手にウィリアム・アドルファスをいっしょに連れて行った。ウィリアム・アドルファスは六匹《ぴき》いる猫の中でいちばんわたしの気にいりで、黒地に白の涎掛《よだれか》けをかけ、足も美しい白だった。わたしとならんで座席にすわった彼は、わたしが今までに見てきた、これと同じ位置に置かれた多くの男よりも、はるかに紳士《しんし》らしく見えた。

アレキサンダー・エイブラハムの家はホワイト・サンド街道を三マイルばかり行ったところにあり、そのだらしのない外観により、そこへきたときすぐにこの家だとわかった。ペンキがひどくはげ、よろい戸は曲って裂《さ》けており、雑草は戸口のところまではびこっていた。明らかに、この屋敷《やしき》には女気がなかった。しかし、家はりっぱだったし、納屋《なや》はすばらしかった。納屋が家より大きいのは、その人の収入が支出より多い証拠《しょうこ》だと、父がいつも言っていた。それだから、家よりも大きいというのはまさにそのとおりであるが、家よりも、小ざっぱりとしており、ペンキの塗《ぬ》りもよいはずだというのはまちがっている。そうは言っても、女ぎらいにほかにどうすることができようか、とわたしは思った。

「けれども、アレキサンダー・エイブラハムは女ぎらいじゃあっても、農場のきりまわし方は知っているとみえるね」と、わたしはウィリアム・アドルファスに話しながら、馬車を下り、馬を柵門《さくもん》につないだ。

わたしは家の裏手に乗りつけたので、今やベランダに通じる横手の戸口に向きあって立っていた。ここから行ったほうがよいと思ったわたしは、ウィリアム・アドルファスを小わきにかかえこみ、小径《こみち》をさっさと歩いて行った。半分あたりにきたとき、正面の角《かど》から一匹の犬が突然《とつぜん》あらわれ、まっすぐわたしをめがけて襲《おそ》ってきた。今まで見たこともないほどいやな顔つきの犬で、ほえもせず――黙《だま》りこくったまま、事務的な目をして急いでやってくるのだ。

わたしはほえもしない犬と、ことを論じたてようとて、立ち止まってなどいない。三十六計逃《に》げるにしかずの時機をわたしはわきまえている。ウィリアム・アドルファスをしっかりかかえたまま、わたしは駆けだした――犬が中途《ちゅうと》にいるので戸口へではなく、家の裏手の角に立っている大きな、低く枝《えだ》のたれた桜《さくら》の木へと走って行った。わたしは間一髪《かんいっぱつ》というときに木にたどりついた。まず、ウィリアム・アドルファスを頭上の枝に押しあげるがはやいか、そのありがたい木にわたしもよじのぼった。もしもアレキサンダー・エイブラハムがたまたま見ていたら、彼の目にどんなふうに映るかなどと、考えるひまはなかった。

ようやく考えられるようになったのは、木の半分ごろのところにウィリアム・アドルファスとならんですわったときだった。ウィリアム・アドルファスはすこしも騒《さわ》がず落着きはらっていた。正直のところ、わたしもそうだったとはとても言えない。それどころか、かなりとり乱したことを認める。

犬は下の地面にすわり、わたしたちを見守っていたが、その悠揚《ゆうよう》せまらざるかっこうを見れば、きょうは彼が多忙《たぼう》でないことは明らかであった。犬はわたしと目が合うと、歯をむきだし、うなってみせた。

「お前はいかにも女ぎらいに飼《か》われている犬らしいよ」

わたしは侮辱《ぶじょく》するつもりでこう言ったのだが、犬はそれをお世辞と受けた。

それから、わたしは問題解決にのりだした。

「この窮地《きゅうち》をどうやってきりぬけたらいいだろう？」

それは容易に解決しそうもなかった。

「大声をあげてみようか、ウィリアム・アドルファス？」

と、かの聡明《そうめい》な猫にたずねた。ウィリアム・アドルファスは首をふった。そのとおりなので、わたしも彼に賛成した。

「そうだね、大声をあげるのはよそうね、ウィリアム・アドルファス。アレキサンダー・エイブラハムのほかは、おそらくだれ一人、わたしの声を聞きつける人はいないだろうし、あの人のご親切は、はなはだ心もとないからね。それじゃあ、ウィリアム・アドルファス、上にあがっていかれるだろうかね？」

見あげると、わたしの頭のすぐ上にあいた窓があり、かなりがっしりした大枝が窓へとのびていた。

「あの方法をとってみようか、ウィリアム・アドルファス？」

と、わたしはたずねた。

ウィリアム・アドルファスは返事をするより先に、木のぼりをはじめた。わたしもその例にならった。犬は木のまわりをぐるぐる駆けまわり、わたしたちのあまりの無法者ぶりに呆気《あっけ》にとられ、うなり声も出なかった。その犬にとってほえることが主義に反しないのであれば、ほえてしまったほうがどれだけ楽だったことであろうか。

わたしが楽々と窓から中へはいってみると、そこは寝室《しんしつ》でそのだらしのなさ、ほこりとなにもかも恐ろしいちらかり方は生まれてこのかた、見たことがないほどだった。だが、わたしはゆっくりこまごまとながめてなどいなかった。ウィリアム・アドルファスをかかえ、途中だれにも出会わないようにと一心に念じながら階下へおりて行った。

わたしはだれにも会わなかった。階下の広間は人気《ひとけ》がなく、ごみだらけだった。わたしは最初に通りあわせたドアをあけ、大胆《だいたん》に中へはいって行った。一人の男が窓辺にすわり、陰気《いんき》な顔をして外をながめていた。どこで会ってもこれがアレキサンダー・エイブラハムだということがわたしにわかったにちがいない。彼はこの家と同様、手入れの届かない、ぞんざいな風采《ふうさい》をしていた。しかし、家と同じく、すこし、手入れをすればわるい男前でもなさそうだった。髪《かみ》はとかしたことがあるのかと疑われるほどで、頰《ほお》ひげはのび放題に乱れのびていた。

わたしを見ると、彼の顔に口もきかれぬ驚きがあらわれた。

「ジミー・スペンサーはどこにいます？　わたしはジミーに会いにきたのです」

と、わたしは言った。

「いったい、どんなふうにしてあれはあなたを通したのですか？」

男はまじまじとわたしを見つめながらきいた。

「通しなどいたしませんよ。わたしを芝生《しばふ》じゅう追っかけまわすので、木によじのぼって、ようやく八つ裂きにされずにすんだ次第《しだい》ですからね。あんな犬を飼っておくとは、あなたは訴《うった》えられるべきです！　ジミーはどこにいるのですか？」

答えるかわりに、アレキサンダー・エイブラハムは笑いだしたが、その不愉快《ふゆかい》なこと、なんとも言えなかった。

「女がいったん、こうと決心すれば、どんなにしてでも男の家へはいりこむものだ」と、彼は厭味《いやみ》を言った。

わたしをおこらせようとの意図だとくみとれたので、わたしは冷静に落着いていた。

「あら、べつにあなたの家へはいりこみたかったわけじゃありませんよ、ベネットさん」わたしは穏やかに言った。「好き嫌いを言っていられなかったものですからね。もっとひどいめにあいたくないばかりにはいったわけなのですよ。わたしが見たいのはあなたでもなければ、あなたの家でもないんですからね――もっとも、家というものをどの程度までできたなくできるものか知りたいという人には、たしかにこの家は見る値打ちがありますね。わたしが会いたいのはジミーです。これで三度めの正直ですよ――ジミーはどこにいるのですか？」

「ジミーはここにゃ、いません」ベネット氏はぶっきら棒な返事をした――しかし、あまり自若《じじゃく》とした態度ではなかった。「ジミーは先週ここを出て、ニューブリッジのある家に雇われて行きました」

「それなら」と言ってわたしはウィリアム・アドルファスをかかえあげた。ウィリアム・アドルファスは軽蔑《けいべつ》しきったようすで部屋のなかを探検していた。「もうこれ以上おじゃまいたしません。帰りますわ」

「そうです。それがいちばん賢明でしょう」と、アレキサンダー・エイブラハムが言った——今度は不愉快な口調ではなく、なにか懸念《けねん》をいだいているかのように、考えこんだ口ぶりだった。「わたしが勝手口からお出になるようにしてあげましょう。そうすれば、あの——エヘン！——あの犬もさしでがましいことはしないでしょうから。静かに、そして、すばやく、帰ってください」

アレキサンダー・エイブラハムはわたしがワーッと叫《さけ》びでもして行くと思っていたのだろうか？　しかし、わたしはこれこそもっとも威厳《いげん》ある行動だと思い、なにも言わずに、アレキサンダー・エイブラハムも満足するほど静かに、そして、すばやく、彼のあとについて台所へ出た。その台所といったら！

アレキサンダー・エイブラハムがドアをあけた——ドアには錠《じょう》がおりていた——ちょうどそのとき、二人の男を乗せた馬車が裏庭にはいってきた。

「まにあわなかった！」

と、アレキサンダー・エイブラハムは悲劇的な声で叫んだ。なにか恐ろしいことがおこったに相違《そうい》なかったが、わたしは気にとめなかった。わたしの知ったことじゃないと、安心していたからである。わたしはアレキサンダー・エイブラハムを押《お》しのけて外へ出ると——彼は盗《ぬす》みの現場を見つけられでもしたかのように間のわるそうな顔をしていた——馬車からとびおりた男に面と向かいあった。それはカーモディのブレア老医師で、彼はまるでわたしが万引をしたのを見つけたかのように、じっとわたしを見た。

「ピーター、あんたとここで出会ったことはじつに残念だと思いますよ——こんな残念なことはない」

と、ドクターは重々しく言った。

たしかに、この言葉はわたしをおこらせた。それに、古くからのかかりつけの医師であるとはいえ、この世でどんな男だってわたしのことを「ピーター」などと呼ぶ権利はないのである。

「なにもそんなに残念だ残念だ、とわめくことはありませんよ、ドクター」と、わたしは高びしゃに出た。「四十八にもなり、押しも押されもしない教会の会員になっている女が、自分の日曜学校の生徒を訪《たず》ねるのが礼儀《れいぎ》にはずれるというなら、いくつになったらそうしていいとおっしゃるのですか?」

ドクターはそれに答えずアレキサンダー・エイブラハムを非難するように見やった。「これで、あんたはわしの言いつけを守ったというのですかね、ベネットさん？　わしは、あんたが家の中にだれも入れないと約束《やくそく》しなすったと思いましたがね」

「わたしが入れたわけじゃないですよ」ベネット氏は腹をたてた。「なんてえこった、あなた、この人はわたしの地所に巡査《じゅんさ》と犬がいるにもかかわらず、二階の窓へのぼってはいってきたのですからな！　そんな女をどうしろと言うのですか？」

「わたしにはいったい、なんのことかさっぱりわかりません」わたしは全くアレキサンダー・エイブラハムを無視して、ドクターに話しかけた。「でも、わたしがここにいることが、みなさんにとって、そんなにおじゃまになるのでしたら、さっそく安心させてあげますわ、今すぐ、帰りますから」

「まことに残念だが、ピーター」とドクターは語気に力をこめた。「それを許してあげることができないのじゃ。この家は天然痘《てんねんとう》のため隔離中《かくりちゅう》なのだよ。あんたもここにとどまらなくてはいけない」

　天然痘！　あとにも先にもこのときはじめてわたしは男へのかんしゃくを公然と爆《ばく》発《はっ》させた。わたしは猛然《もうぜん》とアレキサンダー・エイブラハムにくってかかった。

「なぜ、わたしにそうと言ってくれなかったのですか？」

「言ってくれなかっただって？」彼はわたしをにらみつけた。「最初、あんたを見たときには、もう話したってまにあわなかったんだ。だからいちばん親切なことは、黙って、あんたをなにも知らないまま帰しちまうことだと考えたんですよ。これで、人の家に無理矢理押しこめばどんなことになるか、わかっただろう！」

「さあ、さあ、けんかをするでない、いい人たちだから」と、ドクターが真剣《しんけん》に仲に割ってはいった――が、その目がおかしそうにまばたいているのをわたしは見た。「あんたがたはしばらくの間、一つ屋根の下でいっしょに暮《く》らさなけりゃならんのだから、争ったからって事態が好転するものでもない。こういうわけなのですよ、ピーター。きのう、ベネットさんが町へ行って――町じゃ、あんたも知ってるとおり、天然痘がひどくはやっていてね――ある料理店で昼食をとったところが、そこの雇人《やといにん》の女の一人が病気だったのだ。昨夜になって、その彼女が疑う余地のない天然痘の兆候《ちょうこう》をあらわしたのでね、衛生局ではただちに、きのうその店へ行った者を全部、住所氏名のわかった者だけでも隔離したわけなのですよ。わしはけさ、ここへきて、ベネットさんに事情を説明したのです。わしはジェレマイア・ジェフリーズを連れてきて家の正面を見張らせ、わしがもう一人巡査を連れてくるためと、必要な手つづきをすっかりとるために出かけている間、ベネットさんは裏手からだれ一人入れないと、かたく約束したわけで、わしはトマス・ライトを連れてきたし、もう一人、ベネットさんの納屋の仕事をしたり、この家に食料を運んだりする男を確保したし、夜は、ジェイコブ・グリーンとクレオファス・リーが見張ってくれますじゃ。ベネットさんが天然痘にかかんなさる心配はあまりないとは思うが、それが確かにわかるまで、あんたはここにいなくてはならんよ、ピーター」

ドクターの言葉を聞きながら、わたしは考えていた。こんな情けないはめに落ちこんだのは生まれてはじめてだが、しかし、さらに事態を悪化させるのも分別のないことである。

「承知しました、ドクター」と、わたしは落着いて答えた。「そうです、ひと月まえ、天然痘の噂《うわさ》が伝わってきたとき、すぐにわたしは種痘《しゅとう》をしておきました。お帰りにおそれいりますがアヴォンリーを通りがかりに、セーラ・パイのところへよって、わたしが留守にしている間、わたしの家に泊《とま》って面倒を――ことに猫《ねこ》の面倒を――みてほしいと、頼《たの》んでくださいませんか。猫たちには一日に二回新しい牛乳と、週に一回、一インチ角のバターをやってくれるように、おっしゃってください。セーラにわたしの黒っぽい更紗《さらさ》の化粧着《けしょうぎ》を二枚に、エプロンを二、三枚と、下着の替えを、三番めに上等のかばんに詰《つ》めて、届けるようおっしゃってください。それから、わたしの馬が柵《さく》につないでありますから、家へ連れ帰っていただきたいのです。それだけだと思いますわ」

「いや、それだけじゃない」と、アレキサンダー・エイブラハムはふきげんに口をはさんだ。

「その猫も帰してもらいたい。猫なんか家には置いとけんからな——そのくらいならいっそ天然痘にかかったほうがましだ」

わたしはわたし独特の方法でアレキサンダー・エイブラハムをゆっくりとまず足からはじめて頭へと、じろじろとながめた。ゆっくりそれにひまをかけてから、きわめて静かにわたしは言った。

「あなたはその両方とも引き受けなくてはならないかもしれませんよ。いずれにせよ、ウィリアム・アドルファスは引き受けなくてはなりません。あなたやわたしと同様、隔離されているのですから。自分の猫をアヴォンリーじゅう、うろつかせ、罪のない人たちの間に天然痘の病菌《びょうきん》をばらまくようなまねがさせられますか。わたしだって、あなたのあの犬をがまんしなくてはならないのですから、あなたもウィリアム・アドルファスをしんぼうしなくてはいけませんよ」

アレキサンダー・エイブラハムはうめいた。しかし、今のわたしのながめ方でかなりこりたようすだった。

ドクターが馬車を駆って去ったので、わたしは家の中へはいった。そとにぐずぐずしていてトマス・ライトからニヤニヤ笑われるのがいやだったからだ。コートを広間にかけ、居間のテーブルのきれいそうな場所をまずハンケチで埃《ほこり》をはらってから、気をつけて帽子《ぼうし》を置いた。わたしはすぐにも家の掃除《そうじ》にかかりたかったが、ドクターが化粧着を持ってひきかえしてくるまで待たなければならなかった。おろしたてのスーツと絹のブラウスで掃除にとりかかるわけにはいかないから。

アレキサンダー・エイブラハムは椅子《いす》にすわって、わたしをじろじろ見ていたが、やがて、こう言った。

「わたしは聞きたがりやじゃないが――ドクターがどうして、あんたのことをピーターと呼んだのか、ひとつそのわけを話してくれませんか？」

「それがわたしの名前だからだと思いますわ」

と答えながら、ウィリアム・アドルファスをすわらせるため、クッションをふったので、何年分もの埃が舞《ま》い上がった。

アレキサンダー・エイブラハムはかるく咳《せき》ばらいをした。

「それは――エヘン――女の名前にしてはすこし変わった名前じゃありませんんか

な？」

「そうですわ」と言いながら、わたしはこの家に石鹼《せっけん》があるとするなら、どのくらいあるかしらと考えていた。

「わたしは聞きたがりやじゃないが」と、アレキサンダー・エイブラハムが言った。「しかし、どうしてあんたがピーターと呼ばれるようになったのか、話していただけませんかな？」

「もしかわたしが男の子だったら、わたしの両親は金持の伯父《おじ》にちなんでわたしをピーターと呼ぶつもりだったのです。ところが――幸い――わたしが女の子だったものですから、母がどうしてもエンジェリナにすると言ったので、二人はその両方ともわたしの名前にし、エンジェリナと呼んだのですが、物心がつくがはやいか、わたしはピーターと呼んでもらうことにきめたのです。それだっていやな名前ですが、エンジェリナよりはましですからね」

「確かにそのほうが似合ってますな」

いやがらせようとのアレキサンダー・エイブラハムの意図が見受けられた。

「まさにそのとおりですの」わたしは穏《おだ》やかに同意した。「わたしの姓《せい》はマクファーソンと申し、アヴォンリーに住んでおります。あなたは聞きたがりやではいらっしゃいませんそうですから、わたしについてご存じになりたいことはこれで全部すみましたでしょう」

「ああ！」アレキサンダー・エイブラハムは突然《とつぜん》、思いあたるところがある顔をした。「あんたのことは聞いたことがありましたっけ。あんたは——え——男ぎらいのふりをしているとか」

ふりをしているとは！　ちょうどこのとき、気をそらすできごとがもちあがらなかったら、アレキサンダー・エイブラハムがどんなことになっていたかしれなかった。しかし、ドアがあき、一匹《ぴき》の犬が——あの犬がはいってきたのである。桜《さくら》の下でウィリアム・アドルファスとわたしが下りてくるのを、待ちくたびれたにちがいなく、家の中で見ると、そとのときよりももっとみっともない犬だった。

「ああ、ミスター・ライリー、ミスター・ライリー、お前のおかげでどんなはめになったか見てごらん」

と、アレキサンダー・エイブラハムは非難がましく言った。

だが、ミスター・ライリーは——それがこのにくらしい犬の名前なのだ——アレキサンダー・エイブラハムのほうは見むきもしなかった。クッションの上に丸くなっているウィリアム・アドルファスを見つけて、部屋を横切りそのほうへ近づいて行き、ためつすがめつながめた。ウィリアム・アドルファスも身をおこし、注意をはらいはじめた。

「その犬を呼んであっちへやってください」と、わたしはアレキサンダー・エイブラハムに警告した。

「自分で呼んだらいいじゃないですか。その猫をここに持ちこんだ以上、そいつを守ってやることもできなさるでしょうからな」

「おお、わたしがこう言うのはウィリアム・アドルファスのためではないのですよ」と、わたしは朗《ほが》らかに言った。「ウィリアム・アドルファスは自分で身を守れますからね」

ウィリアム・アドルファスにはそうできたし、実際やってのけた。彼《かれ》は背を丸め、耳をひらたくねかせ、一度、毒づくと、ミスター・ライリーめがけてパッととびかかった。彼は斑点《はんてん》のあるミスター・ライリーの背にみごと着陸し、たちまち、かたくしがみつき、シューシュー言うやら、引っかくやら、ウーとうなるやらした。

ミスター・ライリーほど仰天《ぎょうてん》した犬は見たことがない。恐怖《きょうふ》の悲鳴をひと声あげると、彼はいっさんに台所へと駆《か》けだし、台所から広間へ、広間から部屋へ、また台所からひと回りというありさまだった。ひと回りごとに彼はいよいよ速力をますので、しまいに、上のほうにぽっちり黒と白の模様をつけた、斑《まだら》の稲妻《いなずま》のように見えた。そのすさまじさ、騒《さわ》がしさといったら、いまだかつて聞いたことがないくらいで、わたしは涙《なみだ》が出るほど笑った。ミスター・ライリーは宙を飛ぶようにぐるぐる廻《まわ》るし、ウィリアム・アドルファスは容赦《ようしゃ》なくそれにつかまり、爪《つめ》を立てていた。アレキサンダー・エイブラハムは顔を紫色《むらさきいろ》にしておこった。

「このあまめ、あのいまいましい猫がわたしの犬を殺しちまわないうちに、呼びもどしてくれ」

と、彼はキャンキャン、ウーウー言う叫びをしのぐ大声でどなった。

「ああ、殺しはしませんよ」と、わたしは保証した。「それに呼んだって、あんまり速く走っていますから、わたしの声なんか聞こえませんしね。犬をとめてくださるなら、ベネットさん、わたしうけあって、ウィリアム・アドルファスに言いきかせますわ。けれど、稲妻にとやかく言ってもむだですからね」

アレキサンダー・エイブラハムは自分のそばをさっと通った斑の稲妻めがけて、狂気《きょうき》のように突進した。その結果、つんのめって、床《ゆか》にもんどり打ち引っくりかえった。わたしが駆けよってたすけおこそうとすると、それがいっそう、彼の憤激《ふんげき》をかったらしく、「このあまめっ」と、唾《つば》を飛ばして毒づいた。「もともときさまやきさまの極道猫《ごくどうねこ》の居場所は地——地——」

と、わたしはすばやくきりこんで、「地獄《じごく》」なんていう口ぎたない言葉を省いてやった。「わたしもアヴォンリーにいたいと心から願っているのですよ、ベネットさん。でも、そうはできない以上、わたしたちもわきまえのある人間にふさわしく、うまくきりぬけていきましょうよ。それから、この先、どうかお忘れなく願いたいのですが、わたくしの名前はミス・マクファーソンでございます。きさまではございませんからね！」

これで事は落着し、わたしはやれやれと思った。犬と猫の二匹でたてる物音があまりひどいので、アレキサンダー・エイブラハムとわたしがおたがいに殺し合いをしているのではないかと、巡査が天然痘だろうがなかろうが、駆けこんでくるかもしれないと思ったからである。狂ったように疾走《しっそう》していたミスター・ライリーは突然、向きを変え、ストーブと薪箱《まきばこ》の間の暗いすみへ駆けこんでしまった。ウィリアム・アドルファスはちょうどよいときにはなれた。

その後、ミスター・ライリーのことではもう、なんの心配もなく、これほどおとなしい、これほど徹底《てってい》的にこりた犬はないほどだった。勝利を得たウィリアム・アドルファスはその勝利を保持した。

事がしずまり、時刻が五時になったので、わたしは夕食をととのえようと決心し、アレキサンダー・エイブラハムに、食料品がどこにあるのか教えてくれたら、わたしが用意をしましょうと言った。

「おかまいなく」と、アレキサンダー・エイブラハムが言った。「わたしは二十年間も自分の夕食の用意をする習慣になっていますからね」

「そうでしょうとも。でも、わたしの分を用意する習慣はついていらっしゃらないはずです」わたしは断乎《だんこ》として言った。「たとえ餓死《がし》しても、わたしにはあなたのお料理なすったものはいただけません。なにか仕事をなさりたいなら、軟膏《なんこう》をあのかわいそうな犬の背中の引っかき傷に塗《ぬ》ってやりなすったほうがいいですよ」

アレキサンダー・エイブラハムはなにか言ったが、わたしは賢明《けんめい》にも聞こうとしなかった。彼がなにも情報を提供してくれないので、わたしは食料部屋へ探検に出かけた。食料部屋のありさまのひどいこと、言語を絶しており、このときはじめて、アレキサンダー・エイブラハムにたいしてほのかな憐《あわ》れみの情を覚えた。男がこのような環境《かんきょう》で暮らさねばならない以上、女ぎらいになることはおろか、全人類を嫌いにならならないのがふしぎなくらいだった。

しかし、わたしはどうにか夕食をととのえた。わたしは夕食をととのえることにかけては有名である。パンはカーモディのパン屋からのもので、わたしはおいしいお茶とすばらしいトーストをこしらえた。そのうえ、食料部屋に桃《もも》の缶詰《かんづめ》を見つけたが、それは買った品なので、心配なしに食べられた。

お茶とトーストでアレキサンダー・エイブラハムの気持は意外にやわらいだ。彼はパンの皮一つ残さず食べてしまい、わたしが残ったクリームを全部ウィリアム・アドルファスに与《あた》えても、ブツブツ言わなかった。ミスター・ライリーはなにも食べたくないらしく、食欲がひとつもなかった。

ちょうどこのとき、ドクターの使いの少年がわたしの旅行かばんを持ってきた。アレキサンダー・エイブラハムはすごく丁寧《ていねい》な態度で、広間の向こうに客用寝室《しんしつ》があるから、それを使うようにと言った。わたしはその部屋に行き、化粧着を着た。部屋にはりっぱな家具がひとそろいと、ゆったりした寝台が置いてあった。だが、その埃といったら！　わたしについてきたウィリアム・アドルファスの歩くところ、いたるところに足形が残った。

わたしは台所へ戻《もど》り、てきぱきと言った。

「さあ、掃除をするのにまず、この台所からいたしますからね、ベネットさん、あなたはじゃまにならないよう居間へいらしってください」

アレキサンダー・エイブラハムはわたしをにらみつけ、

「わたしの家をかきまわしてなどもらいませんぞ」と、かみつくように言った。「わたしにはこれでちょうどいいのだ。気にいらんと言うのなら、出て行ってもらおう」

「出て行かれないんですよ。それが困った点でしてね」わたしは愉快《ゆかい》そうに答えた。「出て行っていいものなら、ここには一分間だっていやしませんよ。そうできないので、掃除しなけりゃならないんです。余儀《よぎ》ないときには男にも犬にもしんぼうできますけれど、ちりと乱雑さだけにはわたしはしんぼうできませんし、しんぼうしようとも思いませんね。居間へいらしってください」

アレキサンダー・エイブラハムは立ち去った。ドアをしめながら、一語一語に力をこめて、「なんと、恐《おそ》ろしい女だ!」と、言っているのが聞こえた。

わたしは台所と、それにつづく食料部屋を掃除した。すっかりすんだときは十時で、アレキサンダー・エイブラハムはあきれはてたらしく、言葉をかけようともせずに休んでしまっていた。わたしはミスター・ライリーを一室に、ウィリアム・アドルファスを別の部屋にとじこめてから、自分も休んだ。こんなくたびれたことははじめてだった。ほねのおれた一日であった。

しかし、あくる朝、わたしは元気よく早くから起きて、とびきり上等の朝食を用意した。それをアレキサンダー・エイブラハムは召し上がってくださった。食料運びの男が裏庭へはいってきたので、わたしは窓から声をかけ、午後に石鹼《せっけん》を一箱持ってきてくれるようにと頼《たの》んだ。それから居間の掃除にとりかかった。

家をきちんとするのに、一週間の大部分を費やしたが、しかし、わたしは徹底的にやった。わたしはものごとを徹底的にするので有名である。一週間の終わりには屋根裏部屋から地下室にいたるまで、きれいになった。わたしの仕事にたいして、アレキサンダー・エイブラハムはなんとも言わなかったが、しかし、何度も大きな声で溜息《ためいき》をついたり、哀《あわ》れなミスター・ライリーに向かって辛辣《しんらつ》な文句をならべたりした。それにたいして、ウィリアム・アドルファスに負けて以来のミスター・ライリーは言い返すだけの元気すらなかった。わたしはアレキサンダー・エイブラハムを大目に見た。種痘《しゅとう》をしたので腕《うで》がひどく痛んだのだ。ものを磨《みが》きたててしまったとなると、ほかにたいしてすることがないので、わたしはすばらしい食事をこしらえた。家には食料がいっぱいあった――そういうものに関してアレキサンダー・エイブラハムはけちではなかった。彼のために言っておくが、予期していたより、大体において、ずっと居心《いごこ》地《ち》がよかった。アレキサンダー・エイブラハムが話をしないときにはそのまま放《ほう》っておき、話をするときにはわたしも彼におとらず皮肉を言うことにした。ただわたしはそれをにこにこしながら愉快そうに言った。彼がわたしにたいして心底から恐れをなしているのが見てとれた。しかし、ときおり、彼は自分の性質を忘れ、人間らしく話すことがあった。わたしたちは一、二度、まったく興味ぶかい話を交《か》わした。アレキサンダー・エイブラハムはひどくひねくれてはいたが、聡明《そうめい》な男であった。わたしは一度、あなたは子供のころ、よい少年だったにちがいない、と言ったことがあった。ある日、驚《おどろ》いたことには、彼は髪《かみ》をとかしつけ、白いカラーをつけて昼食のテーブルにあらわれたのである。その日の昼食はとびきり上等で、わたしは女ぎらいなどにはもったいないようなプディングをこしらえたのだった。アレキサンダー・エイブラハムはそれを大皿《おおざら》で二杯《はい》たいらげてから、溜息をついた。

「あんたはたしかに料理ができますね。ほかの点では鼻もちならぬ変人なのが残念ですな」

「変人というものはつごうのよいものですよ。人が扱《あつか》い方を気をつけてくれますからね。それはあなたご自身の経験からおわかりじゃありません？」

「わたしは変人じゃない」アレキサンダー・エイブラハムは憤慨《ふんがい》した。「わたしの頼《たの》みはわたしをひとりにしといてほしいというだけだ」

「それこそ、変人中の変人ですよ。ひとりでいたい人は天意にそむくわけですからね。天は人々自身のためからいって、ひとりでいるべきでないと、お定めになっているのですから。でも、元気をお出しなさい、ベネットさん。隔離《かくり》の期限が火曜日できれますから、ウィリアム・アドルファスとわたしに関するかぎり、あなたは天寿《てんじゅ》をまっとうするまで、ひとりでいられますからね。そうしたら、前のように泥土《どろつち》の中にまろび、きたなく、楽々していられますよ」

アレキサンダー・エイブラハムはまたもやうなった。わたしが期待したほどにはこの前途《ぜんと》は彼を元気づけないようだった。そのとき、彼は驚くべきことをした。受け皿にクリームを入れて、ウィリアム・アドルファスの前へ置いたものだ。ウィリアム・アドルファスは、アレキサンダー・エイブラハムの気が変わりはしないかと、片目で彼を見ながら、それをなめた。負けるものかと、わたしもミスター・ライリーに骨をやった。

アレキサンダー・エイブラハムもわたしも二人とも天然痘のことはあまり心配せず、彼が感染《かんせん》するとはわたしたちは信じていなかった。病気の娘《むすめ》を見たわけでもなかったからである。しかし、その翌朝、彼が二階の階段口からわたしを呼んでいるのが聞こえた。

「マクファーソンさん」と言う声があまり、いつになくおとなしいので、気味がわるいほどだった。「天然痘の兆候《ちょうこう》はどんなですかね?」

「悪寒《おかん》がして高熱を発し、手足や背中が痛み、吐《は》きけをもよおす」

わたしは即座《そくざ》に答えた。特許薬品年鑑《ねんかん》で読んでいたからである。

「わたしにその兆候が全部出た」

と、アレキサンダー・エイブラハムはうつろな声で言った。

わたしは思ったよりびっくりしなかった。女ぎらいと、斑の犬と、最初のころのだらしなさを耐《た》え忍《しの》び——そしてこの三つともをきりぬけてきたあとでは、天然痘も取るにたらぬものに思われた。わたしは窓のところへ行き、トマス・ライトにドクターを迎《むか》えに行くよう、声をかけた。

ドクターはアレキサンダー・エイブラハムの部屋から容易ならぬ顔つきで出てきた。

「まだ、あの病気だと断定はできない。発疹《はっしん》があらわれるまでは確実と言えないからね。しかし、もちろん、あらゆる点から見て天然痘のようだ。看護婦を見つけるのが困難だと思うのだが。天然痘の患者《かんじゃ》を引き受ける町の看護婦はみな、いま、目がまわるほど忙《いそが》しいし、町じゃまだ、あの伝染病が猛威《もうい》をふるっているからね。だが、今夜、町へ行って、できるだけのことをしてみますよ。その間、今のところ、ベネットさんはそばに人がついている必要はないから、あんたはあの人の近くへ行ってはいかんよ、ピーター」

わたしはいかなる男からも命令などされるつもりはないので、ドクターが帰るがはやいか、お盆《ぼん》に昼食をのせ、まっすぐアレキサンダー・エイブラハムの部屋へ上がって行った。天然痘でもものは食べられるだろうと思い、レモンパイを用意した。

「わたしのそばへきちゃいけない。生命にかかわりますぞ」

と、彼はがみがみ言った。

「わたしがいくら男ぎらいでも、同胞《どうほう》が餓死するのを見殺しになぞできませんよ」

と、わたしはやりかえした。

「なによりも悪いことは」と、アレキサンダー・エイブラハムはレモンパイを口いっぱいほおばりながらうめいた。「ドクターが看護婦にいてもらわなくちゃいけないと、言ってるんですよ。あなたがこの家にいることは、すっかり慣れてしまったからかまわないが、しかし、また別の女がここへやってくるとは、思っただけでもやりきれない。わたしのかわいそうな犬になにか食物をやってくれましたか?」

「おおかたの人間様より上等なお昼を食べましたよ」

と、わたしはきびしい口調で言った。

アレキサンダー・エイブラハムはまた別の女がくるといって心配する必要はなかった。その夜ドクターは眉《まゆ》をくもらせて戻ってきた。

「どうしたらいいものかなあ。ここへきてくれる者が一人も見つからないんでね」

「わたしがベネットさんを看護します」と、わたしは厳然《げんぜん》として言った。「それはわたしの義務ですし、義務をのがれるなどはけっしていたしませんよ。その点でわたしは有名ですからね。ベネットさんは男ではあるし、天然痘にかかっている、おまけに、いやな犬まで飼《か》っている。けれども、それとこれとは別です。看護の手がないからといって見殺しにはできません」

「あんたはよい人間だ、ピーター」

ドクターも男で、責任を引き受けてくれる女が見つかるがはやいか、ほっとしたようすだった。

わたしはアレキサンダー・エイブラハムが天然痘の間終始看護したが、たいして苦にならなかった。病気中のアレキサンダー・エイブラハムは丈夫なときよりずっと人好きがよかったし、病気もごくかるいものであったから。階下ではわたしは絶大の権力をふるい、ミスター・ライリーとウィリアム・アドルファスは獅子《しし》と小羊のように、いっしょに寝《ね》た。ミスター・ライリーにわたしはきちんと食事を与えていたが、一度、彼《かれ》が寂《さび》しそうにしているのを見て、おっかなびっくりなでたことがあった。それは予期以上によい結果をおさめた。ミスター・ライリーは頭をおこし、わたしのほうをじっと見たが、その目の表情は、いったいアレキサンダー・エイブラハムはなんでこんな犬などをあんなにかわいがるのだろうというわたしの考えを訂正《ていせい》した。

アレキサンダー・エイブラハムは起きあがれるようになると、人好きよくした時間の損失の埋合《うめあ》わせをはじめた。回復期におけるこの男くらい皮肉な人間をだれも想像できないほどだった。わたしはただそのような彼を笑うだけだった。そうすればかならず彼をおこらせるということを知ったからである。さらにいっそうおこらせるために、わたしはまたもや、くまなく家じゅうの大掃除《おおそうじ》をした。しかし、なによりも彼を立腹させたことは、ミスター・ライリーがわたしのあとをついてまわり、なけなしの尾《お》をわたしにふってみせるようになったことだった。

「わたしの平和な家庭にはいりこみ、めちゃめちゃにかきまわすだけではたりなくて、わたしの犬の愛情まで引きはなしてしまうとは、まあなんたることだ!」

と、アレキサンダー・エイブラハムはぐちをこぼした。

「わたしが帰ってしまえば、あなたを好きになります」と、わたしは慰《なぐさ》めた。「その点、犬はあまり当てにはなりませんよ、ほしいのは骨ですから。ところが猫《ねこ》となると、利害をはなれて情愛をもっていますものね。ウィリアム・アドルファスのわたしへの忠誠はけっしてゆるぎませんよ。あなたがこっそり、食料部屋でミルクをやったりしてもね」

アレキサンダー・エイブラハムはまぬけた顔をした。わたしが知らないと思っていたのだ。

わたしは天然痘にかからなかったので、次の週ドクターがきて、巡査《じゅんさ》を帰した。わたしは消毒され、ウィリアム・アドルファスは燻蒸《くんじょう》消毒をうけ、それから二人とも帰ってよいことになった。

「さようなら、ベネットさん」わたしは寛大《かんだい》な気持になり、握手《あくしゅ》の手をさしのべた。「あなたはさだめし、やっかいばらいができたと喜んでいらっしゃるでしょうが、うれしさにかけては、帰るわたしもひけはとりませんよ。この家だってひと月もすればこれまでにもましてきたなくなるでしょうし、ミスター・ライリーもようやくすこしは身についた上品な行儀作法をかなぐり捨てちまうことでしょうよ。男と犬の改善はたいして深くはしみわたりませんからね」

このすてぜりふを残し、これでこの家にも、アレキサンダー・エイブラハムにも永久に用はないと思いながら、わたしは家を出た。

もちろん、わたしはわが家へ帰れて喜んだ。しかし、家は妙《みょう》に寂しく感じられた。猫たちはわたしを見忘れてしまったし、ウィリアム・アドルファスはしょんぼりとうろつきまわり、まるで島流しにでもされたようなかっこうをしているし、わたしは料理をしても、自分のことで騒《さわ》ぎたてるのはばかばかしく思われて、いつもほど楽しくなかった。骨を見れば哀れなミスター・ライリーのことを思った。近所の人たちは露《ろ》骨《こつ》にわたしを避《さ》けた。いつなんどき、わたしが天然痘の発病をみるかしれないと恐れたからである。日曜学校のわたしのクラスはすでに別の婦人にまわされているし、まったく、わたしはどことも縁《えん》の切れた感じだった。

このような状態で二週間を過ごしたとき、突然《とつぜん》、アレキサンダー・エイブラハムがあらわれた。ある日の暮《く》れがた、はいってきたのだが、最初、彼とはわからなかった。それほどスマートな身づくろいをし、きれいに顔をそっていたからである。しかし、ウィリアム・アドルファスにはわかった。これが信じられようか、ウィリアム・アドルファスは——わたしのウィリアム・アドルファスは——いかにもうれしそうにゴロゴロ言いながらその男のズボンの足に身をこすりつけたのである。

「エンジェリナ、こないではいられなかったのですよ。わたしはもうこれ以上、がまんができない」

「わたしの名前はピーターと申します」冷やかにそう言いながらも、わたしはなにか滑稽《こっけい》なほどうれしかった。

「そうじゃない」アレキサンダー・エイブラハムは頑固《がんこ》に言いはった。「わたしにとってはエンジェリナだ。この先いつまでもそうだ。わたしは二度とあんたをピーターとは呼びませんよ。エンジェリナはあんたにぴったり合っている。そのうえ、エンジェリナ・ベネットとしたらいっそうぴったりですよ。戻ってくれなきゃいけませんよ、エンジェリナ。ミスター・ライリーはあんたがいないもんで元気がないし、その点あんたから贅沢《ぜいたく》にしつけられてしまったもんで、今じゃ、だれかわたしの皮肉をわかってくれる人がいなければ、わたしは暮らしていけないんだ」

「このほかの猫五匹《ひき》をどうするのですか？」

アレキサンダー・エイブラハムは溜息をついた。

「それもいっしょにこずばなりますまい。きっと、かわいそうに、ミスター・ライリーを屋敷《やしき》から追っぱらってしまうでしょうがね。だが、わたしはミスター・ライリーがいなくても生きていけるが、あんたなしでは生きていかれないからね。いつごろ、わたしとの結婚《けっこん》の準備がととのいますか？」

「わたしはまだ、ちっともあなたと結婚するなんて言った覚えはありませんけどね」と、辛辣《しんらつ》な口答えをしたが、それはただ、話の筋を通すためにすぎず、辛辣な気持になどなっていなかった。

「それはそうだが、しかし、結婚してくれるでしょう?」と、アレキサンダー・エイブラハムは心配そうにたずねた。「もし承知してくれないくらいなら、いっそ、わたしを天然痘で死なしてくれたらよかったのに、と思いますよ。お願いだ、いとしいエンジェリナ」

わたしのことを「いとしいエンジェリナ」とよもや呼ぶ男性があろうとは! しかも、それをわたしがいやだと思わないとは!

「わたしの行くところはどこにでも、ウィリアム・アドルファスを連れて行きます」わたしは言った。「でも、あとの五匹の猫は人にやってしまいましょう、ミスター――ミスター・ライリーのためにね」

九　競売狂《きょうばいきょう》

「糖蜜《とうみつ》がそろそろなくなってるんじゃないかい？」と、スローン父さんはとりいるような口調で言った。「きょうの午後、ひとつ、カーモディへ行って少し買ってくるがいいかもしれんな」

「糖蜜なら壺《つぼ》に、まだたっぷり半ガロンはありますよ」スローン母さんは無慈悲《むじひ》に答えた。

「そうかい？　そうだ、この前、缶《かん》についだとき、灯油の大びんがあまりたっぷりしてないのに気がついたがね。補充《ほじゅう》しておく必要があるな」

「灯油はここ二週間分はまだありますよ」母さんは無表情な顔をして昼飯を食べつづけたが、おかしそうな光がおのずと目にあらわれていた。父さんがそれを見て調子づいたらいけないと、母さんは頑《がん》として自分の皿《さら》を見つめていた。

父さんは溜息《ためいき》をもらした。口実も種ぎれだ。

「おとといだったか、お前はナツメグがきれたと言わなかったかね？」

父さんは二、三分間、一心に考えたあげく、こうきいた。

「きのう、卵売りからそれは買いましたよ」

母さんはおかしそうなまばたきが顔じゅうにひろがりそうになるのを、大ぼねおってこらえた。この三度めの失敗で父さんは引っこむかな、と母さんは考えた。ところが、父さんは引っこまなかった。

「そうだ、とにかく」急にすばらしいインスピレーションがうかんだ父さんは元気づいた。「わしは栗毛《くりげ》に蹄鉄《ていてつ》を打ちに行ってこなくちゃならない。だから、なにか店にちょっとした用事があるなら、母さん、わしが馬に車をつけている間に書きとめておきなさいよ」

栗毛の牝馬《めすうま》に蹄鉄を打つだんになると、これは母さんの領分外のことである。もっとも、母さんは栗毛に蹄鉄を打つ必要があるかどうか疑わしいものだとは思ったが。

「どうして、遠回しのことばかし言うのですか、父さん?」母さんは軽蔑《けいべつ》をこめ、憐《あわ》れむように詰問《きつもん》した。「なんでカーモディへ行きたいのか、いっそはっきり言いなすったらいいに。わたしにゃあんたの腹のうちはちゃんと読めてます。あんたはガーランドの競売へ出かけたいんですよ。それだから、苦心しているのですよ、父さん」

「そんなことはないが、すぐそばだからよってみてもいいな。だけど、栗毛はほんとに蹄鉄を打たにゃならんのだよ、母さんや」父さんは抗議《こうぎ》した。

「つごうのいいときにゃ、かならず、なにかしら、しなくちゃならないことができてくるものですね。あんたも度はずれの競売好きでいまに身を滅《ほろ》ぼすことになりますよ、父さん。男も五十五にもなれば、そんな熱からさめているのがほんとうでしょうが。ところが、あんたときたら年をとればとるほど、ひどくなっていくのですからね。とにかく、もしもわたしが競売に行きたいとしたら競売らしい競売を選びますね。こんなガーランドのようなけちくさいところでひまつぶしなんぞしませんよ」

「ガーランドじゃ、なにかほんとに安い物が掘《ほ》り出せるかしれないよ」

　と、父さんは守勢にでた。

「いいえ、父さん、安かろうが、安くなかろうが、なにも掘り出すことはなりませんよ。あんたが買いこまないように、わたしがいっしょに行って気をつけてますからね。わたしにゃ、あんたを引きとめられないことがわかりましたよ。風に吹《ふ》くなと言うのと同じですからね。けれど、自分の身を守らなくてはなりませんから、わたしも行きます。この家はいまじゃ、あんたが競売から持って帰ったがらくたがあんまりいっぱいになって、自分までが切れっぱしや残りものでできてるような気がしますよ」

スローン父さんはふたたび溜息をついた。母さんといっしょに競売に行くのでは心がはずまなかった。母さんはいっさい付け値をさせてくれないだろうから。しかし、母さんがいかなる男の説得力をもってしても、変更《へんこう》できないほどの決意をかためていることを、父さんは知っていた。そこで、馬を馬車につけようと外へ出た。

スローン父さんの道楽は競売へ出かけ、だれもほかの者が買いたがらないようなものを買うことで、三十年をこえるスローン母さんのしんぼうづよい努力も、ほんのわずかな改心をもたらしたにすぎなかった。ときにはスローン父さんは悲壮《ひそう》にも、いちどきに六カ月もの間、競売から遠ざかることがあった。ところがそのあとが前よりいっそうひどく、そのあたり数マイル四方で行われる競売という競売全部に出かけて、荷車いっぱい役たたずの品を積みこんで帰ってくるのであった。父さんのこの前のてがらは古い攪乳器《かくにゆうき》に五ドルの付け値をし――人々はおもしろ半分にスローン父さんを相手に「値を競《せ》り上げ」たのである――母さんのところへ持ち帰ってカンカンにおこられた。母さんは十五年このかた、最新式の攪乳器を使っていたのである。なおわるいことには、父さんが競売で買ってきた攪乳器はこれで二つめだったのだ。それでことはきまった。母さんは今後、父さんが競売に行くときは自分が付き添《そ》って行くと宣言した。

しかし、この日は父さんに運の向いた日であった。父さんが母さんの待っている戸口へ馬車を乗りつけたとき、帽子《ぼうし》もかぶらない十歳《さい》ばかりの子供が息せききって庭へ駆《か》けてきて、母さんと馬車の踏《ふ》み段の間に割りこんだ。

「ああ、小母《おば》ちゃん、すぐ、うちへきてちょうだい。赤ちゃんがひきつけちゃったもんで、母ちゃんは狂ったようになっちゃってるし、赤ちゃんは顔が紫色になってるんだよ」

母さんは、夫へのつとめを果たそうとする女に、運が向いてないなと感じながら、その子について行ってしまったが、しかし、その前に父さんを戒《いまし》めた。

「あんたをひとりで行かせなくてはなりませんね。ですがね、父さん、言っておきますが、いっさい、競《せ》ってはいけませんよ――いっさいですよ、いいですか」

父さんはそうすると約束《やくそく》した。心からそのつもりだったのである。そこで、父さんはいそいそと馬車を駆って行った。ほかの場合ならどんなときでも母さんは歓迎《かんげい》すべき同伴者《どうはんしゃ》であるが、しかし、競売の風趣《ふうしゅ》だけは彼女《かのじょ》といっしょでは台無しだった。

父さんがカーモディの店に着いたときには、丘《おか》の下のガーランド家の狭《せま》い庭はすでに人でいっぱいだった。競売はとっくにはじまっている模様だったので、これ以上すこしでものがすまいと、父さんは急いで坂を下って行った。栗毛の馬の蹄鉄はあとまわしでいい。

母さんがガーランド家の競売を「けちくさい」と言ったのも過言ではなく、一カ月前にあったドナルドソンの大競売に比べると、たしかにごく小規模なものであった。ドナルドソンの競売のときのことを父さんはいまだに楽しく夢見《ゆめみ》てすごしているほどだった。

ホレス・ガーランドとその妻は貧しかったので、一人は肺病で、一人は肺炎《はいえん》で、おたがいに半年と間をおかずに亡《な》くなったあとには、借金とわずかばかりの家具のほかはなにも残っていなかった。家は借家であった。

売りに出されたさまざまな、みすぼらしい家財道具の付け値は活発に運ばず、一種の諦《あきら》めをおびた決意のようなものがただよっていた。カーモディの人々はこれらの品は借金の返済にあてるために売るのであり、自分たちが買わなければ売れないことを知っていた。そうではあっても、たいそう退屈《たいくつ》な動きであった。

家の中から、生後十八カ月ぐらいの赤ん坊《ぼう》を抱《だ》いた女が出てきて、窓の下のベンチに腰《こし》をおろした。

「そら、マーシー・ブレアがガーランドんとこの赤ん坊を抱いてるよ」と、ロバート・ローソンが父さんに言った。「かわいそうに、あの子はどうなるのかなあ！」

「だれか父方か母方の身内で、あの子を引き取ってくれる者はいないのかね？」

と、父さんはきいた。

「ねえだ。ホレスに身内があるたあ、だれも聞いたことがねえからな。かみさんには兄弟が一人いただけんど、何年も前にマニトバへ行っちまって、今じゃ、どこにいるだか、だれも知らねえだ。だれかあの子を引き取らなきゃなんねえだが、だれも所望《しょもう》じゃねえようだ。おれんとこも八人もいるんでなかったら、考えてみるんだけどな。いい子じゃねえか」

母さんの別れしなの注意が耳もとに鳴り響《ひび》いているので、父さんはいっさい付け値をしなかった。だが、それにはどのくらい大きな、英雄《えいゆう》的な自制心が必要だったかしれなかった。そのうちいちばんおしまいに、こんなわずかなことぐらいはかまわないだろうと思い、植木《うえき》鉢《ばち》のひと組に付け値をした。しかし、ジョサイア・スローンがその植木鉢を持って帰るようにと言いつけられてあったので、父さんの手にはいらなかった。

「さあ、これでおしまいだ」

と、競売人は顔の汗《あせ》をぬぐいながら言った。この日は十月にしてはたいへん暑かった。

「赤ん坊でも売るんでなかったら、もうなにも売り物はない」

笑い声が人々の間にまきおこった。競売が退屈だったので、人々はなにかおもしろいことを待ちうけていた。だれかが叫《さけ》んだ。

「その子を売りたてろ、ジェイコブ」

この冗談《じょうだん》は人々の気にいり、陽気な呼び声が繰り返された。

ジェイコブ・ブレアはマーシーの腕《うで》から赤ん坊のテディ・ガーランドを抱きとり、戸口のそばのテーブルに立たせ、日に焼けた大きな片手で子供の体《からだ》をささえた。赤ん坊はふさふさした金色の巻毛をしており、顔の色は白とピンクで、大きな青い目をしていた。自分の前の人々を見ると声をたてて笑い、うれしさに両手をふってみせた。こんなかわいい赤ん坊は見たことがないと、スローン父さんは思った。

「赤ん坊が売りに出ました」と、競売人は声を張りあげた。「できたてのホヤホヤといっていい、ほんものですよ。ほんとうの生きてる赤ん坊、ちょっぴり歩くこと話すこと保証つきだ。だれが値をつけるかね？　一ドルだって？　一ドルなんぞと付け値をするけちな人間は聞いたことたないね。だめ、だめ、そんな安い値じゃ赤ん坊は落ちませんや。ことに巻毛の品種はね」

人々はまたもや笑った。スローン父さんは冗談のつづきのつもりで、

「四ドル！」

と、叫んだ。

だれもみな父さんのほうを見た。人々は父さんが真剣《しんけん》であり、赤ん坊に家を与《あた》える意図をこうして示したのだと受取った。スローン父さんは裕福《ゆうふく》な暮らしをしているし、一人息子《むすこ》は大きくなって結婚《けっこん》していた。

「六ドル」

と、庭の向こう側からジョン・クラークが叫んだ。ジョン・クラークはホワイト・サンドに住んでおり、妻との間に子供がなかった。スローン父さんは敵はもたなかったが、ジョンのその付け値で父さんのは無効となった。どこの競売でも、競争相手はあり、その競争相手というのはジョン・クラークだった。なんにでも父さんより高い値をつけた。ジョンはいつも父さんを相手に競《せ》った。この前の競売では、なんにでも父さんより高い値をつけた。目の前にちらちらする家内の顔を恐《おそ》れる心配がない男だからである。父さんの闘志《とうし》はたちまち燃え上がった。母さんのことも忘れ、なにを競っているのかも忘れ、またもや、ジョン・クラークに勝たれてたまるかという決心のほか、いっさいを忘れてしまった。

「十ドル」

と、父さんは金切り声で呼ばわった。

「十五ドル」

と、クラークがどなった。

「二十ドル」

父さんがわめいた。

「二十五ドルだ」

クラークはほえた。

「三十ドルだ」

と、父さんは声をかぎりに叫んだ。声をふりしぼるので血管がもうすこしで破裂《はれつ》しそうだったが、しかし、父さんの勝ちとなった。クラークは笑い、肩《かた》をすくめて断念した。赤ん坊はスローン父さんのもの、と競売人は槌《つち》をふりおろした。この間じゅう、競売人はしゃれの火花をとばして、たえず群衆をどっと笑わせていた。カーモディの競売でこんなおもしろいことは久しぶりだった。

スローン父さんは前へ進み出た、というより、押《お》し出された。赤ん坊は父さんの腕に抱かされた。人々がこの子を育てるのは父さんだと思っていることがわかっても、父さんはあまりに呆然《ぼうぜん》としてしまい、断わることもできなかった。それに父さんはこの子供がかわいそうに思えてならなかった。

競売人は父さんが黙《だま》って置いた金をどうしたものかとながめた。

「わたしはこの分はほんの冗談のつもりだったんですがね」

と、彼《かれ》は言った。

「そんなことはねえ」と、ロバート・ローソンが言った。「全部の金をあてたって借金の払《はら》いに多すぎることたねえだ。医者の払いもあることだから、これでちょうどその分が出るだろう」

スローン父さんは、蹄鉄を打ってもらわないままの栗毛の牝馬《めすうま》と、赤ん坊と、赤ん坊の貧弱《ひんじゃく》な荷物とともに馬車を駆って、家に向かった。赤ん坊はたいして手数をかけなかった。ここふた月の間に、見知らぬ人々にすっかり慣れていたからで、抱かれると、すぐ眠《ねむ》ってしまった。しかし、この帰り道は父さんにとって楽しくなかった。帰り着いたときのスローン母さんのようすを父さんは心にうかべていた。

日暮れがたに、父さんが庭へ馬車を乗りつけたとき、母さんも勝手口の階段のところに待ちかまえていた。赤ん坊を見た母さんの驚《おどろ》きようといったらなかった。

「父さん、その子はだれの子ですか？　どこから持ってきなすったんですか？」

「わしは――わしは――競売で買ってきたのだよ、母さんや」

と、父さんは弱々しく言った。それから、雷《かみなり》が落ちるものと待っていた。だが、雷など落ちなかった。この父さんの仕業《しわざ》は母さんにとってあまりのことだったのである。あえぎながら、母さんは赤ん坊を父さんの腕から引ったくり取り、馬をおさめてくるように命じた。父さんが台所へ戻《もど》ってみると、母さんは赤ん坊をソファにのせ、ころがり落ちないようにと、周囲を椅子《いす》で囲み、糖蜜の菓子《かし》パンを与えていた。

「さあ、父さん、説明しなさい」

父さんの説明を、母さんは不気味《ぶきみ》に黙りこくって聞いていたが、父さんの話がおわると、きびしい口調でたずねた。

「この赤ん坊をうちに置いとくつもりなのですか?」

「わしには——わしにはわからねえ」

と、父さんは答えたが、実際、わからなかったのだ。

「そう、うちには置いておけません。わたしは男の子を一人育てあげましたが、それでたくさんです。これ以上わずらわされるのは、まっぴらです。どのみち、わたしには子育ては不向きなんですからね。メアリー・ガーランドにはマニトバに兄弟があると言いましたね? それなら、その人に手紙を出して、甥《おい》の世話をすべきだと言ってやりましょう」

「だが、母さん、だれにも住所がわからんのに、どうしてそうできるかね?」

と、父さんは、楽しそうに笑っている赤ん坊をもの悲しげに見た。

「たとえ、新聞に広告を出してでも、その人の住所を突《つ》きとめますよ。あんたという人は、父さん、病院のそとに置いておく人じゃありませんね。この次の競売からは女房《にょうぼう》でも買ってくるんじゃないですか？」

母さんの皮肉にすっかり圧倒《あっとう》された父さんは、椅子を引きよせて夕食にかかった。母さんは赤ん坊を抱きあげ、テーブルの上座にすわった。小さなテディは笑い、母さんの顔をつねった。母さんの顔をだ！　母さんはしごくむずかしい面持《おももち》をしていたが、テディに夕食を食べさせる手つきの巧《たく》みなこと、三十年もそのようなことからはなれていたとは思われないくらいだった。しかし、一度、母親としてのこつを覚えた女はけっしてそれを忘れないものである。

食事がすむと、母さんは背もたれの高い子供用の椅子を借りに、父さんをウィリアム・アレキサンダーの家へ使いにやった。父さんが薄暮《はくぼ》の中を帰ってみると、赤ん坊はふたたびソファの上に、周囲を囲まれてすわっており、母さんは屋根裏部屋をせかせか歩きまわっていた。やがて、もと、自分の息子が使った小さな寝台《しんだい》をおろしてきて、テディのために自分たちの部屋へすえた。それから、赤ん坊の服をぬがせ、古い子守歌《こもりうた》を歌いながら、ゆすぶりゆすぶり眠らせた。静かにすわったまま、スローン父さんはそれに耳をかたむけながら、昔《むかし》の美しい思い出にふけっていた。そのころは父さんも母さんも若くて誇《ほこ》り高く、いまは頬《ほお》ひげをはやしている息子のウィリアム・アレキサンダーはちょうど、このような巻毛の赤ん坊だった。

母さんはガーランド夫人の兄弟を求めて広告を出さなくてすんだ。兄にあたるその人が地元新聞で妹の死亡公告を見て、カーモディの郵便局長に詳細《しょうさい》を知らせてほしいと手紙を書き送ったからで、手紙は母さんのところへまわされ、それに母さんは返事を書いた。

母さんは将来の処置は未解決のままで赤ん坊を引き受けはしたが、このまま置いておく考えは全然ないこと、伯父《おじ》として当然なすべきことをしてもらいたいと穏《おだ》やかに書いた。それから手紙に封《ふう》をし、しっかりした手つきで宛名《あてな》を書いたが、それがすんだとき、赤ん坊を膝《ひざ》にのせて肘《ひじ》かけ椅子にすわっている父さんのほうをテーブルごしに見やった。父さんも赤ん坊もすばらしく幸福そうだった。もともと、父さんは赤ん坊には眼《め》がなかった。彼は十も若がえってみえた。二人を見守る母さんの鋭《するど》い目がやや、なごんだ。

手紙の返事はすぐにきた。テディの伯父は自分にも子供が六人もいるが、それにもかかわらず、甥を喜んで引き取ると言ってきた。しかし、迎《むか》えに行くことはできない。

ホワイト・サンドのジョサイア・スペンサーが春になったらマニトバへくることになっているから、そのときまで赤ん坊の世話をしていただけたら、スペンサー家の人たちに連れてきてもらえる。たぶん、もっと早くに機会がめぐってくるかもしれない、とあった。

「早い機会なんぞありはしないさ」

とスローン父さんは満足そうだった。

「そうですとも、やっかいなことだ！」

スローン母さんはてきぱき言ってのけた。

冬が過ぎていった。小さなテディは元気に育っていき、父さんは彼を崇拝《すうはい》した。母さんもテディにたいへんよく尽《つ》したので、テディは父さんと同様になついた。

それにもかかわらず、春が近づくと、父さんは元気がなくなってきた。ときには深い溜息をもらすこともあり、ことになにかのはずみに、ジョサイア・スペンサーの移住の話を耳にしたときなど、そうだった。

五月はじめのある暖かな午後、ジョサイア・スペンサーがやってきた。母さんは台所で落着きはらって編物をしており、父さんは新聞をひろげたまま、舟《ふね》をこいでおり、赤ん坊は床《ゆか》の上で猫《ねこ》と遊んでいた。

「こんにちは、おかみさん」と、ジョサイアは威勢《いせい》よく挨拶《あいさつ》した。「ここの若い衆をちょっと見にお寄りしましたよ。わたしらは来週の水曜日にたちますからね、この子を月曜日か火曜日にうちへよこしなさるがいいですよ。そうすりゃ、この子もわたしらに慣れて、そして――」

「ああ、母さんや」

父さんは懇願《こんがん》するかのように立ち上がったが、母さんの目を見て立ちすくんだ。

「おすわりなさい、父さん」

しおしおと父さんはすわった。

それから、母さんはにこにこ顔のジョサイアをじろっとにらみつけた。ジョサイアはたちまち、羊泥棒《ひつじどろぼう》の現場を見つかったかのように、ばつのわるそうなようすになった。

「スペンサーさん、まことにありがとうございます」母さんは冷やかに言った。「ですが、この赤ん坊はわたしらのものです。わたしらが買い取り、代金を支払ったのですからね。取引は取引です。赤ん坊を現金で買い取れば、その金の値打ち相当のものを得るものです。マニトバに何人伯父さんがいようが、わたしらはこの赤ん坊を育てます。これで十分おわかりですか、スペンサーさん?」

「わかりましたとも、わかりましたとも」気の毒にも、ジョサイアは前にもましてうしろめたく感じた。「しかし、わたしはあんたがたがこの子をいりなさらんように考えてましたっけが――この子の伯父に手紙をやんなすったように考えてましたっけが――わたしは――」

「わたしがあんただったら、そんなよけいなことは考えたりはしませんね」と、母さんはやさしく言った。「あんたもせつないばかりですよね。いっしょにお茶をあがっていきなさい」

だが、ジョサイアはそうはしていなかった。彼はわずかに残った自尊心をかき集め、ほうほうの態《てい》で逃《に》げだした。

スローン父さんは立ち上がり、母さんの椅子のところへきて、震《ふる》える手を母さんの肩に置き、

「母さん、お前はいい人間だ」

と、そっと言った。

「ばか言いなさんな、父さん」

と、母さんは言った。

十　縁《えん》むすび

その晩の祈禱会《きとうかい》には、わたしは顔面神経痛のため行かれなかったが、トマスが行った。帰ってきた瞬間《しゅんかん》、トマスの目の光り具合からなにかニュースがあるなと思った。

「今夜、祈禱会から、ステファン・クラークがいったい、だれといっしょに帰ったと思うかい？」

トマスはクスクス笑いながら言った。

「ジェーン・ミランダ・ブレアよ」

即座《そくざ》にわたしは答えた。ステファン・クラークの妻が亡《な》くなってから二年になるが、知るかぎりではステファンはだれにも目を向けなかった。しかし、カーモディにはジェーン・ミランダというおあつらえむきの人がおり、ステファンに不釣合《ふつりあい》な点はないと思っている。ただ、結婚《けっこん》ということになると、男はけっしてこちらの期待どおりにはしないものであるが。

トマスはまたもや笑った。

「ちがう。ステファンはプリシー・ストロングのところへ近づいて行って、いっしょに帰ったのだよ。撚《よ》りを戻《もど》そうってわけかな」

「プリシー・ストロングですって？」思わずわたしは両手を上げたが、そのうちに笑いだした。「プリシーじゃだめでしょう。エメリンが二十年前にぶちこわしてしまったように、また今度もそうするでしょうからね」

「エメリンときたらまったく変わり者のばあさんだからな」

トマスは憤慨《ふんがい》した。彼《かれ》はエメリン・ストロングがもとから嫌《きら》いだった。

「そのとおりよ。だからこそ、かわいそうにプリシーをどんなにでも好きなようにあやつっているのよ。見ていらっしゃい、このことがわかるがはやいか、頑《がん》として譲《ゆず》りませんよ」

たぶんそんなことだろう、とトマスも言った。その夜、床《とこ》にはいってからも、ステファンとプリシーのことを考え、わたしはながいこと眠《ねむ》らなかった。普通《ふつう》ならばわたしは他人のことを気に病んだりはしないのだが、プリシーがあまりにかよわいので、念頭から消すことができなかった。

二十年前、ステファン・クラークはプリシー・ストロングの愛情を得ようとした。プリシーの父の死後まもなくのことで、プリシーとエメリンは二人だけで暮《く》らしていた。エメリンはプリシーより十歳《さい》上の三十で、すべての点で全然ちがった姉妹があるとすれば、それはこのエメリンとプリシーであった。

エメリンは父に似ており、体《からだ》は大きく、色は黒く、不器量で、またとなく横柄な人がらだった。哀《あわ》れなプリシーはまったくその圧制下にあった。

プリシー自身はきれいな娘《むすめ》であった——少なくとも、たいていの人はそう考えていた。わたしとしては正直のところ、プリシーのような型はあまり感心しない。もっと活気と弾力《だんりょく》のあるほうが好きだ。プリシーはほっそりした体つきで、頬《ほお》はばら色、青い訴《うった》えるような目をしており、うすい金色の髪《かみ》はくるくると小さな輪を作って顔のまわりにまつわっていた。その姿のとおり、柔順《じゅうじゅん》で臆病《おくびょう》な性質であり、一片《いっぺん》の悪意すらなかった。一部の人たちがもてはやすほどにはその容姿を好まなかったとはいえ、わたしはもとからプリシーが好きだった。

いずれにせよ、プリシーのような型がステファン・クラークにはうってつけであった。ステファンはプリシーを追いかけ、プリシーも彼を好きなことは疑う余地がなかった。そこへ、エメリンが終止符《しゅうしふ》を打ったのである。それはまったくの意地悪からであった。ステファンはりっぱな相手で、なんら反対する理由がなかった。しかし、エメリンはプリシーを結婚させまいと決心していた。エメリン自身結婚できないので、そのことをひどく憤慨していた。

もちろん、プリシーにほんのわずかでも気概《きがい》があったら、屈《くっ》しはしなかったであろう。しかし、それらしいものは微塵《みじん》も持ちあわせていなかった。エメリンに言いつけられたら、自分の鼻さえ、そぎ落としたにちがいないとわたしは信じている。プリシー・ストロング（強い）こそ、その人だった。名前と似ても似つかぬ娘があるとすれば、プリシーにはストロングなところはちっともなかった。

ある晩、祈禱会がおわったとき、ステファンはいつものようにプリシーのところへ行き、お宅までお送りしましょうと言った。トマスとわたしはすぐうしろにいたので――そのころ、わたしたちはまだ結婚していなかった――すっかり聞いてしまった。プリシーはおびえ、訴えるようなまなざしをちらっとエメリンに投げてから、こう答えた。

「いえ、今夜はけっこうでございます」

ステファンはさっと踵《きびす》を回して行ってしまった。彼は疳《かん》の強い人間なので、このように人なかでの侮辱《ぶじょく》を、とうてい許さないことがわたしにはわかっていた。もし、ステファンに当然の分別があったら、エメリンが原因だということがわかったであろうに。しかし、それがわからないステファンはアルシア・ギリスのもとに通いはじめ、翌年、二人は結婚した。アルシアは蓮《はす》っ葉《ぱ》ではあるが、どちらかといえばよい娘で、ステファンとけっこう、幸福にいったようだった。世の中にはそういうことがあるものである。

二度とプリシーのもとへ通おうとする者はいなかった。エメリンを恐《おそ》れてのことと思う。プリシーの美しさはまもなくあせた。もとと変わらず可憐《かれん》な風情《ふぜい》をたたえてはいたが、花盛《はなざか》りは去り、年ごとにプリシーはますます内気に、無気力になる一方であった。エメリンの許しを得なければ、二番めに上等の晴着さえ、着ないほどだった。猫《ねこ》が好きでたまらなくても、エメリンが飼《か》わせてくれなかった。エメリンは自分がとっている週刊宗教誌をプリシーに見せる前に、連載《れんさい》小説を切り取りさえした。小説を読むことはよくないとの考えからである。それらのことを見るにつけ、わたしは憤慨にたえなかった。二人の家はわたしがトマスと結婚してからはすぐの隣《となり》で、わたしはしじゅう、出入りしていたのである。プリシーが譲ってばかりいるのを見ると、わたしはまったく腹がたってならなかったが、しかし結局、プリシーはそうするよりほかしかたがなかったのだ——そのように生まれついていたのであるから。

それが今度またもや、ステファンが一《いち》か八《ばち》かやりはじめたのである。たしかにおかしいことだった。

ステファンがプリシーと祈禱会から四晩いっしょに帰ったところで、エメリンに見つかってしまった。エメリンはレオナード牧師に猛烈《もうれつ》に腹をたてていたため、その夏じゅう、祈禱会に出席しなかった。レオナード牧師が不信心でとおっていた港のナオミ・クラークのおばあさんを、「まるでクリスチャンさながらに」葬《ほうむ》ったことに不満の意を表したところ、レオナード氏はエメリンが当分、忘れられないようなことをなにか言ったからであった。どんなことを言ったのかわたしは知らないが、とにかく、いったんレオナード牧師がだれかにたいしておこったとなると、しばらくの間はその人が忘れられないほどきびしい非難をするということは知っていた。

たちまちわたしには、エメリンがステファンとプリシーのことを気づいたにちがいないことがわかった。プリシーが祈禱会へ行かなくなったからである。

なんとなくわたしは心配になり、トマスが後生だから他人のことでいらぬ世話をやいてくれるなと忠告したにもかかわらず、なんとかしなければならないという気がした。ステファンはよい人間であるし、プリシーは美しい家庭をいとなむだろうし、アルシアが残した二人の小さな男の子こそ、ほんとうに母親を必要としていた。それに、プリシーが内心、結婚したくてたまらないのをわたしは知っていた。エメリンもそうだったが、しかし、エメリンに夫を世話したいとはだれも思わなかった。

思案の結果、わたしはステファンを教会からの帰り、昼食に招くことにした。ステファンがアヴォンリーのリジー・パイのもとへ行こうとしているという噂《うわさ》を耳にしたので、なんらかの手を打つとしたら、いまこそ動きだすときだと悟《さと》ったからだった。それがジェーン・ミランダだったら、わたしは気をもまなかったかもしれない。だが、リジー・パイではアルシアの男の子たちの継母《けいぼ》としてはとても向かない。ひどいかんしゃくもちのうえ、おそろしいけちんぼなのだ。

ステファンはきた。うつうつとして元気がなく、あまり口をききたがらなかった。食事がすむと、わたしはトマスにほのめかした。

「昼寝《ひるね》をしていらっしゃい。わたしはステファンに話がありますから」

トマスは肩《かた》をすくめて立ち去った。わたしが自分から好んで山ほどやっかいをひきおこそうとしていると、考えたにちがいないが、しかし、なにも言わなかった。

トマスがいなくなるがはやいか、わたしは何げない口調でステファンに、あなたはわたしの隣人《りんじん》の一人を奪《うば》って行こうとなすっているがわたしは悲しくは思わない、たいそうよい隣人なのでいなくなれば寂《さび》しくてたまらなくはあるが、と言った。

「そんなに寂しい思いはせずにすむことでしょうさ」ステファンはこわい顔をして言

った。「わたしはあそこじゃ用がないと言われたのですから」

ステファンがこんなにざっくばらんに言うので、わたしはびっくりした。ことの真相を確かめるのは容易であるまいと思っていたからである。ステファンは心を打明けて話す性質ではないのだが、今度ばかりはそのことを話すほうが気が楽になるようすだった。これほどいやな思いをかみしめている男は見たことがなかった。ステファンはわたしにいっさいを語ってきかせた。

プリシーから手紙がきたのだった——その手紙をステファンはポケットから取り出し、わたしに読むようにと渡《わた》した。たしかにそれはプリシーのきちんとした、美しい、小さな筆跡《ひっせき》で、ご好意は迷惑《めいわく》ですから、どうかご遠慮《えんりょ》いただきたい、とだけ書いてあった。気の毒に、これではリジー・パイのもとへ通うのも無理はない！

「ステファン、プリシーがこの手紙を書いたと思っていなさるとは、あきれますね」

「あの人の筆跡じゃありませんか」

ステファンは頑固に言いはった。

「もちろん、そうですわ。『声はヤコブの声なれども手はエサウの手なり』（訳注　旧約聖書創世記二七章二二節）というところですよ」この引用が適当かどうかは自信はなかったが、わたしはこう言った。「エメリンが手紙の文を作って、プリシーにそれを写させたのですよ。

わたしにはそれが自分の目で見たと同然にわかりますが、あなたにだってそのくらいわからなければね」

「そう受取れるものなら、いくら反対しようと、プリシーをこっちのものにすることができるというところを、エメリンに見せてやる」と、ステファンはあらあらしく言った。「だが、プリシーがわたしに用がないと言うなら、わたしはプリシーに自分の気持を押《お》しつけるつもりはありません」

そこですこし話しあったすえにわたしがプリシーの意向をさぐり、本心を確かめることにきまった。それはむずかしくはあるまいと思っていたが、また実際、ほねはおれなかった。その翌日、エメリンが店へと出かけたのを見すましたわたしは、隣へ行った。プリシーはひとりで敷物《しきもの》を縫《ぬ》っていた。エメリンはたえずプリシーにこの仕事をさせていた――プリシーがそれを嫌いだったからにちがいない。部屋にはいってみると、プリシーは泣いており、まもなくわたしはいっさいの話を聞くことができた。プリシーは結婚したいのだった――ステファンのところへ嫁《とつ》ぎたがっていた――それだのに、エメリンがそうさせないのだった。

「プリシー」わたしは腹がたった。「あんたは意気地《いくじ》がないのね！　いったい、なんでステファンにあんな手紙を書いたの？」

「だって、エメリンが書かせたのですもの」プリシーの口ぶりでは否応《いやおう》言う余地はないかのようだったし、わたしもそうにちがいないと思った――プリシーにとっては、である。また、ステファンがもう一度プリシーに会いたいとしても、エメリンに知られてはならないこともわたしにはわかっていた。それで次の日の晩、ステファンがきたとき――鍬《くわ》を借りに、とのことだった――わたしは彼にそう話した。ずいぶん遠いところを鍬を借りにきたものである。

「それでは、どうしたらいいでしょうか？　手紙を書いたってむだだし。どうせ、エメリンの手にはいりますからね。今後、エメリンはプリシーを一人ではどこにも行かせないでしょうし、そうかと言って、あの意地悪の猫ばばあがいつ留守にするか、わたしにわかるはずがないじゃありませんか？」

「猫を侮辱するのはよしてください」と一本釘《くぎ》を打ってからわたしはつづけた。「どうしたらいいか、教えてあげましょう。あなたの家からうちの納屋《なや》の通風管が見えるでしょう？　あれに旗《はた》かなにか結びつけたら、あなたの持っているあの小望遠鏡で見えないかしら？」

ステファンは見えると思うと言った。

「それでは、気をつけていてください。エメリンがプリシーをおいて出かけたらすぐ、合図しますから」

機会はまる二週間もめぐってこなかった。ところがある夕方、エメリンがわたしの家の下の原を大股《おおまた》で歩いて行くのが見えた。エメリンの姿が見えなくなるがはやいか、わたしは白樺林《しらかばばやし》をぬけてプリシーのところへ駆《か》けて行った。

「そうなの、エメリンは今夜は寝ずにジェーン・ローソンの看病をしに行ったのです」

プリシーはうろたえ、震《ふる》えながら言った。

「それなら、あなたはモスリンの服を着て、髪をきちんとなさい。わたしは家へ帰って、トマスにあの通風管になにか結《ゆわ》えてもらいますから」

しかし、トマスはそうしてくれたであろうか？　してくれなかった。教会の長老としての地位にたいして責任を感じるからと言うのだった。わたしはトマスの長い赤いウールのスカーフを通風管に結び、ステファンが見てくれるようにと祈《いの》った。ステファンは見た。一時間とたたないうちに、うちの小径《こみち》に馬車を乗りつけ、馬を納屋につないだ。どこからどこまでもスマートな服装《ふくそう》をととのえ、小学生のようにそわそわして、興奮していた。彼はすぐにプリシーのところへ行き、わたしははればれした心持で自分の新しい肩掛《かたか》けにふさをつけはじめた。どうしてそんな気になったものかわからないが、急にわたしは毛布の箱《はこ》に蛾《が》がはいりこんでいはしないか屋根裏部屋へ見に行ってこようと思った。これこそ神が特別に仲にはいってくださったものと思われる。わたしは上って行き、ふと、東の窓から外をながめると、エメリンがうちの池の端《はし》の畑を帰ってくるのが目にはいった。

わたしは飛ぶように屋根裏部屋の階段を駆けおり、白樺林をぬけ、ストロング家の台所へとびこんだ。台所ではステファンとプリシーがしごくうちくつろいですわっていた。

「ステファン、さ、早く！　エメリンが近くまできていますよ」

と、わたしは叫《さけ》んだ。

窓の外を見てプリシーは手をふりしぼった。

「おお、もう小径にきたわ。姉さんに見つからずに、この人は家から出られないわ。おお、ロザンナ、どうしましょう？」

もしもわたしがその場にいあわせて思案をめぐらさなかったら、この二人がどうなっていたかしれないと思う。

「ステファンを屋根裏部屋へ連れて行ってかくしなさい、プリシー。早く連れて行きなさい」

とわたしはびくともせずに命じた。

プリシーはすばやくステファンを連れ去ったが、台所へ戻るか戻らないうちにエメリンがどんどんはいってきた——だれかが先をこしてジェーン・ローソンの看護をしようと申し出たため、エメリンはジェーンが眠っている間にいろいろなものをかきまわす機会を失ったわけで、ぬれた牝鶏《めんどり》のように激怒《げきど》していた。プリシーに目をとめた瞬間《しゅんかん》、エメリンは怪《あや》しいと感じた。それもふしぎでなかった。プリシーは盛装《せいそう》し、頰《ほお》を紅潮させ、目を輝《かがや》かせていたからである。プリシーは興奮で打震え、十も若がえってみえた。

「プリシー、あんたは今夜、ステファン・クラークを待っていたんだね！」エメリンはどなった。「この、性悪《しょうわる》の、嘘《うそ》つきの、卑劣《ひれつ》な、恩知らずめッ！」

エメリンはプリシーをがみがみどなりつづけ、プリシーは泣きだしたが、その姿がいかにも弱々しく、赤ん坊《ぼう》じみているので、いっさいのことを言ってしまいはしないかと、わたしは心配になった。

「これはあんたとプリシーの間のことですからね、エメリン」と、わたしは割ってはいった。「わたしは干渉《かんしょう》しようと思いませんよ。けれど、わたしの肩掛けにふさをつけるのに、あんたがアヴォンリーで教わってきなすった新しい型を教えてもらうのに、きていただきたいと思ってね。それには暗くならないうちのほうがいいから、すぐ、きていただきたいのですよ」

「行くことは行くけれどね」と、エメリンは無愛想な返事をした。「プリシーもいっしょにこさせますよ。今後はわたしの目の届かないところに安心して置いとけないことがわかったからね」

わたしはステファンが屋根裏部屋の窓からわたしたちの姿を見て、うまく逃《に》げだしてくれればいいがと願った。しかし、そんな偶然《ぐうぜん》に頼《たよ》っていられないので、エメリンが無事、わたしの肩掛けにとりかかるのを見届けると、口実をもうけてそっと忍《しの》び出た。幸い、うちの台所は隣家とは反対の側にあったが、わたしはびくびくしながらストロング家へ夢中《むちゆう》で走って行き、エメリンの屋根裏部屋へと階段を駆け上り、ステファンのところへ行った。きてよかった。ステファンはわたしたちが行ってしまったのを知らずにいたのである。プリシーが織機のうしろにかくしたので、ギーギーきしむ床《ゆか》の音をエメリンが聞きつけないかと心配で、ステファンは身動きすらしなかったのだ。くもの巣《す》だらけの彼《かれ》の姿は見物《みもの》だった。

わたしはステファンを階下におろし、こっそりうちの納屋へ閉じこめ、そこに彼は暗くなりストロング姉妹が帰ってしまうまでいた。エメリンはうちの戸口を出るとさっそく、プリシーにおこりはじめた。

やがてステファンがはいってきて、わたしたちは相談した。ステファンとプリシーは短い時間ではあったが有効に使ったのだった。プリシーは彼と結婚《けっこん》すると約束《やくそく》したので、残る問題は式を挙げることだけだった。

「しかもそれは容易なことじゃありませんよ。いったん、エメリンが疑いをいだいたとなると、たとえ何年かかろうと、あなたがだれかほかの人と結婚するまでは、プリシーから目を離《はな》さないでしょうからね。わたしはエメリンも知っているし、プリシーという人も知っています。これがほかの娘だったら逃げだすとか、なんとかやりおおせてしまうけれど、プリシーは絶対にそうはしませんよ。あんまりエメリンの言うとおりにする習慣がついてしまっているんですわ。あんたには柔順《じゅうじゅん》な奥《おく》さんができますよ、ステファン——プリシーが手にいれられるならね」

ステファンはそんなことは一つも欠点ではないという顔をしていた。噂《うわさ》によれば、アルシアはかなり圧制的だったとのことだったが、わたしは知らない。そうだったかもしれない。

「なにかいい考えはありませんか、ロザンナ？」ステファンはすがらんばかりだった。

「あなたがここまでわたしたちを助けてきてくだすった恩義を、わたしはけっして忘れませんよ」

「考えといっても一つしかないけれど、それはあなたが結婚許可証を用意し、レオナードさんに話し、うちの通風管から目を離さないことです。わたしはここで見張っていて、機会があり次第《しだい》、合図しますからね」

そういうわけで、わたしは見張り、ステファンも見張り、レオナード牧師も一味に加わった。プリシーはもとからレオナード牧師の気にいりだったし、聖人とはいえ、超人《ちょうじん》でないかぎり、いつも教会に悶着《もんちゃく》をおこそうとしているエメリンに好感をもつことはとうてい、彼にはできないことであろう。

しかし、エメリンはわたしたちみんなの相手として不足なかった。けっしてプリシーから目を離さず、どこへ行くにもプリシーを引き連れて行った。ひと月たったときにはわたしはほとんど望みを失ってしまった。あと一週間すればレオナード牧師は教団の最高会議に出かけてしまうし、ステファンの近所の人たちはステファンのことを話題にのせはじめたからである。男が日がな一日、望遠鏡を手に庭をうろうろし、なにもかも雇人《やといにん》まかせとは正気の沙汰《さた》じゃないと言うのだった。

ある日、エメリンが一人で外出するのを見たわたしは自分の目が信じられなかった。

エメリンの姿が見えなくなるやいなや、わたしはとんで行った。アン・シャーリーとダイアナ・バーリーもいっしょに行った。

その日の午後、二人はわたしを訪《たず》ねてきていた。ダイアナの母親はわたしのまたいとこにあたり、おたがいにひんぱんに往来していたので、ダイアナはしじゅう見ていたが、ダイアナの親友のアン・シャーリーには一度も会ったことがなく、いろいろ聞いて好奇心《こうきしん》で気が狂《くる》うほどだったのである。それで、この夏アンがレドモンド大学から帰省したとき、わたしは後生だからアンをいつか午後でも連れてきてほしいとダイアナに頼《たの》んだのだった。

アンはわたしを失望させなかった。一部の人にはわからないが、わたしは美人だと思った。このうえなくすばらしい赤い髪《かみ》をもち、少女の目にしては見たこともないほど、大きな輝く目をしていた。その笑い声といえば、聞いただけで若返る思いがした。その午後、アンとダイアナは二人ともよく笑った。わたしがかたく口止めをしたうえで、哀《あわ》れなプリシーの恋愛《れんあい》事件を全部話してきかせたからである。そのため、二人はなんとしてもわたしといっしょに行くと言いはった。

家のありさまを見てわたしは驚《おどろ》いた。よろい戸というよろい戸はすべて閉ざされ、ドアには錠《じょう》がおりていた。わたしがいくらたたいても、なんの返事もなかった。そこで、家をぐるっとまわり、ただ一つよろい戸のおりていない窓のところへ行った――二階の小さな窓だった。それが姉妹の寝室《しんしつ》の右手の小部屋の窓であるのがわかった。わたしがその下に足をとめてプリシーを呼ぶと、まもなく、プリシーが出てきて窓をひらいたが、あまりに青ざめ、悲しみに沈《しず》んでいるのを見て、わたしは心からかわいそうになった。

「プリシー、エメリンはどこへ行ったの？」

「アヴォンリーのロジャー・パイの家へ見舞《みま》いに行きました。あそこの衆がはしかにかかったもんでね。わたしがまだ一度もはしかをやってないので、エメリンはいっしょに連れて行かなかったのです」

哀れなプリシー！　人間なみに、はしかさえしていなかったのである。

「それなら、よろい戸をあけて、すぐ、わたしの家へいらっしゃい」と、わたしはおどりあがらんばかりに喜んだ。「すぐに、ステファンと牧師さんを呼びますから」

「だめなの――エメリンがわたしをここに閉じこめて鍵《かぎ》をかけてしまったのですもの」

と、プリシーはみじめな声で言った。

わたしは閉口してしまった。人間なら赤ん坊より大きな者は一人としてその小部屋の窓から出入りはできそうもないからである。

「いいわ」わたしはきっぱり言った。「とにかく、ステファンがきてからのことにしましょう」

わたしはあの通風管の上にどうやって合図をかかげてよいかわからなかった。ステファンに合図して、梯子《はしご》の上でめまいをおこしたら、おそらく結婚式のかわりに葬式《そうしき》ということになりかねない。しかし、アン・シャーリーがかわりにしましょうと言い、かかげてくれた。わたしはそれまで一度もこの少女に会ったことはないし、また、その日以後ずっと会っていないが、あの少女にはいったん、こうと決心したらできないことはほとんどあるまい、というのがわたしの意見である。

ステファンはまもなく牧師を連れて到着《とうちゃく》した。そこでトマスをもふくめたわたしたち一同は——トマスは不本意ながらこの事件に興味をもちはじめたのである——出かけて行き、小部屋の窓の下で作戦を練った。トマスはドアを破ってプリシーを拉《らっ》し去ればいいと提案したが、レオナード牧師は感心しないようだったし、ステファンでさえ、それは最後の手段としてのみ考えうることだと言った。わたしもそれに同意した。かならずエメリンのことだから、家宅侵《かたくしん》入罪《にゅうざい》のかどでステファンを訴《うった》えるにきまっている。憤怒《ふんぬ》のあまりエメリンはこちらで口実を与《あた》えたら、すこしもためらわないであろう。このとき、まるで自分が結婚するかのように興奮していたアン・シャーリーがまたもや助け舟《ぶね》を出してくれた。

「あの小部屋の窓に梯子をかけて、クラークさんがそれを上って行き、あそこで式を挙げられないものかしら？　そうできません、レオナード先生？」

レオナード牧師はできると答えた。彼は平生、いかにも聖者らしい態度の人だが、わたしは彼の目がキラッとおどるのを見た。

「トマス、うちへ行って小梯子をあそこへ持ってきてくださいな」

と、わたしは頼んだ。

トマスは自分が教会の役員だということも忘れ、肥えた体《からだ》を精いっぱい、敏捷《びんしょう》に動かして梯子を運んできた。結局、梯子は短かくて窓に届かなかったが、また別のを取りに行くだけの時間がなかった。ステファンは梯子のいちばん上まで上って手をさしのべ、プリシーは下に手をさしのべ、辛《かろ》うじて手を握《にぎ》りあうことができた。プリシーの様子をわたしは永久に忘れないだろう。窓があまり小さいので、プリシーは頭と腕《うで》を片方出せるだけだった。そのうえ、彼女《かのじょ》は死ぬほど、おびえていた。

レオナード牧師は梯子の足もとに立って二人を結婚させた。原則として、レオナード牧師は結婚式をながながと、いとも荘厳《そうごん》にとりおこなうのであるが、このときには絶対に必要な事がら以外はいっさい省いてしまった。しかも、そうしたおかげでよかった。というのは、ちょうど彼が二人を夫と妻として宣言したとき、エメリンが小径に馬車を乗りいれてきたからである。

エメリンは青い本を手にした牧師を見たとき、なにごとが起きたのかすっかり承知してしまった。ひと言も言わず、玄関《げんかん》へ歩いて行き、鍵をあけると二階へ上がって行った。小部屋の窓があのように小さくて助かった、とわたしはつくづく思う。さもなかったら、エメリンは窓からプリシーを放《ほう》り出したにちがいない。そういうわけなので、エメリンはプリシーの腕をつかんで階下へ引きおろし、文字どおり、ステファンに投げつけた。

「そら、あんたの女房《にょうぼう》を連れて行きなさい。これの服は一つ残らず荷造りして、あとから送ります。これの顔も、あんたの顔も生きているかぎり、二度と見たくない」

今度はわたしとトマスに向かい、

「このことで、この低能めの後押《あとお》しをしたあんたたちは、わたしの庭から出て行って、二度とうちの敷居《しきい》をまたいでもらいますまい」

「やれまあ、だれがまたぎたいものかね、ガミガミ婆《ばあ》さん？」

と、トマスが言った。

おそらく、そんなことを言ってはいけないのだろうが、しかし、教会の長老とはいえ、われわれはみな人間なのだ。少女たちも逃げなかった。エメリンは二人をにらみつけた。

「アヴォンリーへ持って帰るに、いい土産《みやげ》ができたね。アヴォンリーのおしゃべり連にとっちゃ、当分、話の種がたっぷりあることだろうよ。そのためにこそ、あんたたちはアヴォンリーから出むいてくるんだからね——噂話《うわさばなし》を仕入れにね」

最後は牧師の番だった。

「今後、わたしはスペンサーヴェルのバプティスト教会のほうへまいりますからね」

その口調と表情は他のすべてを語ってあまりあった。エメリンはすさまじい勢いで家のなかへはいり、ドアをぴしゃっとしめた。

レオナード牧師はあわれむような微笑《びしょう》をうかべてわたしたち一同を見まわし、ステファンは哀れな、気絶しかけているプリシーを馬車に運びいれた。

「まことにお気の毒ですなあ」と、レオナード牧師は例の温厚《おんこう》な、聖人らしい態度で言った。「バプティスト教会の人たちがですよ」

十一　カーモディの奇蹟《きせき》

台所の窓から外をながめたサロメはなめらかな額にしわをよせた。

「やれやれ、ライオネル・ヒゼカイアは今度はなにをしたというのだろう?」

サロメは気づかわしげにつぶやいた。

思わずサロメは松葉杖《まつばづえ》のほうへ手をのばしたが、床《ゆか》にたおれているので届かず、杖なしでは一歩も歩けなかった。

「まあいい。とにかくジュディスが精いっぱいの速力であの子を連れてくるところだから」と、サロメは考えなおした。「あの子は今度はなにかおそろしいことを、しでかしたに相違《そうい》ない。ジュディスがひどくきげんのわるい顔をしているもの。それに、心からおこったときでなければ、ジュディスはけっしてあんな歩き方をしない。ああ、あたしはときどき、あの子を養子にしたのはジュディスとわたしのまちがいだったと思うことがある。子供のちゃんとした育て方について、独身女二人がたいしてくわしいはずがないもの。けれど、あの子はわるい子じゃないし、ただ、わたしたちにその方法さえわかったら、もっと行儀《ぎょうぎ》よくするのに、なにかやり方があるにちがいないと思うのだけれど」

サロメのひとりごとは、ライオネル・ヒゼカイアのむっくり肥えた手首をぎゅっとつかんだ姉のジュディスがはいってきたためにさえぎられた。

ジュディス・マーシュはサロメより十歳《さい》の年上で、この二人の外見は夜と昼のように異なっていた。サロメは三十五という年齢《ねんれい》にもかかわらず、ほとんど少女のように見えた。小がらで、頰《ほお》はばら色で、花のような感じがした。薄《うす》い金色の髪《かみ》はくるくる小さな輪を描《えが》いて頭全体にむらがり、婚期《こんき》をのがした婦人とはとうてい思えず、目は大きくて青く、鳩《はと》の目のように柔和《にゅうわ》だった。顔は弱々しくはあったが、たいそう愛らしく、人をひきつけた。

ジュディス・マーシュは背が高く、色は浅黒く、不器量な悲劇的な顔をしており、髪は灰色だった。黒い目は陰気《いんき》で、目鼻立ちの一つ一つが不屈《ふくつ》の意志と決断力を物語っていた。今のジュディスはサロメが言ったとおり「心からおこった」顔つきをしており、とらえている小さな人物に向けたとげのある目つきは、のんきな六年の生涯《しょうがい》を過ごしてきたライオネルよりもっと甲羅《こうら》を経た罪人でさえ、ちぢみあがるほどだった。

どんな欠点があるにしろ、ライオネルはわるい子供とは見えなかった。実際、大きな、ビロードのような鳶色《とびいろ》の目でこの楽しい世界に、にこにこ笑いかけるもっとも愛らしい腕白小僧《わんぱくこぞう》であった。よく肥えた頑丈《がんじょう》な手足を持ち、もしゃもしゃの美しい金色の巻毛は彼《かれ》にとっては悩《なや》みの種であり、サロメにとっては誇《ほこ》りであり、喜びでもあった。丸い頰にはいつもえくぼや微笑《びしょう》や、日光がひそんでいた。

しかし今のところ、ライオネルはしおれきっていた。現行犯として捕《とら》えられたので、たいそう恥《はじ》いっているのだった。サロメに悲しげにとがめるように見られて彼はうなだれ、爪先《つまさき》をもじもじさせていた。サロメのこんな目つきにあうと、いつもライオネルは楽しい思いをしてもそれ相当以上の償《つぐな》いをしているように感じられた。

「今度はこの子がなにをしているところを見つけたと思う?」

と、ジュディスが言った。

「わ——わたしにはわからないわ」

サロメは口ごもった。

「鶏小屋《とりごや》の——戸の的に——生みたての——卵を——ぶつけていたのだよ」と、ジュディスはひと言ひと言に力をこめて言った。「きょう、生んだ卵を三つ残しただけで、あとはみんな割っちまったんだからね。おまけに鶏小屋の戸といったら——」

ジュディスは口をつぐみ、憤慨《ふんがい》にたえないという身ぶりで、鶏小屋の戸のありさまは英語ではとても言いあらわしようがないから、サロメの想像にまかせる、との意を伝えた。

「おお、ライオネル、どうしてあんたはそんなことをするの?」

サロメはみじめな思いでたずねた。

「ぼく、いけないことだって知らなかったんだもん」ライオネルはさっそく、わっと泣きだした。「すごくおもしろいだろうと思ったんだよ。おもしろいことはみんな、いけないいんだね」

サロメは涙《なみだ》には弱かった。それをライオネルはよく承知していた。サロメはすすり泣きをしている罪人に手をかけて引き寄せ、

「この子はわるいと知らなかったのですよ」

ジュディスにいどむかのようにかばった。

「それなら、教えてやらなきゃいけない。いいえ、この子をかばおうとしたってだめですよ、サロメ。夕食なしですぐベッドに入れて、明日の朝までそのままにさせときます」

「おお! 夕食ぬきというのはやめてくださいな」と、サロメは頼《たの》んだ。「この子の

——この子の胃を痛めたって行儀をよくすることはできませんもの、ジュディス」

「夕食ぬきと言ったら、ぬきです」ジュディスは容赦《ようしゃ》なく繰《く》り返した。「ライオネル、二階の南の部屋へ行って、すぐ、やすみなさい」

ライオネルは二階へ上がり、すぐに寝床《ねどこ》へはいった。彼はけっしてふくれたり、言いつけに従わなかったりはしなかった。彼ががまんづよく、重い足どりで、ひと足ごとにすすり泣きながら二階へ上がって行くのを聞いているうちに、サロメの目にも涙があふれてきた。

「さあ、後生だから泣かないでおくれ、サロメ」ジュディスはいらいらした。「わたしにすればいとも簡単に放免《ほうめん》してやったつもりだのに。あれじゃ聖者だって腹をたてますよ。しかも、わたしは聖者じゃないんだからね」まさにそのとおりであった。

「でも、あの子は悪い子ではありませんよ」と、サロメは主張した。「悪いと聞かされれば、けっして二度と繰り返さないじゃありませんか、二度と」

「かならず、なにかしら新手《あらて》の、輪に輪をかけた悪いことをするのでは、それがなんになると言うの？　あの子みたいに、わるさを思いつく子って見たことがありませんよ。この二週間にしたことだけでも考えてごらんなさい——たった二週間の間にですよ、サロメ。生きてる蛇《へび》を持ちこんで、あんたをもうすこしで気絶させるところだったじゃないの。塗《ぬ》り薬をひとびん飲んでしまって、死にそこなう、ひきがえるを三匹《びき》も自分といっしょにベッドに入れる、鶏小屋の屋根裏へ上り、牝鶏《めんどり》の上に墜落《ついらく》してひよこを殺してしまう、あんたの水彩《すいさい》絵の具を顔じゅうに塗りたくる。そして今度はこの大てがらじゃないの。しかも、卵は一ダース二十八セントもしているというのに！まったく、サロメ、ライオネルは不経済な贅沢《ぜいたく》ものだよ」

「でも、わたしたちはあの子なしではいられませんもの」

「わたしはいられますよ。でも、あんたはそうはいかない、というか、そうはいかないと思いこんでいるのだから、あの子を置いとかなくちゃなりますまいよ。けれど、わたしたちが少しでも安心していようと思ったら、わたしの見るところじゃ、あの子を紐《ひも》でつないで庭に出し、だれか見張り人を雇《やと》いでもしなくちゃね」

「なんとかあの子を取扱《とりあつか》う方法があるにちがいありませんよ」

サロメは必死で言った。サロメは紐でつなぐと言ったのを本気にとったのである。ジュディスはなにを言うにもひどく真剣《しんけん》だった。

「あの子がこんなにいろいろ聞いたこともないようなことを発明するのは、ほかにすることがないせいじゃないかしら。なにか、することがあったら――たぶん、学校へでもやったら――」

「学校へ行くにはまだ年が足りませんよ。父さんがいつも言ってたでしょう、子供は七つになるまでは学校に出してはいけないって。だから、ライオネルも出すつもりはありませんよ。さあ、バケツにお湯を持って行って、鶏小屋の戸口をどうにかできるかやってみよう。おかげで、午後の仕事の手順がすっかり狂《くる》っちまったよ」

ジュディスは松葉杖をサロメのそばに立てかけ、鶏小屋の戸をきよめに出かけた。その姿がすっかり見えなくなるがはやいか、サロメは松葉杖を取り、のろのろとほねをおりながら階段の下へと歩いて行った。二階へ上がり、ライオネルを慰《なぐさ》めてやりたくてたまらなかったが、それができなかった。だからこそ、ジュディスはライオネルを二階へ上げてしまったのである。もう十五年間もサロメは二階へ行ったことがなかった。ライオネルを階段の取っつきまで呼び出すわけにもいかなかった。ジュディスが戻《もど》るといけないからだ。それに、ライオネルを罰《ばっ》するのは当然なことである。ひどい、いたずらをしたのであるから。

「せめて、食事をひと口、こっそり持っていってやれたらねえ」と、サロメは階段のいちばん下に腰《こし》をおろし、聞き耳をたてながら考えた。「音が一つもしない。きっと泣き寝入りに眠《ねむ》ってしまったのだろう、かわいそうな坊《ぼう》や。たしかに、おそろしくいたずら好きにはちがいないけれど、それも研究心の強いためではないかしら。だから、それを正しい方向に向けてやりさえしたら――ああ、ジュディスがレオナードさんにライオネルのことを相談させてくれたらいいのだけれど。あんなにジュディスが牧師というものを嫌《きら》いでないといいんだけれどね。わたしを教会に行かせてくれないのは、たいしてかまいはしない。この足じゃあどちらにしてもつらいことだろうから。でも、ときどきレオナードさんと話しあいたい事がらもある。ジュディスとお父さんが正しいとはどうしても思えない。正しくないにちがいない。神というものがいらっしゃるのだから、教会へ行かないことはおそろしく悪いことではないかしら。でも、奇蹟《きせき》でもおきなけりゃ、ジュディスを納得《なっとく》させることはできないんだから、考えてもむだだ。そうだ、ライオネルは眠ってしまったにちがいない」

ちぢれた、長いまつげを伝って涙がよごれた赤い頬《ほお》を流れ、ぽちゃぽちゃ肥えた手をいつもの癖《くせ》で胸の上にしっかり組みあわせているライオネルの姿を頭に描いたサロメは、母親のような愛情で胸があたたまり、うずくのを覚えた。

一年前、ライオネル・ヒゼカイアの両親であるアブナー・スミスとマーサ・スミスが亡《な》くなり、あとには家にあふれるばかりの子供のほかはほとんどなにも残っていなかった。子供たちは何軒《げん》かのカーモディの家族にそれぞれもらわれていき、サロメは五歳になる「坊や」を引き取ってほしいと言いだして、ジュディスをびっくりさせた。

最初、ジュディスは笑いとばしていたが、サロメが真剣なのを知ると、譲歩《じょうほ》してしまった。ジュディスはいつもある一つのことは別として、サロメのしたいようにさせていた。

「あの子がほしいと言うなら、引き取らねばなりますまいよ」ついにジュディスは承知した。

「けれど、あの子の名前が教養ある名だったらいいのにね。ヒゼカイアも感心しないが、ライオネルはもっと悪い。しかも、その二つを組みあわせたうえ、スミスまでくっつけるのは、マーサ・スミスでなければ考えもつかないことだよ。マーサの判断ときたら、夫を選ぶのから名前を選ぶのまで、一貫して変わっているからね」

そういうわけで、ライオネル・ヒゼカイアはジュディスの家とサロメの胸の中へはいってきたのだった。サロメは思うさまライオネルをかわいがったが、ジュディスのほうは批判的な目で彼のしつけを監督《かんとく》した。おそらく、それでよかったのであろう。そうでないと、サロメが甘《あま》やかせて台無しにしてしまっただろうから。たとえどんなに自分につごうのわるいことでも、かならずジュディスの意見をいれるサロメは、おとなしくジュディスの命令に服し、ライオネルが罰せられるときには本人以上にせつない思いをするのだった。

階段にすわっているうちに、サロメは腕《うで》を枕《まくら》に自分も眠ってしまった。鶏小屋でひと働きしてきたジュディスがきびしい、勝ち誇ったようすではいってきて、そのサロメの姿を見た。サロメをながめるジュディスの顔は驚《おどろ》くべきやさしさでなごんだ。「年はいっても、自分が子供なのだからね」ジュディスは不憫《ふびん》に思った。「自分がわるくないのに、一生をめちゃめちゃにされた子供なのだ。それだのに親切で善良な神がいる、などと言ってる人がある。いるとすれば残酷《ざんこく》な、やきもち焼きの暴君の神だよ。そんな神は大きらいだ！」

ジュディスの目は悲しく、恨《うら》みに燃えていた。宇宙を支配する絶大な力である神にたいし、ジュディスは多くの不平をいだいていたが、とりわけサロメの頼《たよ》りない状態に強い憤《いきどお》りを感じていた――十五年前のサロメは心も足もかろやかな、歓喜と生気に輝《かがや》く、乙女《おとめ》の中でも最も朗《ほが》らかな幸福な乙女であったのだ。サロメがほかの婦人たちと同じように歩けさえすれば、わたしはあの強力な、暴虐《ぼうぎゃく》な神を嫌いはしないのだが、とジュディスは思った。

あの鶏小屋の事件以来、四日間というもの、ライオネルはおとなしく、天使のようだった。ところが、そのあと、新しい方面で爆破《ばくは》工事をしたのである。ある日の午後、ライオネルは金髪《きんぱつ》をいがだらけにし、泣きながらはいってきた。ジュディスはいなかったが、サロメは編物をとり落とし、呆気《あっけ》にとられてながめた。

「おお、ライオネル、今度はなにをしたというの？」

「ぼく――ぼく、いがをくっつけて酋長《しゅうちょう》になっていたの」ライオネルはすすり泣いた。「やってるうちはすごくおもしろかったけど、いがを取ろうとしたら、ひどく痛いの」

その後のつらい一時間はサロメにとっても、ライオネルにとっても、とうてい忘れられるものではなかった。櫛《くし》と鋏《はさみ》のたすけをかりて、サロメはようやくライオネルのちぢれ毛からいがを取りのぞくことができた。その行程において、二人のどちらがよけいせつない思いをしたかきめられないほどで、サロメはライオネルにおとらず、はげしく泣き、絹のような毛をひと剪《つ》みするたびに、あるいはぐいっと引っぱるたびに、身を切られる思いをした。仕事が終わったときにはサロメはへとへとになっていたが、それでも、くたびれたライオネルを膝《ひざ》にのせ、ぬれた頬をライオネルの金色の頭に置いた。

「ああ、ライオネル、あんたはどうして、こうしじゅうおいたばかりするのでしょうね？」

サロメは溜息《ためいき》をついた。

ライオネルは顔をしかめて考えこんだすえに言った。

「わかんないや。ぼくを日曜学校へやってくれないせいじゃないかと思うけど」

サロメはまるでそのきゃしゃな体《からだ》に電撃《でんげき》を受けたかのように、ぎょっとした。

「まあ、ライオネル、なんでそんなことを思いついたの？」

と、サロメはどもりながらたずねた。

「だって、ほかの子はみんな行くんだもん」と、ライオネルはいどむように言った。

「そして、その子たちはみんな、ぼくよりいい子なんだよ。だから、そのせいにちがいないと思うの。テディ・マーカムが言ってたけど、小さな子はみんな日曜学校へ行かなくちゃ、いけないんだって。もし行かないと、きっと悪いところへ行くようになるんだって。小母《おば》ちゃんたち、ぼくを日曜学校へやってくれないで、どうしてお行儀がよくなると思ってるのか、ぼく、わかんないな」

「行きたいの？」

と、サロメはささやいた。

「ベラボウに行きたいんだよ」

と、ライオネルは簡単明瞭《めいりょう》に答えた。

「おお、そんな言葉をつかってはいけません」サロメは途方《とほう》にくれて吐息《といき》をついた。

「なんとかしてみましょう。たぶん、行けるでしょうよ。ジュディス小母さんに頼んであげるわ」

「ううん、ジュディス小母ちゃんは行かしてくれないよ」ライオネルは悄然《しょうぜん》とした。「ジュディス小母ちゃんは神さまがいるってことも、悪いところがあるってことも信じていないんだもの。そうだって、テディ・マーカムが言ってたよ。ジュディス小母ちゃんはいっぺんも教会へ行かないから、悪い人だって、テディが言ってるよ。サロメ小母ちゃんだって悪い人にちがいないね。だって、ちっとも行かないもの。なぜ、教会へ行かないの？」

「あんたの——あんたのジュディス小母さんが行かせてくださらないからよ」

と、口ごもったサロメはこんなにまごついたことは生まれてはじめてだった。

「ジュディス小母ちゃんたちは、日曜日にはあんまりおもしろそうじゃないね」と、ライオネルは考えこんだ。「ぼくだったら、もっとおもしろくするけどな。だけど、小母ちゃんたちは女だから、そうでもないんだね。ぼく、男でよかったな。エイベル・ブレアの小父《おじ》ちゃんを見てごらん、日曜日にとっても愉快《ゆかい》にしてるじゃないか。教会にはちっとも行かないで、釣《つ》りに行ったり、闘鶏《とうけい》をしたり、酔《よ》っぱらったりしてさ。大きくなったら、ぼくも日曜日にはそうするんだ。教会になんか行かないもん。教会には行きたくないけど、でも、日曜学校には行きたいな」

サロメは身も世もない思いで聞いていた。ライオネルのひと言ひと言が彼女《かのじょ》の良心を耐《た》えられないほど突《つ》き刺《さ》した。わたしがジュディスに意気地《いくじ》なく従っていたことの結果がこれだ。この罪のない子供がわたしのことを悪い女と思っている。なお悪いことに、あの堕落《だらく》しきったエイベル・ブレア老人を模範《もはん》とすべきお手本と見なしている。ああ、この害悪を取消すのは、もう手遅《ておく》れだろうか？　ジュディスが戻ると、サロメは一部始終を打明け、

「ライオネルを日曜学校へやらなくてはいけません」

と、訴《うった》えるように結んだ。

ジュディスの顔は石に刻まれたかのようにこわばった。

「いいえ、なりません」ジュディスは頑《がん》として応じなかった。「うちの屋根の下に住む者はだれ一人として教会にも、あるいは日曜学校にも行かせません。あんたがあの子にお祈《いの》りを教えたいと言ったとき、そんなものはばかげた迷信《めいしん》にすぎないことと、知ってはいても、あんたの言いなりになったけれど、それ以上は一歩も譲《ゆず》れません。この問題についてわたしがどんな気持でいるか、あんたはよくわかっているはずじゃないの、サロメ。わたしは父さんと同じことを信じていますよ。父さんが教会や、礼拝に行くことを嫌っていたのを、あんただって知っているだろうに。しかも、父さん

ほど善良な、親切な、愛すべき人がまたとありましたか？」

「母さんは神を信じていましたわ。母さんはいつも礼拝に行ってましたもの」

サロメは主張した。

「母さんはあんたとそっくりで、意気地なしの迷信家だったもの」ジュディスはひるまなかった。「いいこと、サロメ、わたしは神があるとは信じはしませんよ。でも、かりにあるとすれば、神なんてものは残酷な非道なものだよ、だからわたしは神などは大きらいです」

「ジュディス！」

その不敬ぶりにびっくりして、サロメは叫《さけ》んだ。彼女は姉が神罰を受けて、その場で死んで足もとに横たわるのではないかと恐れた。

「わたしのことを『ジュディス』なんて、そんなにたしなめ口調で言わないでおくれ」と、ジュディスはこの問題になるといつもそうであるが、妙《みよう》に腹をたててけんまくもすさまじく叫んだ。「わたしはひと言ひと言、本気で言っているのだからね。あんたの足が悪くなる前は、わたしもどうやら、こんなにまでは思っていなかったし、父さんの意見と同様、母さんの意見にも従ったかもしれない。けれど、あんたがそんなふうになったので、やっぱり父さんの正しかったことがわかったのだよ」

一瞬《いっしゅん》、サロメはひるんだ。とてもジュディスに楯《たて》つくことはできないし、その勇気もないと思った。これが自分のためならそうはできなかったであろうが、ライオネルのことを思うと、必死の勇気を奮いおこした。サロメはやせた、青白い手を夢中《むちゅう》であわせて、叫んだ。

「ジュディス、わたしは明日の朝、教会へ行きます。どうしても行きます。もう一日として、ライオネルにわるい手本を示していられませんもの。あの子は連れて行きません。その点で姉さんにさからいたくありませんから。あの子に衣食をあてがっているのは姉さんの愛情なのですものね。でも、わたしは行ってきます」

「あんたが行くなら、わたしはけっしてあんたを許しませんよ、サロメ」

ジュディスの冷酷な顔は怒《いか》りで険悪になった。そして、この問題の言いあいをこれ以上つづけたら自分ながらどんなことになるかわからないと思い、出て行ってしまった。

サロメはたちまち涙《なみだ》にかきくれ、その夜はほとんど泣き明かした。しかし、決心はゆるがなかった。かわいい坊やのため、なんとしても教会へ行こう。

朝食のとき、ジュディスが口をきかないので、サロメは胸も張り裂《さ》ける思いがした。だが、それに負けなかった。朝食がすむと、サロメは痛々しく足をひきずりながら自分の部屋へ行き、さらにほねおって身じたくをととのえた。用意ができると箱《はこ》から小さな古い手ずれのした聖書を取りだした。それは母のかたみであり、サロメは毎晩、一章ずつ読んでいるのであるが、読んでいるところをジュディスにはけっして見せなかった。

足をひきずって台所へ出ると、ジュディスが険悪な顔を上げた。その黒い目にはふきげんな怒りが炎《ほのお》のように燃えていた。ジュディスは居間へはいって、ドアをしめてしまったが、そうすることによって、永久にサロメを自分の心と生活からしめだしてしまうかのようだった。神経を極度に張りつめたサロメはその閉ざされたドアの意味を直感的に感じとった。一瞬、サロメはたじろいだ——おお、ジュディスにさからうことはできない！　サロメがまさに自分の部屋へ引き返そうとしたときに、ライオネルが駆《か》けこんできて、立ち止まり、感心したようすでサロメをながめた。

「すげえぜ、サロメ小母ちゃん。どこへ行くの？」

「そんな言葉を使うものじゃありません、ライオネル。わたしは教会へ行くのよ」

「ぼくもいっしょに連れてって」

すぐさま、ライオネルはねだったが、サロメは首をふった。

「そうできないのよ、坊や。ジュディス小母ちゃんがいいとおっしゃらないでしょうからね。たぶん、もうしばらくしてから、行かせてくださるかもしれませんよ。さあ、小母さんがお留守の間、よい子になっているわね？　悪いことをしてはいけませんよ」

「悪いってわかってたら、ぼく、しやしないよ。だけど、それが困るの。なにが悪いことで、なにが悪くないか、ぼくにはわかんないもん。きっと、日曜学校へ行ってくれば、わかってたかもしれないけど」

サロメは不自由な足を運んで庭を出て、しおんやあきのきりん草にふちどられた小径《こみち》を伝って行った。幸い、教会は表街道《おもてかいどう》の向こう側で、小径を出はずれたすぐのところにあった。しかし、そんな短い距離《きょり》でさえ、サロメにとっては容易でなかった。ようやく、教会に着き、苦しい思いをしながら昔《むかし》の母の席にたどりついたときには精根尽《つ》きた思いがした。松葉杖《まつばづえ》を座席の上に置き、ほっと安堵《あんど》の吐息とともにサロメは窓ぎわのすみに身を沈《しず》めた。

他の人々が着く前にと、早い時刻にきたので、教会はまだ人気《ひとけ》がなく、向こうの一隅《いちぐう》に日曜学校の子供たちと先生のクラスがいるだけで、サロメ・マーシュが足をひきずりながら教会へはいってくるのを見ると、彼《かれ》らは授業を中断し、呆然《ぼうぜん》として目を見はった。

教会の大きな建物は周囲をにれの巨木《きょぼく》がとりまいているため、小暗《おぐら》く、たいそう静かだった。日曜学校の残りの生徒たちが集まっている説教壇《せっきょうだん》のうしろの、閉ざされた部屋からは、かすかなざわめきが伝わってきた。説教壇の前にはこぼれるばかりに白い花をつけた、丈高《たけたか》いゼラニウムを置いた台があり、ステンドグラスの窓から落ちる光線はやわらかにとけあった色を床《ゆか》に投げていた。サロメはやすらぎと幸福感が胸にみなぎるのを覚え、ジュディスの怒りでさえ、たいしたことと思われなくなった。窓《まど》敷居《じきい》に頭をもたせたサロメはどっと押しよせたなつかしい思い出に思うさまひたった。

思い出は日曜日ごとに母とともにこの座席にすわった子供時代に返った。そのころはジュディスもきたが、十歳《さい》も年上ということがサロメにはいつもおとなのように見えたものだった。背が高く、色の浅黒い、無口な父はけっしてこなかった。この父のことをカーモディの人々が不信心者と呼び、しごく悪い人間と見なしていることをサロメは知っていた。しかし、彼は悪い人間ではなく、風変わりながら、彼なりに善良であり、親切であった。

やさしい、小がらな母はサロメが十歳のときに亡《な》くなったが、ジュディスの世話が行き届いていつくしみにみちたものであったため、子供のサロメは人生になんの不足も感じなかった。ジュディスは小さな妹を母親の気持で深く愛した。ジュディス自身は不器量な、人にいやがられる少女で、好意をよせる者はほとんどなく、男は一人としてジュディスを求めなかった。しかし、自分が得られないものすべてを――尊敬、友情、愛をサロメには味わわせなければと、ジュディスは決心した。サロメに自分の青春を実現したいと思った。

なにもかもジュディスの計画どおりに運んだが、サロメが十八になったとき、苦労があいついで訪《おとず》れた。ジュディスが理解し、強く愛していた父が死に、サロメの若い恋人《こいびと》が鉄道事故で亡くなり、最後に、サロメ自身にわずかな傷から関節症《かんせつしょう》の兆候《ちょうこう》があらわれ、ついに不自由な身となってしまった。ありとあらゆる手が尽された。その名をもらった伯母《おば》からかなりまとまった遺産を引き継《つ》いだジュディスは最上の医術を得るためには、なにものも惜《お》しまなかった。だが、むだだった。次々に名医がさじを投げた。

ジュディスは父の死を身も世もなく悲しんだが、それでも勇敢《ゆうかん》に耐えた。悲嘆《ひたん》にくれた妹が苦悩《くのう》のあまりうつうつとして、やつれ衰えていくのを、味気ない気持にもならずに見守った。しかし、ついにサロメが松葉杖にすがり、痛々しく足をひきずらないと歩けないと知ったとき、心の中にくすぶっていた怒りが堰《せき》を切り、このような不幸をよこしたというか、防いでくれなかった神にたいし、激《はげ》しい反抗心《はんこうしん》が燃えあがった。ジュディスは猛《たけ》り狂《くる》ったり、あらあらしく恨みを鳴らしたりはしなかった。それは彼女の生き方でなかった。ただ、二度と教会に行かなくなり、まもなくジュディスは父と同様、まったくの不信心者だということが知れわたった。そればかりか、サロメが教会へ行くのさえ許さず、牧師が訪《たず》ねて行けば目の前で戸をしめてしまうのだから、なお悪いということになった。

「わたしはなんとしても姉さんに反対すべきだったのだ」サロメは座席で自分を責めた。「でも、ああ、姉さんは絶対に許してくれないんじゃないかしら。もし許してくれなかったら、わたしはどうして生きて行かれよう? けれども、ライオネルのためにしんぼうしなくてはならない。わたしが気が弱いために、あの子をすでにずいぶんわるくしているかもしれない。なんでも子供が七歳までに覚えたことはけっして直らないということだから、ライオネルのわるいところを直すのに、あと一年しかないわけだ。ああ、手遅れにしたのだったら、どうしよう!」

人々がはいってくると、サロメは好奇心《こうきしん》にみちた目が自分に向けられるのを感じ、つらかった。窓の外は別として、どこを見てもそういう目にぶつかるので、窓の外を一心に見ていることにした。彼女の弱々しい小さな顔はきまりわるさで真《ま》っ赤《か》になった。サロメには自分の家と庭がはっきり見え、庭の片すみではライオネルが嬉々《きき》として泥《どろ》まんじゅうを作っていた。そのうちに、ジュディスが家から出てきて家のうしろの松林へすたすた出かけて行くのが目に映った。ジュディスは心に悩《なや》みがあるときはいつも松林へ行くのであった。

帽子《ぼうし》もかぶらないで泥まんじゅうをこねているライオネルの頭が、日をうけてキラキラ輝いていた。ライオネルをながめるうれしさに、サロメは自分が今どこにいるかということも、好奇の目が自分に向けられていることも忘れてしまった。

突然《とつぜん》、ライオネルはまんじゅう作りをやめて、台所の一隅へ行き、風よけの塀《へい》のてっぺんによじのぼり、そこから傾斜《けいしゃ》した台所の屋根へのぼりはじめた。サロメは手を握《にぎ》り合わせて気をもんだ。もし、落ちでもしたら、どうしよう? ああ、なぜジュディスはあの子をひとり置いて行ってしまったのだろう? もしも――もしも――サロメの頭が稲妻《いなずま》のような速さで無数の災難を描《えが》いているうちに、ほんとうにあることがおこった。ライオネルは足をすべらせ、もんどりうって引っくりかえり、屋根をすべり、腕《うで》や足をめまぐるしくバタバタさせながら、樋《とい》の下の大きな天水桶《てんすいおけ》のなかにドブンと落ちた。この天水桶はいつもふちまで雨水がたまり、日曜日に台所の屋根にのぼったりする小さな男の子を半ダースぐらいのみこんでしまうほど、大きくて深かった。

そのときおこったできごとは今日までカーモディの語り草となっており、激しい論争すらまきおこったほどで、それくらいこの問題についての意見は多種多様で相異《あいこと》なっていた。十五年もの間、ささえなしには一足も歩けなかったサロメ・マーシュがいきなり悲鳴とともにとびあがり、通路を走って戸外へ駆け出て行ったのである！　カーモディ教会にいた男も女も子供も一人残らず、牧師でさえ、サロメのあとにつづいた。牧師はちょうど聖書の個所を告げたところであった。一同が外へ出たときにはすでにサロメは自分の家の小径の半ばを狂気《きょうき》のように走っていた。念頭には、ただ一つ必死の思いがあるのみだった。わたしが行くまえにライオネルは溺《おぼ》れ死んではしまわないか？

サロメが庭木戸をあけ、あえぎながら庭を突《つ》っきって行ったとき、背の高い、いかつい顔の女が家の角《かど》を曲ってきたが、この光景を目にして、仰天《ぎょうてん》し、立ちすくんでしまった。

しかし、サロメはだれも眼中になかった。天水桶にとびつき、目にはいるであろうものを想像して恐怖《きょうふ》で胸をうずかせながらのぞきこんだ。サロメが見たものは天水桶の底にすわりこんだライオネルの姿で、水はようやく腰までしか達していなかった。ライオネルはいくらかぼうっとして、当惑《とうわく》したようすだったが、明らかにどこもけがはしていないらしかった。

庭は人々でいっぱいだったが、それまでだれ一人としてひと言ものを言わなかった。恐《おそ》れと驚《おどろ》きのため、だれもみな魅《み》せられたように黙《だま》りこくっていた。いちばん先に口をきいたのはジュディスで、人々をかきわけてサロメのところへ行った。顔は不気味なほど蒼《あお》ざめ、あとでウィリアム・ブレア夫人が語るところによれば人々をぞっとさせるような目つきだった。

「サロメ」それはかん高い、つんざくような、異様な声だった。「松葉杖はどこにあるの？」

こうきかれてサロメはわれに返った。はじめて自分が教会からこれほどの距離を一人で、ささえなしで歩いてきたことを、いや、走ってきたことを悟《さと》った。サロメは真《ま》っ青《さお》になり、よろめき、ジュディスがささえなかったら、倒《たお》れるところだった。

ブレア老医師がさっと前へ出てきた。

「中に運びなさい。そして、みなさんがどやどやはいりこんではいけません。この人はしばらく安静にして休息をとらねばなりませんから」

人々の多くはにわかにゆるんだ舌を非常な勢いで動かしながら、おとなしく教会へ戻《もど》った。二、三人の婦人がジュディスを手伝ってサロメを台所の寝椅子《ねいす》に運んで寝かせた。そのあとからドクターとライオネルがはいってきた。ライオネルを天水桶からかかえあげてくれたのは牧師で、今やこの子に注意を向ける者は一人としていなかった。

サロメは口ごもりながら事の次第《しだい》を物語り、人々はさまざまな思いでそれに聞きいった。

「こいつは奇蹟《きせき》だ」

と、サム・ローソンが畏《おそ》れにうたれた声を出した。

ブレア医師は首をすくめ、

「奇蹟なんかじゃないよ」と、ぶっきら棒に言った。「まったくあたりまえのことなのだ。腰の病気は明らかに、とうの昔にすっかり治っていたのですよ。自然というものは、放《ほう》っておくとときたまこんな治療《ちりよう》をするものでね。困った点は筋肉がながい間使われなかったために、麻痺《まひ》してしまったことだが、その麻痺状態も強い本能的な努力の力で克服《こくふく》されてしまったわけだ。サロメ、起きて、台所を向こうまで歩いてみなさい」

サロメはそれに従い、台所を突っきり、また引き返してきた。もう気も狂わんばかりの心配という刺激《しげき》が失われたために、ゆっくりと、ぎごちなく、よろめきながらではあったが、それでも歩いたことにはちがいなかった。ドクターは満足そうにうなずいた。

「それを毎日つづけなさい。疲《つか》れない程度になるべくたくさん歩きなさい。そうすれば、じきに身軽になりますよ。もう、松葉杖も用がないね。しかし、この場合は奇蹟じゃありませんよ」

ジュディスはドクターのほうに向きなおった。サロメに松葉杖のことをたずねたきり、ひと言も口をきかなかったが、今、激しい口調で言いだした。

「たしかに奇蹟です。神がおんみずからの存在をわたしに証明なさるためになすったことです。わたしはこの証明を受入れます」

老ドクターはふたたび肩《かた》をすくめたが、賢《かしこ》い人なので、黙《もく》するときを心得ていた。

「さあ、サロメを床《とこ》に入れて、きょうはずっと眠《ねむ》らせなさい。疲れきっている。それから、お願いだ、だれかこのかわいそうな子が、ひどいかぜをひきこまないうちに、連れてってかわいた物に着がえさせてやってください」

その日の夕方、美しい入日の光のみなぎる中をサロメが言葉にあらわしきれぬ感謝と幸福で胸をふくらませながら横たわっているところへ、ジュディスがはいってきた。ジュディスはいちばん上等の帽子と服をつけ、ライオネルの手を引いていた。ライオネルのにこにこ顔はきれいに洗ってあり、巻毛はビロードの洋服のレースのカラーの上に美しく、つやつやとたれていた。

「気分はどう、サロメ？」

と、ジュディスはやさしくたずねた。

「ずっといいのよ。気持よく眠りましたの。でも、どこへ行きなさるの、姉さん？」

「教会へ行こうと思って」ジュディスは力づよく答えた。「ライオネルもいっしょに連れて行くんです」

十二　争いの果て

ルイザ・ショウの玄関《げんかん》の踏《ふ》み段にすわり、ナンシー・ロジャソンはあたりを見まわしながら、うれしそうに深々と息をついたが、それにはいくらかほろ苦さもまじっていた。なにもかももとと同じで、四角の庭はあいかわらず真四角であるし、果物や花、すぐりの茂《しげ》みに鬼《おに》ゆり、そちこちに突《つ》っ立っている節くれだったりんごの古木、根もとの生《お》いしげった桜《さくら》の木立などが昔《むかし》のまま、美しくごたまぜになっているし、乱雑なことにかけても庭は以前のままだった。家のうしろには先のとがった樅《もみ》が一列、ゆらゆらと動く淡紅色《たんこうしょく》の夕焼空を背に、黒々とそびえており、二十年前、若い娘《むすめ》のナンシーがその木蔭《こかげ》を夢想《むそう》にふけりながら歩いたとき以来、一日の日もたっていないように見えた。左手の柳《やなぎ》の古木もやはり大きく、しだれており、おそらく毛虫の多いこともとのままだろうと、ナンシーは身ぶるいした。二十年もアヴォンリーをよそに、異境をさすらっている間に、ナンシーは多くのことを学んだが、毛虫への恐怖《きょうふ》だけは克服《こくふく》できなかった。

「たいして変わったものはないわね、ルイザ」

ナンシーは肉づきのよい白い手にあごをのせ、ルイザが踏みしだきながらくる、ハッカの快い匂《にお》いをかいだ。「うれしいわ。従姉《ねえ》さんがこの古い庭をもとの面影《おもかげ》もないほどに造り直してしまったんじゃないかしら、でなければ、固苦しい、きちんとした芝生《しばふ》にでもしなすったんじゃないかしら、そうだったらよけいいやだけれどと思ったりして、帰ってくるのがこわかったのよ。ところが、前と変わらず、すばらしくだらしがないし、垣根《かきね》もまだ、ぐらついているじゃないの。もとの垣根のはずはないけれど、そっくりに見えるわ。そうよ、なにもたいして変わっていないわ。ルイザ、ありがとう」

ルイザはナンシーがなんの礼を言っているのか見当がつかなかった。もっとも、もともとルイザにはナンシーの気持をはかり知ることができなかった。ナンシーよりもルイザにとっては遠い昔に思われる少女時代から、ナンシーを好いてはいたけれど。ルイザは充実《じゅうじつ》した妻と母親という生活によって少女時代とへだてられたのにたいし、ナンシーは空白の年月が作っている狭《せま》いすきま越《ご》しに過去をふりかえり見ることができるのだった。

「あんたこそ、あんまり変わってないわよ、ナンシー」ルイザにどんなものか見せるために看護婦の制服をまとった、清楚《せいそ》なナンシーの姿、ばら色の頰《ほお》、白いひきしまった顔、つややかに波打つ金褐色《きんかっしょく》の髪《かみ》などに、ルイザは感嘆《かんたん》の目を向けた。「あんたはびっくりするほど若々しいわね」

「そうかしら？」ナンシーはうれしそうに問い返した。「マッサージとコールドクリームのモダンな化粧法《けしょうほう》のおかげで目尻《めじり》のしわもできないし、それに第一、しあわせなことには、わたしはロジャソン家の皮膚《ひふ》をもらってますもの。まさか、わたしが実際、三十八だとは思わないでしょう？　三十八よ！　二十年前のわたしには、三十八にもなった人はまったくの女メトセラ（訳注　旧約聖書創世記五章に出る人名、九百六十九歳まで生きたとしてあり、長生きの人の異名となっている）だと思われたわ。それだのに、今のわたしはおそろしく、ばかげているくらい若い気持なのよ、ルイザ。毎朝、起きるときは、『あんたはオールドミスなのよ、ナンシー・ロジャソン』と、三度おごそかに自分に言いきかせて、その日一日、穏当《おんとう》な態度でいられるように、自分をおさえなくてはならないのよ」

「あんたはオールドミスだって、たいして気にしてないんじゃないの？」

と、ルイザは肩《かた》をすくめた。ルイザ自身はなんとしても、オールドミスになる気はなかった。それでいながら、ナンシーの自由な境遇《きょうぐう》、広い世界での生活、しわの見えない額と気楽さをうらやましく思う、という矛盾《むじゅん》した気持だった。

「あら、気にしているのよ」と、ナンシーは率直《そっちょく》に否定した。「オールドミスなんて大きらいですもの」

「じゃあ、なぜ、結婚《けっこん》しないの？」

「結婚しないの？」という現在形を用いたルイザは、永遠に機会に恵《めぐ》まれているナンシーに無意識に讃辞《さんじ》を呈《てい》したわけだった。

ナンシーは首をふった。

「どうも、それがわたしには向かないの。結婚はしたくないのよ。ずっと以前、アン・シャーリーがいつも話していた生徒の話を覚えていて？　その子は結婚すれば旦那《だんな》さんからいばられるし、結婚しなければ、人からオールドミスと言われるから、未亡人になりたいって言ったという。そうよ、まったくわたしも賛成だわ。わたしも後家になりたいわ。そうすれば、既婚《きこん》婦人の名誉《めいよ》とともに、未婚婦人の自由も楽しめますもの。一石二鳥というわけよ。ああ、未亡人になれたらねえ！」

「ナンシー！」

と、ルイザはぎょっとしてたしなめた。

ナンシーは笑った。その豊かな笑い声は小川のせせらぎのように庭じゅうにひろがった。

「おお、ルイザ、わたし、まだ今でも、あんたをぞっとさせることができるのね。昔、まるでわたしが十戒《じっかい》（訳注　イスラエル民族が指導者モーゼを通して神から受けた十カ条の戒律の意）を一度に全部破りでもしたかのように、『ナンシー』と言いなすったときそのままだわ」

「あんたがあんまり妙《みょう》なことを言いだすのだもの。わたしには、あんたの言うことの半分ものみこみがつかないわ」

「そうなのよ、従姉《ねえ》さん、わたしだって半分もわからないわ。たぶん、もとの家へ帰ってきたうれしさで、頭がすこし変になったのかもしれないわ。わたしの過去の少女時代をここで見つけたのですもの。この庭では、わたしは三十八じゃないのよ――そんなことはありえないの。かわいらしい十八の娘で、ウエスト・ラインも二インチ細いの。ごらんなさい、日がちょうど沈《しず》むところだわ。やっぱり、例により最後の光をライトさんの家にあてるのね。そういえば、ピーター・ライトはまだあそこに住んでるの、ルイザ？」

「そうよ」

ルイザはにわかに興味を感じたらしく、一見、落着きはらっているナンシーをちらっと見やった。

「結婚したでしょう、六人もの子の父親になってるんじゃないの？」

た。ナンシーはさらにハッカの葉を引きむしっては胸にさしながら、無関心な声できいた。顔が紅潮したのはたぶん、ハッカをつむのに前かがみになったせいであろう。いずれにしろ、ロジャソン家の血統以上の血色だったのを、ある点では頭が鈍《にぶ》いようなルイザでも、はっきりその意味をつかんだのであった。そして縁結《えんむす》びの好きな本性《ほんしょう》がいっせいにルイザの身内にもえあがった。

「結婚なんかしてやしませんよ」ルイザは即座《そくざ》に答えた。「ピーター・ライトは一度も結婚してません。あの人はあんたの思い出を頼《たよ》りに生きているのよ、ナンシー」

「おお、いやだ！　まるでわたしがあのアヴォンリー共同墓地に埋葬《まいそう》されて、しだれ柳の彫《ほ》ってある石碑《せきひ》でも上にたてられてるみたいじゃないの」ナンシーは身震《みぶる》いした。

「男が女の思い出を頼りに生きてきたと言えば、普通《ふつう》ほかにだれも相手として求めてくれないという意味になるじゃありませんか」

「それはピーターの場合には当てはまらないことよ。あの人は結婚の相手としてりっぱなものよ。だから、あの人と喜んで結婚しようという女はたくさんあったし、これからだってあるでしょうよ。あの人はまだ四十三ですもの。でも、あんたがあの人を見捨ててからあの人はだれをも見向きもしないのよ、ナンシー」

「でも、わたしはそんなことしなかったわ。あの人がわたしを見捨てたのよ」ナンシーは悲しそうに言いながら目を遠く放ち、低く横たわる原や羽毛《うもう》のようなえぞ松《まつ》の若木の谷を越《こ》えて、ライト農場の白い建物をながめた。アヴォンリーはすべて影につつまれているのに、ライト農場だけは夕日をうけてばら色に輝《かがや》いていた。ナンシーの目には笑いがひそんでいた。ルイザはその笑いの下になにがあるのか見ぬくことができなかった。

「ばかばかしい！　いったい、あんたとピーターはなんでけんかしたの？」

ルイザは好奇心《こうきしん》にみちた声できいた。

「わたしも、なんだったかしらって、よくふしぎに思ったものよ」

と、ナンシーはとぼけた。

「で、それ以来、一度もあの人と会ったことがないのね？」

「ええ。ずいぶん変わって？」

「そうね、いくらかね。髪《かみ》は白いし、疲《つか》れたようなようすをしているわ。でも、それも、無理はないの――あんな暮《く》らし方をしてるんじゃね。家のきりもりをしてくれる人なしで、二年もやってきているんですもの――あの人の年とった伯母《おば》さんが亡《な》くなってからはね。あそこに、たったひとりで住んで、食事も自分で作っているのよ。わたしはあの家に一度も行ったことがないけれど、人の話じゃ、乱雑なこと、ものすごいそうよ」

「そうでしょうとも、ピーターがきれい好きな世帯《しょたい》もちにできてるとは思えないわ」さらにハッカを引きぬきながら、ナンシーは軽口をきいた。「まあ、考えてもごらんなさい、ルイザ、あの昔のけんかさえなかったら、わたしは今の今、ピーター・ライト夫人で、さっきも言った半ダースの子供の母親となり、ピーターの食事だとか靴下《くつした》だとか、牛のことであくせくしていたかもしれないんですものね」

「あんたは今のままのほうがいい暮らしができるんじゃないの?」

「さあ、どうかしら」ナンシーはふたたび丘《おか》の上の白い家を見上げた。「わたしはそれはそれは楽しい人生を送っているのだけれど、なんとなく、もの足りないのよ。ありのままを言うと——ああ、ルイザ、男の人の話になると、女同士でありのままを言うということは、めったにないものよ——わたしはむしろピーターの食事をこしらえたり、家の掃除《そうじ》をしているほうがいいんじゃないかと思うの。今じゃ、あの人のまちがった言葉づかいも気にしないでしょうよ。わたしも世間で一つ二つちょっとしたことだけれど、貴重なことを学んできたの。一つはたとえその人の言葉づかいがまちがっていようと、こちらをののしらないかぎり、かまわないということなの。そういえば、ピーターはあいかわらずまちがった言葉づかいをしていること?」

「さあ――わたしにはわからないわ」ルイザは途方《とほう》にくれた。「あの人の言葉づかいがまちがっているなんて、わたし知らなかったもの」

「あの人、いまでもやっぱり、『そんだけんど』とか、『てえげえ』なんて言って？」

「わたし、気がついたことないわ」

と、ルイザは白状した。

「うらやましいわ、ルイザ！　ものに気がつかないという、ありがたい才能をもって生まれてきたかったわ！　そのほうが美しいとか、頭がいいということより、もっと女にとっては役にたちますもの。わたしはいつもピーターの失敗が気になってばかりいたのよ。あの人が『そんだけんど』なんて言うたびに、生意気ざかりのわたしは不《ふ》愉快《ゆかい》な気持になってしまうの。その点を矯正《きょうせい》しようと、わたしはたいそう気転をはたらかしては努力したのよ。ところが、ピーターは矯正されるのなんか好まなかったの――ほら、ライト家の人たちはかなり自信が強いでしょう。わたしたちのけんかのもとはまったく言葉づかいのことだったのよ。ピーターはわたしに、わるい言葉づかいもなにもそっくりそのまま、あるがままの自分を選ぶか、または、自分なしにするかにしてほしいと言ったの。だからわたし、ピーターなしですますことにしたの――それ以来、わたしはほんとうに悔《くや》んでいるのか、それとも胸に残っている感傷的な後悔《こうかい》の気持を楽しんでいるのか、わからないのよ。きっと、そのあとのほうだと思うの。さあ、ルイザ、あんたの穏《おだ》やかな目のはるか底にひそんでいる計略が、ちゃんとわかってよ。そんなものは生まれたてのうちに絞《し》め殺しちまいなさいな、ルイザ。今となっては、ピーターとわたしの縁談をまとめようとしてもむだよ――そうよ、こっそりピーターをいつか夕食に招いたりしたってだめ、今、考えてなさるようにね」

「さあ、乳しぼりに行かなくちゃ」

びっくりして息がとまる思いのルイザは、逃げる口実が見つかってありがたかった。人の考えを読みとるナンシーの力が気味わるく、自分の秘密をなにもかも引きだされたらたいへんだと思い、これ以上、いとこのそばにいるのがこわくなったのである。

ルイザが去ったあともながいことナンシーは踏み段にすわっていた――夜が黒々とやさしく庭に訪《おとず》れ、星は樅の木の上でまたたきだした。これがナンシーの家だったのだ。ここで暮らし、父のために家のきりもりをしてきたのだ。父が亡くなると、いとこのルイザと結婚したばかりのカーティス・ショウがこの農場をナンシーから買いとり、移ってきたのだった。ナンシーもまもなく自分の家庭をもつことになっていたので、夫婦とともに住んでいた。ナンシーとピーターは婚約していた。

そこへ、わけのわからない二人の争いがもちあがり、その原因についてはどちらの側の親戚《しんせき》にもわからず、気をもむばかりであった。しかし、その結果は親戚にもわかった。ナンシーはさっさと荷物をまとめ、アヴォンリーを七百マイルもあとにしたのである。モントリオールの病院へ行き、ナンシーは看護婦の勉強をした。その後、二十年間も、ナンシーは一度もアヴォンリーへ戻《もど》らなかった。この夏、突然《とつぜん》、舞《ま》い戻ってきたのはこの古い庭への一時的な郷愁《きょうしゅう》がさそった気まぐれにほかならなかった。ピーターのことを考えたのではなかった。実際、この十五年間、ピータのことはろくに考えたこともなく、ピーターを忘れ去ってしまったのだと思っていた。ところが、求婚時代、自分がたびたびこの古い玄関の踏み段にすわり、ピーターがその下の広い石の上に寝そべっていたことを思いだすと、なにか心の琴線《きんせん》にふれるものがあった。ナンシーは谷向こうのライト家の台所の灯《ひ》をながめ、ピーターが自分で作った味気ない食事のほかなにもなしに、ただひとり、だれからもかまってもらわずにすわっている姿を想像した。

「そうよ、あの人は結婚すべきだったのよ」ナンシーは突《つ》っけんどんに言った。「今まで、あの人が幸福な世帯もちだとばかり思っていたのに、寂《さび》しい独身者だからといって、なにもわたしが気をもむことはないじゃないの。せめて家政婦でも雇《やと》ったらいいじゃないの？　それくらいのゆとりはあるのに。畑のようすではうまくいっているようだから。おお、いやだ！　わたしにはふくらんだ預金通帳はあるし、世の中で見るだけの値打ちのあるものはほとんどみな見てきたしするけれど、気をつけてかくしはしていても白髪《しらが》が何本かはえてるし、結局、人生では言葉づかいがなによりたいせつというわけではないことが、ぞっとする思いでわかってきたわ。さあ、もう、夜露《よつゆ》の中をこんなところでぼやぼやしているのはやめましょう。中へはいって、トランクにしまってある、このうえなしに気のきいた、気どった、うきうきした通俗小説でも読むことにしましょう」

その後の一週間をナンシーは彼女《かのじょ》独特のやり方で楽しんだ。庭の樅の下にハンモックをつり、それに揺《ゆ》られながら本を読んだり、遠く森や人気《ひとけ》のない高地をさまよったりした。

「このほうが人に会うのよりずっと好きなのよ」ルイザがあちこち訪問《ほうもん》に行くことをもち出すと、ナンシーはこう言った。「ことにアヴォンリーの人たちはね。わたしのもとの仲よしはみんないないし、さもなければ結婚して、すっかり変わっちまってるし、ここにきた若い連中は世間をさすらってきたわたしを知ってはいないから、いやというほど中年者の気持を味わわされるのよ。年とったと思うより、中年だという思いのほうがずっといやなものだわね。森の中へはいってしまえば、わたしは大自然のように永遠に若い気持でいられるのよ。それに、ああ、検温器だとか、体温だとか、ほかの人たちの気まぐれを、どうのこうの言わずにすむのは、ほんとうにうれしいわ。わたしの気まぐれを勝手にさせといてね、ルイザ。そして食事に遅《おく》れて帰ってきたら、罰《ばつ》に冷たいものをあてがってちょうだい。教会へさえ、二度と行くまいと思うの。きのう行ってみてぞっとしたわ。しゃくにさわるくらい真新しくて、近代的なんですもの」

「このへんではいちばんきれいな教会と思われているのよ」と、すこし腹をたてたルイザが抗議《こうぎ》した。

「教会というものはきれいであってはならないのよ――少なくとも五十年はたっていて、やわらいだ美しさをそなえなくてはね。新しい教会はいやなものだわ」

「教会でピーター・ライトに会った？」

ルイザはこれを聞きたくてたまらなかったのである。

ナンシーはうなずいた。

「ええ、会ったわ。あの人はわたしの真横のすみの席にいたの。そうひどく変わっているとは思わなかったわ。鉄灰色の髪はあの人に似合うわ。でも、わたしは自分におそろしく失望したのよ。少なくとも、ロマンチックに胸がどきどきでもするかと思っていたのに、ただの昔友達に感じるような穏やかな興味しかもてなかったのですもの。どんなにほねおっても、動悸《どうき》ひとつしなかったのよ、ルイザ」

「ピーターは言葉をかけにきた？」ルイザにはナンシーの動悸などという意味がてんでわからなかった。

「残念ながら、こなかったわ。わたしのせいじゃないのよ。わたしはこのうえなしに人好きのいい顔をして外のドアのところに立っていたのだけれど、ピーターはわたしのほうを見もしないで、ぶらぶら行ってしまったのよ。それが心に食いこんだ怨《うら》みとか誇《ほこ》りのためだと信じられるのなら、わたしの虚栄心《きよえいしん》もすこしは慰《なぐさ》められたかもしれないけれど、ありのままを言えば、従姉《ね》《え》さん、あの人はそんなことは念頭にないようなようすだったの。オリバー・スローンと干草《ほしくさ》の収穫《しゆうかく》の話をするほうに、もっと興味があったのよ——そういえば、オリバー・スローンは前よりもいっそう、オリバー・スローンらしくなったわね」

「こないだの晩、あんたが言ったような気持なのだったら、どうして、あの人に声をかけに行かなかったの？」

と、ルイザは聞きたがった。

「でも、今じゃ、そんな気持になってないのですもの。あれはほんの一時的な気分というものよ。あなたには一時的な気分なんかわからないでしょう。一時間前には死ぬほどこがれたものを、今度はやると言われてももらいたくないという気持は、わからないでしょう」

「でも、そんなことはばかげているわ」

「たしかにそうなのよ——まったくばかげているの。でも、二十年もたえまなく分別をわきまえさせられてきたあとで、ばかげることは、ああ、なんてうれしいんでしょう。そうだ、きょうの午後は苺《いちご》をつみに行ってくるわ、ルー。食事は待たないでね。たぶん、暗くなってから帰るでしょうからね。あと四日しかいられないから、精いっぱいうまく使いたいの」

その日の午後、ナンシーは遠くまでぶらぶら歩いて行った。壺《つぼ》がいっぱいになってもまだ、あてのない楽しさにさまよいつづけた。ふと気がつくと自分は畑の端《はし》を通っている森の小径《こみち》にいた。畑には一人の男が干草を刈《か》っていた。それはピーター・ライトだった。これがわかるとナンシーはあちこちながめたりせずに足を速めたので、まもなく、青々としたしだの茂《しげ》る楓《かえで》の林がナンシーの姿をのんでしまった。

古い記憶《きおく》から自分がピーター・モリソンの地所にいることがわかり、まっすぐ行けば、もとモリソンの古い家がたっていたところへ出るにちがいないと思った。ナンシーの考えはあたったが、すこしはずれていた。モリソンの古い空家から五十ヤード南の、ライト家の庭に出てしまったのである！

家を――一度は自分が主婦としてとりしきる夢《ゆめ》を描《えが》いたその家を、通りすぎようとしたとき、ナンシーは好奇心に負けてしまった。そこは近くのどの家からも見えなかった。ナンシーは――大きな声では言えないが――台所の窓からのぞいてみようと思い、ゆっくりと家に近づいて行った。しかし、ドアがあいていたのでそちらへ行き、踏《ふ》み段に立ち止まってあたりを鋭《するど》く見まわした。

台所の乱雑さはたしかにみじめなほどで、床《ゆか》は明らかに二週間は掃《は》いたことがないらしく、テーブル掛《か》けもかかっていない樅材《もみざい》のテーブルにはピーターの昼食の残骸《ざんがい》がのっていたが、どう見てもあまり食欲をそそるものではなかった。

「人間が住むにしては、なんてまあ、みじめなところでしょう！」ナンシーはうめいた。「あのストーブの灰をごらんなさい！　それにあのテーブルといったら！　ピーターが白髪になるのも無理はないわ。午後いっぱい、一生《いっしょう》けんめい干草刈りをして――帰ってくればこのとおりなのだもの！」

ふいにある考えがナンシーの頭にうかんだ。最初、ナンシーはあきれたような顔をしていたが、やがて笑いだし、腕時計《うでどけい》をちらっと見た。

「そうしよう——おもしろ半分と、ちょっぴり同情からね。いま、二時半だから、ピーターはいくら早くとも四時までは帰るまい。やってしまうのに時間はたっぷりあるし、それでもまだ、ゆうゆうと逃げ出せる。だれにも知れるはずがない。わたしがここにいるのをだれも見ていないのだから」

ナンシーは中にはいると、帽子《ぼうし》をぬぎすて、箒《ほうき》をつかんだ。まず第一に台所をすみずみまで掃き出した。それから火を燃やし、水をいっぱい入れたやかんをかけておいて、皿《さら》にとりかかった。皿の数からいって、ピーターが少なくとも一週間は一枚も洗っていないとみたナンシーの考えは当っていた。

「あるかぎりの皿をつぎつぎ使っていって、さて、総洗いをしているらしいわ」と、ナンシーは笑った。「いったい、あるのかないのか、茶碗布巾《ちゃわんぶきん》はどこにしまってあるのかしら」布巾はないらしかった。少なくともナンシーは一枚も見つけることができなかった。そこで大胆《だいたん》にも、ほこりだらけの居間へはいって行き、古風な食器棚《しょっきだな》の引出しを捜《さが》してタオルを一枚持ち出した。立ち働きながらナンシーは鼻歌を歌い、足どりは軽く、目は興奮で輝いていた。ナンシーが心から楽しんでいるのは確かだった。この冒険《ぼうけん》の一抹《いちまつ》の茶目っ気が彼女をひどく喜ばせた。

皿を洗い終えたので、清潔ではあるがながいこと使われなかったらしい黄色くなったテーブル掛けを食器棚から捜し出し、食卓《しょくたく》の用意と、ピーターの食事のしたくにかかった。パンとバターは食料部屋に見つかり、地下室へ行ってピッチャーにクリームをみたしてきたナンシーは、苺の壺の中身を無鉄砲《むてっぽう》にピーターの皿に積み上げた。お茶をいれて、さまさずにおくよう、ストーブにずらせて掛けておいた。最後の仕上げとして、手入れのしてない古い庭を荒《あら》しまわり、大きな鉢《はち》に紅ばらをいけて食卓の中央に置いた。

「さあ、行かなくちゃ」と、ナンシーは声を出して言った。「でも、帰ってきたときのピーターのびっくりする顔を見たらおもしろいでしょうね? ふうん! わたしはこうするのが楽しかったけれど――でもそれは、どうしてなんだろう? いやいや、ナンシー、そんなむずかしい質問を出してはいけません。帽子をかぶって家へ帰るんです。苺がない言い訳にルイザへのまことしやかな嘘《うそ》をなにか途中で考えながら」

一瞬《いっしゅん》、ナンシーは足をとめ、なつかしそうに周囲を見まわした。ナンシーのおかげで家は明るく、さっぱりと、家庭らしくなった。ナンシーはまたもやなにか妙《みょう》に心の琴線にふれるのを感じた。かりに自分がこの家の者で、ピーターが夕食に帰ってくるのを待っているのだとしたら。かりに――突然、ナンシーは恐《おそ》ろしい予感がしてさっとふり向いた。ピーター・ライトが戸口に立っていた。

ナンシーの顔は真紅《まつか》になった。生まれてはじめて言葉が出てこなかった。ピーターはナンシーをながめ、それから、果物や花の飾《かざ》ってある食卓に目をやった。

「ありがとう」

と、ピーターはていねいに礼を述べた。

ナンシーは落着きを取戻し、恥《は》ずかしそうに笑いながら手をさしだした。

「家宅侵入罪《かたくしんにゆうざい》でわたしを訴《うつた》えないでね、ピーター。ただ、ずうずうしい好奇心からあなたの台所をのぞきにきたのです。そしておもしろ半分、中にはいってあなたのお夕食のしたくをしようと思ったの。きっと、あなたがびっくりなさると思って——で、もちろん、帰っていらっしゃる前に、行ってしまうつもりでしたのよ」

「わたしはびっくりはしませんよ」握手《あくしゆ》しながらピーターが言った。「あなたが畑を通って行くのが見えたので、馬をつないで、森をずっとあとからついてきたのですよ。あの裏の柵《さく》にすわってあんたが出たりはいったりするのを見ていたのです」

「なぜ、きのう、教会でわたしに言葉をかけにきてくださらなかったの、ピーター?」

ナンシーは大胆に詰問《きつもん》した。

「なにか、わるい言葉づかいをしてはならないと思ったもんだから」

と、ピーターは素気《そっけ》なく答えた。

ふたたび、ナンシーの顔は真紅に染まった。彼女は手を引っこませた。

「あなたは残酷《ざんこく》ね、ピーター」

ピーターはいきなり笑いだした。その笑い声は少年のようだった。

「そうなんだ。しかし、二十年の積る恨《うら》みをなんとか晴らさずにいられなかったのですよ。もう、晴れたから、今じゃ、おとなしいことこのうえなしです。だが、せっかくこうして食事の用意をしてくれたのだから、わたしにつきあってください。そこの苺はうまそうだな。この夏まだ一度も食べてないんですよ——忙《いそが》しくてつむ暇《ひま》がないもんでね」

ナンシーはとどまり、ピーターの食卓の上座にすわって、ピーターのためにお茶をいれた。ナンシーはアヴォンリーの人々のことや、昔の仲間が変わったことをおもしろおかしく話し、ピーターもこれにならってまのわるいことなど感じていないようすで、頭と心が調子よくいっている人間であるかのように、食事をとっていた。ナンシーはみじめな気持だったが、同時におかしいくらい幸福だった。自分がピーターの食卓で主婦役をつとめているという、こんな滑稽《こっけい》なことはまたとなく思われた。しかもそれでいて、いかにも自然でもあった。泣きたいような気持になったり——そうかと思うと少女のようにわけなく笑いだしたくなったりした。ナンシーの性質には感傷とユーモアがいつも同じ力で戦っていた。

ピーターは苺を食べ終わると、テーブルの上に腕を組み、ナンシーをほれぼれとながめた。

「君が食卓のその席についているところはすてきですよ、ナンシー」と、ピーターは批評した。「とうの昔に自分の食卓の主人役をつとめていないというのは、どういうわけですか？　世間で君の気にいった人にたくさん出会ったものと思っていたのだが——よい言葉づかいの男たちと」

「ピーター、やめて！」ナンシーはひるんだ。「わたしはばかでしたのよ」

「いや、君の言うことは正しかったのだ。わたしがおこりっぽいばかだったのです。わたしにすこしでも分別があったら、君がわたしをよくしたいと思ってくれる気持をありがたく思うべきで、おこるかわりに、自分の欠点を直そうとすべきだったのだ。もう、遅《おそ》すぎると思うが」

「なにが遅すぎるのですか？」

ナンシーはピーターの口調と表情のあるものに勇気をふるってあたってみた。

「その——まちがいを直すのに」

「そうばかりではない。そのほうのまちがいはわたしのような年のいった者にはもう直せない。もっとわるいまちがいですよ、ナンシー。君に許してくれ、そして、やはりわたしと結婚《けっこん》してくれと言ったら、君はなんと言うかと思ってるんですよ」

「あなたの気が変わらないうちに、わたしのほうから急いであなたをもらってしまうわ」

と、ナンシーはずうずうしく答えた。彼女はピーターの顔をまともに見ようとしたが、涙《なみだ》と笑いのまざった青い目は、ピーターの灰色の目の前で思わずうつむいてしまった。

ピーターは立ち上がりぎわに自分の椅子《いす》を倒《たお》し、食卓をぐるっとまわってナンシーのところへきた。

「いとしいナンシー」

と、彼《かれ》は言った。

「言葉づかいの?」

解説

村岡花子

『アンの友達』の原名は、"Chronicles of Avonlea"であり、これはアンをめぐる人々の生態描写《びょうしゃ》ともいうべきものである。

私はかなりにたくさんの英米の青春小説を翻訳《ほんやく》しているので、物語のヒロインである少女のむれを、ずいぶん多く日本の若い娘《むすめ》たちや家庭の中へ紹介《しょうかい》してきたが、L・M・モンゴメリ女史の創作になる「アン」（終わりにEのつくつづりのANNE）ほど愛された存在をいまだかつて知らない。

私がはじめてモンゴメリの作品に接したのはもう三十年にもなろうという昔《むかし》のことで、当時私はミス・ショウというカナダ婦人といっしょに出版の仕事をしていた。このミス・ショウがカナダへ帰るときに、私にKEEPSAKE（記念品）として残してくれたのが"Anne of Green Gables"であった。ミス・ショウはすでに故人になったが、彼女《かのじょ》が私に贈《おく》った『赤毛のアン』の原書はずいぶん手ずれていたもので、いかに愛読されたかを雄弁《ゆうべん》に語っていた。それは一九〇八年の版ではあったが、六月が初版で、私の持っているのは同じ年の十二月の第七版である。この本は今なおあとからあとからと版を重ねているのだから、ベストセラーとかグッドセラーとかいうものの本質をそなえている作品なのである。

全国のアンの愛読者たちから私は手紙をもらう。「アン・ブックスを紹介してくだすってありがとう」と感謝される。そしてときどき「私の心に映るアン」というような絵をおくられる。

小学生、中学生、最も多いのは高校生、家庭婦人、若い勤労女性と、「アン・ブックス」の読まれている範囲《はんい》はすこぶる広い。

昨年の秋、名古屋の金城学院大学ＰＴＡへ講演に招かれた。講演のはじまる前だったが、一人の美しい中年の女性が「ここの学生の母です」と名のってこられて、一枚の水彩画《すいさいが》をたずさえて、「娘が読んでいる『赤毛のアン』をちょっとのぞいたら、すっかり好きになって、あとをあとをと待っています。私は絵を趣味《しゅみ》としているので、自分の心にうかんだアンのイメージを描《えが》きあげました」と言ってその絵をくだすった。「じつはこの間、個展をひらきましたので、出しましたらたちまち売れてしまいましたので、これはその後同じようにもう一枚、描いたものです。名古屋へおいでになる日のために描いてお待ちしていたのですが、個展で売れてしまいましたので、最初の作品でなくてすみません」とのこと。趣味で絵をとは言っていられるが、毎年個展をひらかれるのでは、すでに単なる「趣味」以上である。田中八重子さんという美しい夫人であった。

それにしても、夢多《ゆめおお》いアンのイメージのいみじさ……田中八重子夫人の心の園《その》にこのアンは、こういう目をしておどりまわっているのである。「赤毛のアン」はさまざまの人々の心の中にさまざまの影《かげ》を投げかけている。

いつか私は私自身の「赤毛のアンをめぐる人々」という記録を書きたい。そしてアンを愛する日本じゅうの「腹心の友のむれ」と語りあいたいと思っている。

ここに送る『アンの友達』は「第四赤毛のアン」であり、まだまだあとにつづくアン・ブックスと毎日私は取組んでいる。庶民《しょみん》の中に生まれたアンとその恋人のギルバートは生活の現実と戦わなければならないので、恋《こい》のうまさけに酔《よ》ってばかりはいられない。第五巻では別れ別れに働く若い恋人たちの心の旅路がたどられる。「風そよぐ柳《やなぎ》」（ウィンディ・ウィローズ）の蔭《かげ》でアンははるかなる恋人ギルバートへ手紙を書いている。

この「第四赤毛のアン」で私たちはしばらくアンから離《はな》れて彼女をめぐる愛すべき

人たちの素朴《そぼく》な生活をのぞき見したのである。

（一九五六年十二月）

改訂にあたって

"Anne of Green Gables"（グリン・ゲイブルスのアン）は、二〇〇八年に出版一〇〇周年を迎えました。

この記念の年を迎えるにあたり、新潮文庫の『赤毛のアン』シリーズ全十巻を読み直し、いくぶん訂正を加えました。その際、一九五二年の日本での出版以来、五十六年間読み継がれてきた、祖母・村岡花子の語感をこわさないように留意しました。検討を重ね、あえて改めなかった個所もあります。一例として、「さんざし」は、原文ではmay flower（メイフラワー）となっており、カナダでは、ツツジ科イワナシ属の植物で春に淡いピンクや白の香りのよい花をつけ、地面を這うように生える常緑低木でありますが、訂正せず「さんざし」のままにしました。

カバーも模様替えをした、新潮文庫の『赤毛のアン』シリーズが、今まで同様に多くの読者の方々に愛され続けることを願ってやみません。

また、巻頭の引用詩につきましては、大社淑子氏と有澤結氏にご助力をいただきました。この場を借りて御礼申し上げます。

二〇〇八年春

赤毛のアン記念館・村岡花子文庫

村岡美枝・村岡恵理

本作品中には、今日の観点からみると差別的表現ととられかねない個所が散見しますが、作品自体のもつ文学性ならびに芸術性、また訳者がすでに故人であるという事情に鑑み、原文どおりとしたところがあります。

（新潮文庫編集部）

新潮文庫の新刊

隆慶一郎著
花と火の帝（上・下）
皇位をかけて戦う後水尾天皇と卑怯な手を使う徳川幕府。泰平の世の裏で繰り広げられた呪力の戦いを描く、傑作長編伝奇小説！

一條次郎著
チェレンコフの眠り
飼い主のマフィアのボスを喪ったヒョウアザラシのヒョーは、荒廃した世界を漂流する。愛おしいほど不条理で、悲哀に満ちた物語。

大西康之著
起業の天才！
―江副浩正 8兆円企業リクルートをつくった男―
インターネット時代を予見した天才は、なぜ闇に葬られたのか。戦後最大の疑獄「リクルート事件」江副浩正の真実を描く傑作評伝。

徳井健太著
敗北からの芸人論
芸人たちはいかにしてどん底から這い上がったのか。誰よりも敗北を重ねた芸人が、挫折を知る全ての人に贈る熱きお笑いエッセイ！

永田和宏著
あの胸が岬のように遠かった
―河野裕子との青春―
歌人河野裕子の没後、発見された膨大な手紙と日記。そこには二人の男性の間で揺れ動く切ない恋心が綴られていた。感涙の愛の物語。

帚木蓬生著
花散る里の病棟
町医者こそが医師という職業の集大成なのだ――。医家四代、百年にわたる開業医の戦いと誇りを、抒情豊かに描く大河小説の傑作。

Title : CHRONICLES OF AVONLEA
Author : Lucy Maud Montgomery

アンの友《とも》達《だち》

―赤毛のアン・シリーズ4―

新潮文庫　モ－4－44

平成二十年二月二十五日　発行
令和六年十一月三十日　十九刷

訳者　村《むら》岡《おか》花《はな》子《こ》
発行者　佐藤隆信
発行所　株式会社新潮社

郵便番号　一六二―八七一一
東京都新宿区矢来町七一
電話　編集部(〇三)三二六六―五四四〇
　　　読者係(〇三)三二六六―五一一一
https://www.shinchosha.co.jp

価格はカバーに表示してあります。

乱丁・落丁本は、ご面倒ですが小社読者係宛ご送付ください。送料小社負担にてお取替えいたします。

印刷・錦明印刷株式会社　製本・株式会社植木製本所

ISBN978-4-10-211344-8 C0197

Shinchosha